DONATED MATERIAL

Elogios para J. P. Delaney y

La chica de antes

"Garantizado: no podrás parar de leer esta novela. Los fans de *Perdida* y *La chica del tren* pronto se darán cuenta de que no es más de lo mismo, y que incluso es más electrizante". —Asociación de Libreros Independientes de Estados Unidos

"Original y absorbente". —*The Times* (Londres)

"Es la novela que dará que hablar en 2017". —*InStyle*

"Las páginas pasan volando". —*USA Today*

"Fascinante. Sorpresa y satisfacción garantizadas". —*Booklist*

"Un adictivo thriller literario que merece ser uno de los grandes éxitos del año". —*Daily Express* (Londres)

"Suspense psicológico de gran nivel... un thriller construido con inteligencia". —*The Bookseller* (Londres)

"Un gran thriller, uno de los que te atrapa desde la primera línea y no sueltas. Elegante y, poco a poco, más y más perturbador. Un maravilloso retrato de una obsesión".

—*Big Issue North* (Manchester, Inglaterra)

"Uno de los mejores thrillers que leerás en 2017. Gustará a todos los fans del suspense psicológico".

—*New York Journal of Books*

"Subyugante... J. P. Delaney desentierra con precisión y elegancia los secretos de los personajes hasta que la cruda verdad de cada uno sale a la luz".

—*Publishers Weekly*

"La tensión va aumentando de manera paulatina hasta un final devastador. Un thriller realmente inteligente".

—*Daily Mail* (Londres)

"La leía mientras preparaba la cena, la leía mientras comía, iba por toda la casa con la novela en la mano. Me encantó".

—*The Country Bookshop* (Southern Pines, NC)

J. P. Delaney

La chica de antes

La chica de antes es el primer thriller psicológico de J. P. Delaney, seudónimo tras el cual se oculta alguien que ha escrito varias novelas con notable éxito. *La chica de antes* saldrá en más de 40 países. Universal Pictures compró los derechos cinematográficos y Ron Howard, el conocido director de cine ganador de un Oscar, la adaptará a la gran pantalla.

La chica de antes

J. P. DELANEY

La chica de antes

Traducción de
Nieves Calvino Gutiérrez

VINTAGE ESPAÑOL
Una división de Penguin Random House LLC
Nueva York

PRIMERA EDICIÓN VINTAGE ESPAÑOL, AGOSTO 2017

Información de catalogación de publicaciones disponible en la Biblioteca del Congreso de los Estados Unidos.

Vintage Español ISBN en tapa blanda: 978-0-525-43518-1

Para venta exclusiva en EE.UU., Canadá, Puerto Rico y Filipinas.

www.vintageespanol.com

Impreso en los Estados Unidos de América
10   9   8   7   6   5   4   3   2   1

El señor Darkwood, antaño tan interesado en el amor romántico y lo que cualquiera tuviera que decir sobre el mismo, está ahora más que harto del tema. ¿Por qué los amantes siempre se repiten? ¿Es que nunca se cansan de oírse hablar?

EVE OTTENBERG, *The Widow's Opera*

Como todos los adictos, los asesinos en serie trabajan con un guion, adoptando una conducta repetitiva hasta el punto de la obsesión.

ROBERT D. KEPPEL y WILLIAM J. BIRNES,
Signature Killers

Podemos decir que el paciente no recuerda nada de lo que ha olvidado o reprimido, pero lo representa. Lo reproduce no como un recuerdo, sino como una acción; lo repite sin saber, por supuesto, que lo está repitiendo.

SIGMUND FREUD, *Recordar, repetir y reelaborar*

Mi fascinación por dejar que las imágenes se repitan una y otra vez o, en el caso del cine, que se sucedan manifiesta mi creencia de que pasamos buena parte de nuestra vida viendo sin observar.

ANDY WARHOL

1.   Por favor, haga una lista con todas las posesiones que considere imprescindibles en su vida.

Antes: **Emma**

Es un pisito encantador, dice el agente con lo que cabría definir como un sincero entusiasmo. Está cerca de todos los servicios. Y dispone de un trocito privado de azotea. Podría transformarse en un solárium, previo consentimiento del casero.

Genial, conviene Simon, procurando no llamar mi atención.

Supe que el piso no era el adecuado nada más entrar y ver esa extensión de poco más de un metro ochenta de azotea debajo de una de las ventanas. Simon también lo sabe, pero no quiere decírselo al agente, o al menos no tan pronto que parezca una grosería. Hasta es posible que confíe en que me entren dudas si escucho la estúpida cháchara de este tipo el tiempo suficiente. El agente es un hombre del estilo de Simon: avispado, desenvuelto, entusiasta. Seguro que lee la revista para la que Simon trabaja. Ya se habían puesto a hablar de deportes antes incluso de subir la escalera.

Y aquí hay un dormitorio de buen tamaño, dice el agente. Con una amplia...

No es adecuado, interrumpo poniendo fin a esta farsa. No es adecuado para nosotros.

El agente enarca las cejas.

No se puede ser demasiado exigente teniendo en cuenta cómo está el mercado, alega. Esta noche ya estará alquilado. Hoy hay previstas cinco visitas, y ni siquiera lo hemos anunciado aún en nuestra página web.

No es lo bastante seguro, insisto, y soy tajante. ¿Nos vamos?

Hay pestillos en todas las ventanas, dice, además de una cerradura Chubb en la puerta. Por supuesto, pueden instalar una alarma antirrobos si la seguridad les preocupa especialmente. No creo que el casero ponga objeciones.

Se dirige a Simon, que se encuentra detrás de mí. Si nos «preocupa especialmente»... Para el caso, podría haber dicho: «Oh, ¡qué novia tan histérica...!».

Esperaré fuera, anuncio mientras me vuelvo ya para marcharme.

Si el problema es la zona, tal vez deberían buscar más al oeste, añade el agente al darse cuenta de que ha metido la pata.

Ya lo hemos hecho, responde Simon. Se sale de nuestro presupuesto. Exceptuando, claro, los que tienen el tamaño de una caja de cerillas.

Intenta que su voz no trasluzca su frustración, pero que tenga que hacerlo me saca aún más de quicio.

Hay un piso de un solo dormitorio en Queen's Park, comenta el agente. Está un poquito cochambroso, pero...

Ya le echamos un vistazo, replica Simon. Y nos pareció que estaba un poquito bastante cochambroso. Su tono deja claro que al decir «nos» quiere decir «le», refiriéndose a mí.

O hay un tercero justo al llegar a Kilburn...

Lo vimos también. Había una tubería de desagüe junto a una de las ventanas.

El agente parece perplejo.

Alguien podría encaramarse por ella, explica Simon.

En fin… La temporada de alquileres acaba de empezar. Tal vez si esperan unos días…

Es evidente que el agente considera que con nosotros pierde el tiempo. Él también se dirige a la puerta. Yo salgo y me planto fuera, en el descansillo, de forma que se detiene a unos pasos de mí.

Ya hemos dado el aviso en nuestro piso, oigo decir a Simon. Estamos quedándonos sin opciones. Baja la voz. Mire, amigo, nos robaron. Hace cinco semanas. Entraron dos hombres en casa y amenazaron a Emma con un cuchillo. Entenderá que esté un poco nerviosa.

Oh, dice el agente. Mierda. Si alguien le hiciera eso a mi chica no sé cómo reaccionaría. Escuche, puede que las posibilidades sean escasas, pero… Su voz se apaga lentamente.

¿Sí?, lo anima Simon.

¿Alguien de la oficina les mencionó la casa del número uno de Folgate Street?

Creo que no. ¿Acaba de entrarles?

No, no para ser exacto.

El agente parece no tener claro si debe seguir hablando.

Pero ¿está disponible?, insiste Simon.

Técnicamente, sí, responde el hombre. Y es una propiedad fantástica. De verdad, es fantástica. Mucho mejor que esta. El propietario, sin embargo… Decir que es puntilloso es quedarse corto.

¿En qué zona está?, pregunta Simon.

En Hampstead, contesta el agente. Bueno, más bien en Hendon. Pero en realidad es un sitio muy tranquilo.

¿Emma?, me llama Simon.

Vuelvo a entrar.

Podríamos ir a verlo, digo. Nos pilla a medio camino.

El agente asiente.

Me acercaré a la oficina antes y veré si puedo encontrar los datos, dice. Es que ha pasado un tiempo desde que la enseñé por última vez... No es un lugar que se adecue a todo el mundo. Pero creo que podría irles como anillo al dedo. Lo siento, no me malinterpreten.

Ahora: Jane

—Este era el último. —La agente, que se llama Camilla, tamborilea con los dedos sobre el volante de su Smart—. Así que, ahora en serio, tiene que decidirse ya.

Suspiro. El apartamento que acabamos de ver, en una manzana de edificios ruinosos en West End Lane, es el único que se adapta a mi presupuesto. Y casi me había autoconvencido de que estaba bien —pasando por alto que el papel de las paredes se estaba levantando, que del piso de abajo llegaba tufo a comida, que el dormitorio era enano y había manchas de moho en el aseo porque no tenía ventilación— hasta que oí sonar cerca una campana, mejor dicho, una campanilla de las de antes, y de repente estalló un griterío de críos. Me acerqué a la ventana y me encontré mirando un colegio. Se veía el interior de un aula de niños pequeños, de esas con recortes de papel con forma de animalitos en los cristales. Se me retorcieron las entrañas de dolor.

—Creo que voy a pasar de este —conseguí murmurar.

—¿En serio? —Camilla puso cara de sorprendida—. ¿Es por el colegio? A los anteriores inquilinos les gustaba oír jugar a los niños.

—Pero no tanto como para decidir quedarse, ¿verdad? —Me aparté de la ventana—. ¿Nos vamos?

En estos momentos Camilla guarda un prolongado y estratégico silencio mientras conduce de vuelta a su oficina.

—Si nada de lo que hemos visto hoy le interesa es posible que deba plantearse ampliar su presupuesto.

—Por desgracia, mi presupuesto es el que es —digo con sequedad mirando por la ventanilla.

—Entonces tal vez tenga que ser un poco menos exigente —repone con aspereza.

—En cuanto a este último apartamento, tengo... motivos personales para no vivir tan cerca de un colegio. Ahora mismo al menos no.

Veo que su mirada desciende hasta mi vientre, todavía un poco flácido tras mi embarazo, y sus ojos se abren de golpe cuando ata cabos.

—Oh —dice.

Camilla no es tan cortita como parece, algo por lo que doy gracias. No necesita que le explique nada.

Bien al contrario, creo que ha decidido hacerme una propuesta.

—Oiga, hay otra casa. Lo cierto es que no debemos enseñarla sin el expreso consentimiento del propietario, pero de vez en cuando la mostramos. A algunos les espanta, pero para mí es fantástica.

—¿Es fantástica y encaja en mi presupuesto? Vaya... No estamos hablando de una casa flotante, ¿verdad?

—Dios mío, no. ¡Qué va! Es un edificio moderno en Hendon. Una casa independiente; solo tiene un dormitorio, pero es muy espaciosa. El propietario es el arquitecto que la diseñó. Es muy famoso. ¿Alguna vez compra ropa en Wanderer?

—Wanderer... —En mi vida anterior, cuando tenía dinero y un trabajo como es debido y bien pagado, a veces entraba en la tienda de Wanderer que está en Bond Street, un espacio absolutamente minimalista con un puñado de carísimos vestidos expuestos sobre gruesas losas de piedra, como vírgenes dispuestas para el sacrificio, y en el que las dependientas llevaban todas quimonos negros—. Alguna vez. ¿Por qué?

—El estudio Monkford diseña todas sus tiendas. Él es lo que llaman un minimalista tecnológico... o algo parecido. Artilugios ocultos en abundancia, pero, por lo demás, todo completamente desnudo. —Me lanza una mirada—. Debería advertirle que a algunas personas su estilo les resulta un tanto... austero.

—Podré soportarlo.

—Y...

—¿Sí? —La animo al ver que no se decide a seguir.

—No es un contrato propietario-inquilino al uso —dice con vacilación.

—¿Qué significa eso?

—Creo que primero deberíamos echar un vistazo a la casa y ver si se enamora de ella. —Pone el intermitente y se pasa al carril de la izquierda—. Después hablaremos de los inconvenientes.

Antes: **Emma**

Vale, la casa es extraordinaria. Alucinante, increíble, una pasada. No hay palabras que le hagan justicia.

La calle no nos había dado ninguna pista. Dos hileras de casas grandes y anodinas, con esa familiar combinación victoriana de ladrillo rojo y ventanas de guillotina que puede verse por todo el norte de Londres, ascendían colina arriba hacia Cricklewood como una cadeneta de figuritas recortadas en papel de periódico, cada una de las cuales era una copia exacta de la siguiente, salvo por la puerta principal y la cristalerita de colores que la remataba.

Al final, en la esquina, había una valla. Tras ella se veía una construcción baja y pequeña; un sólido cubo de piedra clara. Unas pocas hendiduras horizontales de cristal, dispersas de forma aparentemente aleatoria, eran los únicos indicios de que en realidad se trataba de una casa y no de un gigantesco pisapapeles.

Uau, dice Simon sin demasiada convicción. ¿De verdad es esta?

Desde luego, responde el agente con entusiasmo. Folgate Street, uno.

Nos hace rodear la casa hasta uno de los lados, donde hay

una puerta perfectamente integrada en la pared. No veo el timbre por ninguna parte; tampoco un picaporte ni un buzón, ni placa de identificación; de hecho, no veo nada que indique que está habitada. El agente empuja la puerta, que se abre sin problemas.

¿Quién vive aquí ahora?, pregunto.

Nadie en la actualidad.

Se hace a un lado para dejarnos pasar.

Entonces ¿por qué no estaba cerrada con llave?, inquiero con voz nerviosa mientras me detengo.

El agente sonríe con aire de superioridad.

Sí que lo estaba, replica. Tengo una llave digital en mi smartphone. Se controla todo mediante una aplicación. Solo tengo que cambiar de «deshabitada» a «habitada». Después de eso, todo es automático; los sensores de la casa captan el código y me dejan entrar. Ni siquiera necesitaría el teléfono si me pusiera una pulsera digital.

Me está tomando el pelo, replica Simon, alucinado mientras contempla la puerta. Casi me echo a reír al ver su reacción. A Simon le encantan los dispositivos tecnológicos, y para él poder controlar una casa entera con el teléfono móvil es el culmen de sus sueños.

Entro en un recibidor apenas más amplio que una despensa. Es demasiado pequeño para estar en él con comodidad en cuanto el agente me sigue adentro, así que continúo andando sin esperar a que me lo indique.

Esta vez soy yo la que exclama: «¡Uau!». Es realmente espectacular. La luz entra a raudales a través de unas ventanas enormes que dan a un jardín pequeño y a un muro de piedra bastante alto. No es grande, pero provoca una sensación de amplitud. Las paredes y los suelos son todos de la misma piedra clara, y hay unas hendiduras que recorren las paredes por la parte inferior que producen la impresión de estar flotando en el aire. Y está... vacía. No me refiero a que esté sin amueblar, ya que veo una mesa de piedra en una habitación lateral, algunas sillas de comedor muy chulas, que parecen de diseño, y un sillón bajo con un recio tapizado de color crema, pero es que no hay nada más, nada que llame la atención. Ni puertas, ni armarios, ni fotografías, ni marcos de ventanas, ni enchufes eléctricos a la vista, ni lámparas, ni... Miro a mi alrededor, perpleja. Ni siquiera interruptores de la luz. Ni un ápice de desorden, aunque tampoco dé sensación de abandonada o deshabitada.

¡Uau!, exclamo de nuevo. Mi voz suena curiosamente amortiguada. Me doy cuenta de que no se cuela ni un sonido de la calle. El sempiterno ruido del tráfico londinense, de los operarios en sus andamios y de las alarmas de los coches se ha desvanecido.

La mayoría de la gente comenta eso mismo, conviene el agente. Siento ser un incordio, pero el propietario insiste en que nos descalcemos. ¿Les importaría...?

Se agacha para desatarse sus ostentosos zapatos. Simon y yo seguimos su ejemplo. Y entonces, como si la austera desnudez de la casa hubiera absorbido toda su labia, se limita a deslizarse en calcetines, al parecer tan asombrado como lo estamos nosotros, mientras echamos un vistazo a nuestro alrededor.

Ahora: **Jane**

—Es preciosa —digo. Por dentro la casa es tan elegante y perfecta como una galería de arte—. Simplemente preciosa.

—¿Verdad que sí? —conviene Camilla. Estira el cuello y mira las paredes desnudas, hechas de una piedra de color crema con pinta de cara, que ascienden hasta el vacío del techo. Al piso superior se accede por la escalera más descabelladamente minimalista que jamás haya visto. Parece tallada en una pared rocosa, con peldaños flotantes de piedra sin pulir, sin barandilla ni otros apoyos visibles—. Aunque venga a menudo, siempre me deja sin aliento. La última vez estuve con un grupo de estudiantes de arquitectura... Ah, por cierto, una de las condiciones es que cada seis meses la abra para permitir las visitas. Pero quienes vienen son siempre muy respetuosos. No es como ser dueño de una mansión señorial y que los turistas tiren el chicle en las alfombras.

—¿Quién vive aquí ahora?

—Nadie. Lleva desocupada casi un año.

Dirijo la mirada hacia la siguiente habitación, si «habitación» es la palabra adecuada para describir este espacio corrido que carece de entrada propiamente dicha, menos aún de puerta. Sobre una mesa de piedra larga hay un cuenco con tulipanes de un rojo sangre tan intenso que contrasta fuertemente con toda esta piedra clara.

—Entonces ¿de dónde han salido estas flores? —Me acerco y toco la mesa. Ni una mota de polvo—. Y ¿quién mantiene esto tan impoluto?

—Viene alguien de una empresa especializada a limpiar todas las semanas. Esa es otra condición; tiene que conservar sus servicios. También se ocupan del jardín.

Me aproximo a la ventana, que va del suelo al techo. «Jardín» tampoco es un término apropiado. En realidad, es más bien un patio; un espacio cercado de unos seis metros por cuatro y medio, pavimentado con la misma piedra que el suelo que piso. Un pequeño rectángulo de césped, delimitado de forma precisa y cortado al ras como en un campo de bolos, linda con la pared del fondo. No hay flores. De hecho, aparte de ese retazo de césped, no hay nada vivo ni colorido. La otra única cosa que llama la atención son unos pequeños círculos de gravilla gris.

Me vuelvo de nuevo hacia el interior mientras me digo que la casa en su conjunto necesita un poco de color, algo que la suavice. Unas alfombras, unos toques personales que le aporten humanidad, y sería divina, como salida de una revista de diseño. Por primera vez en años siento una leve punzada de excitación. ¿Habrá cambiado al fin mi suerte?

—Bueno, supongo que es razonable —respondo—. ¿Es todo?

Camilla me brinda una sonrisa titubeante.

—Al decir «una» de las condiciones, me refiero a una de las más claras. ¿Sabe lo que es una cláusula restrictiva? —me pregunta, y niego con la cabeza—. Es una condición legal que se le impone a una propiedad a perpetuidad, algo que no puede eliminarse aunque se venda. Por lo general, tienen que ver con los derechos de desarrollo; es decir, si el edificio puede usarse como sede comercial y ese tipo de cosas. En el caso de esta casa, las condiciones son parte del contrato de alquiler pero, dado que además son cláusulas restrictivas, no hay posibilidad de negociarlas o modificarlas. Es un contrato muy, muy estricto.

—¿De qué estamos hablando?

—Básicamente se trata de una lista de cosas que están permitidas y cosas que no lo están… Bueno, sobre todo de las que no. No puede modificarse nada, salvo mediante acuerdo previo. No se permiten alfombras ni moqueta. No se permiten cuadros. No se permiten macetas. No se permiten adornos. No se permiten libros…

—¡No se permiten libros! ¡Es ridículo!

—No se permite plantar nada en el jardín; no se permiten cortinas…

—¿Cómo impides que entre la luz si no tienes cortinas?

—Las ventanas son fotosensibles. Se oscurecen a medida que avanza el día.

—Así que no se permiten cortinas… ¿Alguna otra cosa?

—Oh, sí —dice Camilla, haciendo caso omiso de mi tono sarcástico—. Hay unas doscientas condiciones en total. Pero la última es la que más problemas causa.

Antes: Emma

... No se permiten más luces que las que ya están incluidas, enumera el agente. No se permite instalar tendederos. No se permiten papeleras. No se permite fumar. No se permiten posavasos ni salvamanteles. No se permiten cojines, ni adornos, ni muebles en kit de automontaje...

Esto es demencial, dice Simon. ¿Qué derecho tiene?

Simon tardó semanas en montar los muebles de IKEA que tenemos en nuestro piso actual y por eso le producen el mismo orgullo que si él mismo hubiera talado los árboles y los hubiera fabricado con sus propias manos.

Ya les he dicho que era complicado, alega el agente encogiéndose de hombros.

Estoy contemplando el techo.

Y hablando de las luces, ¿cómo se encienden?, pregunto.

No tiene que hacerlo, responde el agente. Hay sensores de movimiento ultrasónicos. Junto con un detector que ajusta la intensidad según la luz del exterior. Es la misma tecnología que hace que los faros de su coche se enciendan por la noche. Así solo tienen que elegir el ambiente que quieren en la aplicación: productivo, tranquilo, lúdico, etcétera. Además, añade luz ultravioleta extra en invierno para que no se depriman. Ya saben, como esas luces SAD contra el trastorno afectivo estacional.

Veo que Simon está tan impresionado con esto que el derecho del arquitecto a prohibir los muebles para montar de repente deja de parecerle un problema.

Por supuesto, dispone de calefacción por suelo radiante, prosigue el agente, pues se da cuenta de que va por buen camino. Pero extrae calor de un pozo que está justo debajo de la casa. Y todas estas ventanas son de triple acristalamiento. Así que la vivienda es muy eficiente, tanto que devuelve electricidad a la red general. No tendrán que pagar ni una factura energética más.

Eso es como mencionarle el porno a Simon.

¿Y la seguridad?, pregunto con brusquedad.

Está todo en el mismo sistema, asevera el agente. No pueden verla, pero hay una alarma antirrobo integrada en la pared exterior. Todas las habitaciones disponen de sensores; los mismos que encienden las luces. Y es inteligente. Aprende quiénes son los usuarios y cuál es su rutina cotidiana, y antes de autorizar a cualquier otra persona primero lo consulta con ellos para cerciorarse de que tiene su permiso.

¡Emma!, me llama Simon. Tienes que ver esta cocina.

Se ha acercado hasta el espacio lateral en el que hay una mesa de piedra. Me cuesta entender al principio por qué llama a eso «cocina». Una encimera de piedra recorre de lado a lado una de las paredes. En un extremo se encuentra lo que supongo que debe de ser un grifo; un delgado tubo de acero que sobresale justo encima de la piedra. Una leve depresión debajo sugiere que podría tratarse de un fregadero. En el otro extremo hay una hilera de cuatro pequeños agujeros. El agente agita la mano encima de uno. Al instante brota una siseante e intensa llama.

¡Tachán!, exclama. Los fuegos de la... El arquitecto prefiere el término «refectorio» en vez de «cocina». Esboza una amplia sonrisa, quizá para demostrarnos que lo considera una auténtica estupidez.

Ahora que me fijo mejor, veo que algunos de los paneles de la pared tienen diminutas marcas entre ellos. Presiono una y la piedra se abre…, no con un clic, sino con un lento susurro neumático. Detrás hay un armario muy pequeño.

Les enseñaré la planta superior, dice el agente. La escalera es una serie de losas de piedra encastradas en la pared.

Está claro que no es segura para los niños, advierte el agente mientras nos conduce arriba. Tengan cuidado.

Deje que adivine, dice Simon. Los pasamanos y las barandillas también figuran en la lista de «no se permite», ¿verdad?

Y las mascotas, apostilla el agente.

El dormitorio está igual de vacío que el resto de la casa. La cama está empotrada —un pedestal de piedra clara con un colchón enrollado de estilo futón— y el cuarto de baño no está aislado, sino integrado detrás de otra pared para que pase desapercibido. Pero si el vacío del piso inferior era drástico y frío, aquí arriba la sensación es de sosiego, casi resulta acogedor.

Es como una celda de lujo, comenta Simon.

Como les decía, no es del gusto de todo el mundo, apunta el agente. Sin embargo, para la persona indicada…

Simon presiona la pared que hay junto a la cama y se abre otro panel. Aparece un vestidor. Apenas hay espacio en él para una docena de trajes.

Una de las reglas es que no puede haber nada por el suelo en ningún momento, explica el agente con amabilidad. Todo tiene que estar guardado.

Simon frunce el ceño.

¿Cómo van a enterarse de eso?

En el contrato se estipulan inspecciones regulares. Además,

si se incumple alguna de las reglas, el personal de limpieza ha de informar a la agencia gestora.

Venga ya, replica Simon. Es como estar de nuevo en el colegio. No voy a consentir que nadie me diga que me largue por no recoger mis camisas sucias.

Me percato de una cosa. No he tenido ni un solo flashback ni un ataque de pánico desde que he entrado en la casa. Está muy desconectada del mundo exterior, muy protegida. Me siento completamente a salvo. Una frase de mi película favorita me viene a la cabeza: «Es tan silencioso y soberbio. Allí no puede ocurrir nada malo».

Quiero decir que es alucinante, obviamente, continúa Simon. Y si no fuera por todas esas reglas, lo más seguro es que estuviéramos interesados. Pero somos personas desordenadas. En el lado de la cama de Emma es como si hubiera explotado una bomba en la tienda de moda French Connection.

Bueno, siendo así…, dice el agente asintiendo.

Me gusta, suelto de repente.

¿En serio? Simon parece sorprendido.

Es diferente, pero… en cierta manera tiene su lógica. Si hubieras construido una casa así, tan increíble, imagino que querrías que sus habitantes vivieran en ella de la forma apropiada, del modo para el que la has concebido. ¿Qué sentido tendría, si no? Y además es fantástica. No he visto ninguna que se le parezca, ni siquiera en las revistas. Podríamos ser ordenados si ese es el precio a pagar por estar en un sitio como este, ¿a que sí?

Pues… genial, responde Simon, pero lo noto indeciso.

¿A ti también te gusta?, pregunto.

Si a ti te gusta, a mí me encanta, Emma.

No, quiero decir si te gusta de verdad. Supondría un cambio enorme. No querría que lo hiciéramos a menos que tú también lo desees realmente.

El agente nos está mirando; creo que le divierte nuestro pequeño debate. Pero las cosas son siempre así en nuestro caso. Yo tengo una idea, y entonces Simon reflexiona y acaba diciendo que sí.

Tienes razón, Emma, afirma muy despacio. Es mucho mejor que cualquier otra casa que vayamos a encontrar. Y si queremos empezar de cero... Bueno, este es un comienzo más sonado que mudarnos a otro piso de un dormitorio normal y corriente, ¿no? Y se vuelve hacia el agente. Vale, ¿qué tenemos que hacer ahora?

Ah, dice él. Esa es la parte complicada.

Ahora: Jane

—¿Qué? ¿La última condición?

—Le sorprendería saber cuánta gente quiere seguir adelante a pesar de todas las restricciones. Pero el último obstáculo es que el propio arquitecto tiene derecho de veto. De hecho, es quien da su aprobación al inquilino.

—¿Se refiere a que lo hace en persona?

Camilla asiente.

—Si el asunto llega tan lejos. El formulario de solicitud es tedioso. Y, como es natural, tendrá que firmar usted un documento en el que diga que ha leído las reglas y las entiende. Si todo avanza, se la invitará a una entrevista cara a cara en el lugar del mundo donde quiera que él esté. En los últimos años eso significaba ir a Japón, ya que estaba construyendo un rascacielos en Tokio. Pero ahora se encuentra de nuevo en Londres. De todos modos, no suele molestarse con la entrevista. Simplemente recibimos un email donde nos hace saber que rechaza la solicitud. Sin más explicaciones.

—¿A qué tipo de gente acepta?

Ella se encoge de hombros.

—Ni siquiera en la agencia somos capaces de ver una pauta. Aunque nos hemos percatado de que los estudiantes de arquitectura nunca consiguen pasar el filtro. Y no es imprescindible haber vivido en una casa como esta antes, ni mucho menos. Al contrario, diría que es un inconveniente. Aparte de eso, sabe usted tanto como yo.

Observo a mi alrededor. Si yo hubiera construido esta casa, ¿a qué personas elegiría para que viviesen en ella? ¿Con qué criterio juzgaría la solicitud de un posible inquilino?

—Honestidad —murmuro.

—¿Cómo dice? —Camilla me mira con expresión perpleja.

—Me explico: la conclusión que saco viendo esta casa no es solo que es bonita, sino también la enorme dedicación que se ha puesto en ella. A ver, es obvio que resulta implacable, incluso un tanto brutal en algunos aspectos. Pero refleja que alguien ha volcado toda su pasión en crear algo que es exactamente como desea. Posee... bueno, es una palabra pretenciosa, pero posee «integridad». Creo que él busca a gente que esté preparada para ser igual de honesta en su manera de vivir en ella.

Camilla se encoge de hombros una vez más.

—Puede que tenga razón. —Su tono insinúa que lo duda—. En fin, ¿quiere intentarlo?

Soy una persona cauta por naturaleza. Raras veces tomo una decisión sin meditarla a fondo; sopeso las opciones, valoro las consecuencias, calculo los pros y los contras. Así que me quedo un poco sorprendida cuando me oigo decir:

—Sí. Sin duda.

—Bien. —Camilla no parece en absoluto extrañada, pero claro, ¿quién no querría vivir en una casa así?—. Volvamos a la oficina y le buscaré la documentación para la solicitud.

Antes: **Emma**

1. Por favor, haga una lista con todas las posesiones que considere imprescindibles en su vida.

Cojo mi bolígrafo y lo dejo de nuevo. Va a llevarme toda la noche confeccionar una lista de todo lo que quiero conservar. Pero entonces reflexiono un poco, y la palabra «imprescindible» parece saltar de la página a mis ojos. ¿Qué considero imprescindible de verdad? ¿Mi ropa? Desde el robo he estado viviendo prácticamente con los mismos dos pares de vaqueros y un viejo y holgado jersey. Hay algunos vestidos y faldas que me gustaría llevarme; un par de bonitas chaquetas, mis zapatos y mis botas, pero en realidad no he echado de menos nada más. ¿Nuestras fotografías? Están todas almacenadas online. Las cuatro joyas medio decentes que tenía se las llevaron los ladrones. ¿Nuestros muebles? No hay uno solo que no pareciera hortera y fuera de lugar en Folgate Street, 1.

Se me ocurre que la pregunta la han formulado así de manera deliberada. Si me hubieran pedido que hiciera una lista de aquello sin lo que puedo apañármelas jamás lo habría conseguido. Pero al implantar en mi mente la idea de que en el fondo nada de todo eso es importante, me pregunto si no puedo desha-

31

cerme sin más de todas mis cosas, de mi bagaje, como si fuera piel vieja.

Quizá sea ese el verdadero propósito de las Reglas, como ya las hemos apodado. Quizá no se trate tan solo de que el arquitecto sea un obseso del control al que le preocupa que echemos a perder su preciosa casa. Quizá sea algún tipo de experimento. Un experimento con seres vivos.

Supongo que eso nos convertiría a Simon y a mí en sus conejillos de Indias. Pero aunque así fuera no me importa. De hecho, quiero cambiar quien soy, quienes somos, y sé que no puedo hacerlo sin algo de ayuda.

Sobre todo quiero cambiar quienes somos.

Simon y yo estamos juntos desde la boda de Saul y Amanda, que se celebró hace catorce meses. Aparte de a los novios, que son un poco mayores que yo y compañeros míos de trabajo, no conocía a demasiadas personas allí. Pero Simon era el padrino de Saul, la boda era preciosa y romántica e hicimos buenas migas enseguida. Beber y comer dio paso a bailar lentas y al intercambio de teléfonos. Y más tarde descubrimos que nos hospedábamos en el mismo hostal y, bueno, una cosa llevó a la otra. Al día siguiente pensé: «Pero ¿qué he hecho?». Había sido otra impulsiva aventura de una noche, me temía; no volvería a verlo, y me sentiría como un pañuelo de usar y tirar. Sin embargo, ocurrió justo lo contrario. Simon me llamó en cuanto llegó a su casa y otra vez al día siguiente, y al final de la semana éramos pareja, para asombro de nuestros amigos. Sobre todo de los suyos. Él trabaja en un entorno de inmaduros aficionados a la bebida en el que tener una novia formal es casi una mancha en el expediente. En el tipo de revista para la que Simon escribe las chicas son «nenas», «bombones» o «monadas». No hay una sola página en la que no aparezcan fotos de «S&B», o sea, Sujetadores y Bragas, aunque casi todos los artículos suelen ser de dispositivos y chismes tecnológicos. Si el artículo, supongamos, es sobre teléfonos móviles, hay una foto de una chica en ropa interior con uno en la mano. Si el artículo gira en torno a los ordenadores portátiles, la chica sigue en ropa interior... pero lleva gafas y está escribiendo en el teclado. Si el artículo es de ropa interior, lo más probable es que no lleve puesta la ropa interior, sino que la sostenga en alto, como si acabara de quitársela. Siempre que la revista celebra una fiesta todas las modelos aparecen vestidas prácticamente como salen en sus páginas, y después las fotos de la fiesta salpican también la revista entera. No me agrada lo más mínimo, y Simon me dijo enseguida que a él tampoco; me explicó que una de las razones de que yo le gustara era que no me parecía en nada a esas chicas, que yo era «real».

Conocerse en una boda hace que la relación se acelere. Simon me pidió que me fuera a vivir con él solo unas semanas después de que empezáramos a salir. Eso también sorprendió a la gente; por lo general, es la chica quien presiona al chico porque quiere casarse o, bueno, pasar al menos a la siguiente fase. En nuestro caso, sin embargo, siempre ha sido al revés. Quizá porque Simon es algo mayor que yo. Suele decir que nada más verme supo que yo era la elegida. Me gustó que supiera qué quería y que me quisiera a mí. Pero nunca se me ocurrió plantearme si yo también quería... eso, si él significaba para mí lo que sin duda yo significaba para él. Y últimamente, con el robo y la decisión de mudarnos de su antiguo apartamento y buscar juntos otro nuevo, empiezo a pensar que es hora de tomar una decisión. La vida es demasiado corta para pasarla en una relación errónea.

Si es que esta lo es.

Pienso en ello un momento más mientras mordisqueo el extremo de mi bolígrafo sin darme cuenta, hasta que se astilla y se me llena la boca de afilados trozos de plástico. Es una mala costumbre que tengo, junto con la de morderme las uñas. Tal vez sea otra cosa que deje de hacer en la casa de Folgate Street. Tal vez ella me convierta en una persona mejor. Tal vez aporte orden y disciplina al aleatorio caos de mi vida. Me convertiré en la clase de persona que se marca objetivos, hace listas y piensa las cosas con detenimiento.

Me pongo de nuevo con la solicitud. Estoy decidida a responder a las preguntas de forma tan escueta como sea posible, a demostrar que lo entiendo, que estoy de acuerdo con lo que el arquitecto se propone.

Y entonces comprendo cuál es la respuesta correcta.

Dejo en blanco el espacio para responder. Tan vacío, desierto y perfecto como el interior de la casa de Folgate Street.

Después entrego el formulario a Simon y le explico lo que he hecho.

Pero ¿qué pasa con mis cosas, Emma?, pregunta. ¿Qué pasa con la Colección?

La «Colección» es un variopinto conjunto de recuerdos de la NASA que lleva años recopilando de manera meticulosa, sobre todo en cajas debajo de la cama.

Podríamos guardarla en un trastero, sugiero.

Me resulta divertido que estemos discutiendo si unos pocos trastos de eBay firmados por Buzz Aldrin o Jack Schmitt nos impedirán vivir en la casa más increíble que hayamos visto, pero a la vez me fastidia que Simon considere en serio que sus astronautas están por encima de lo que me pasó a mí.

Siempre has dicho que querías tener una casa como es debido, replico.

Un cubículo en CubeSmart no es precisamente lo que tenía en mente, cielo, responde.

Solo son cosas, Simon, salto. Y las cosas no importan realmente, ¿a que no?

Y presiento que se avecina otra discusión; la familiar ira sale a la superficie. «¡Una vez más, has hecho que piense que harás una cosa y, una vez más, llegado el momento de la verdad, intentas escaquearte!», me dan ganas de gritarle.

No lo digo, claro. La ira no es algo propio de mí.

Carol, la terapeuta a la que estoy yendo desde el robo, afirma que estar furiosa es una buena señal. Significa que no estoy derrotada o algo parecido. Por desgracia, mi ira siempre está dirigida únicamente a Simon. Al parecer, eso también es normal. Las personas más cercanas son quienes se llevan la peor parte.

Vale, vale, se apresura a decir Simon. Guardaremos la Colección en un trastero. Pero puede que haya algunas otras cosas que...

Por extraño que parezca, ya me siento protectora del estupendo espacio en blanco de mi respuesta.

Deshagámonos de todo, sugiero con impaciencia. Empecemos de cero.

De acuerdo, acepta. Pero me temo que solo lo dice para que no me cabree.

Se acerca al fregadero y empieza a limpiar las tazas y los platos sucios que he dejado apilados. Sé que piensa que no puedo hacer esto, que no soy lo bastante disciplinada para llevar un estilo de vida ordenado. Siempre dice que atraigo el caos. Que me paso de la raya. Pero esa es justo la razón por la que quiero hacer esto. Quiero reinventarme. Y me cabrea el hecho de que vaya a hacerlo con alguien que cree que me conoce y que no soy capaz de conseguirlo.

Tengo la impresión de que allí podré escribir, añado. Con tanta tranquilidad... Llevas siglos animándome a que escriba mi libro. Simon gruñe, no muy convencido. O puede que cree un blog, prosigo. Me planteo la idea y todas sus posibilidades. En realidad, un blog estaría guay. Podría llamarlo *Mi yo minimalista. Mi viaje minimalista*. O… algo más simple: *Mini yo.*

Ya me estoy entusiasmando. Pienso en cuántos seguidores tendría un blog sobre minimalismo. A lo mejor atraigo anunciantes, dejo mi trabajo y convierto mi blog en un diario de éxito sobre mi estilo de vida. «Emma Matthews, la reina del menos.»

Así que ¿cerrarías los demás blogs que te abrí?, pregunta Simon, y me ofende que insinúe que no me tomo esto en serio. Es verdad que *Chica de Londres* solo tiene ochenta y cuatro seguidores y *Chica Chick Lit* unos dieciocho, y gracias, pero es que en realidad nunca he tenido tiempo para escribir suficientes contenidos.

Vuelvo a ponerme con el formulario para la solicitud. A la primera pregunta ya nos peleamos… ¡Pues quedan otras treinta y cuatro!

Ahora: **Jane**

Echo un vistazo al formulario para la solicitud. Algunas de las preguntas son muy extrañas. Entiendo que sea relevante saber qué cosas me llevaría y qué elementos y accesorios cambiaría, pero ¿qué pasa con...?:

> 23. ¿Te sacrificarías para salvar a diez desconocidos inocentes?
> 24. ¿Y a diez mil desconocidos?
> 25. La gente gorda te hace sentir: *a*) triste; *b*) molesta.

Me reafirmo en que estaba en lo cierto cuando utilicé la palabra «integridad». Estas preguntas son una especie de test psicométrico. Pero claro, «integridad» no es una palabra habitual en el vocabulario de los agentes inmobiliarios, así que no es de extrañar que a Camilla le hiciera gracia.

Antes de responder busco en Google información sobre el estudio Monkford. El primer enlace es a su página web. Clico y aparece una pared blanca. Es muy bonita, de una piedra clara que parece suave al tacto, pero no es muy ilustrativa que digamos.

Vuelvo a clicar y aparecen dos palabras:

PROYECTOS

CONTACTO

Selecciono «Proyectos» y se despliega una lista en la pantalla:

RASCACIELOS, TOKIO

EDIFICIO MONKFORD, LONDRES

CAMPUS WANDERER, SEATTLE

CASA EN LA PLAYA, MENORCA

IGLESIA, BRUJAS

LA CASA NEGRA, INVERNESS

CASA EN FOLGATE STREET, 1, LONDRES

Clique en el edificio que clique aparecen fotos; nada de texto, solo imágenes. Todos son absolutamente minimalistas. Todos reflejan la misma atención al detalle y están hechos con los mismos materiales de alta calidad que el número 1 de Folgate Street. No hay una sola persona en las fotografías ni nada que indique siquiera que están habitados. La iglesia y la casa en la playa son casi idénticas; pesados cubos de piedra clara y placas de vidrio. En lo único que difieren es en las vistas que ofrecen desde las ventanas.

Acudo a Wikipedia.

Edward Monkford (n. 1980) es un arquitecto tecnológico asociado a la estética minimalista. En 2005, junto con el tecnólogo David Thiel y otros dos socios, creó el estudio Monkford. Desde entonces han liderado el desarrollo de entornos domésticos inteligentes domotizados, en los que la casa o el edificio se convierten en un organismo integrado, sin elementos[1] superfluos o innecesarios.

Por lo general, el estudio Monkford acepta un único encargo a la vez y hasta el momento su producción es intencionadamente reducida. En la actualidad están trabajando en su proyecto más ambicioso: la New Austell, una ciudad ecológica de 10.000 viviendas en el norte de Cornualles.[2]

Leo por encima la lista de premios. *The Architectural Review* denominó a Monkford «genio caprichoso» en tanto que la revista *Smithsonian* lo describió como el «arquitecto británico más influyente [...] Un vanguardista taciturno, cuya obra es tan sobria como profunda».

Salto a «Vida privada».

En 2006 Monkford, que aún no era muy conocido, se casó con Elizabeth Mancari, miembro también del estudio Monkford. En 2007 tuvieron un hijo, Max. El pequeño y la madre fallecieron en un accidente durante la construcción de la casa en Folgate Street, 1 (2008-2011), que tenía que ser el hogar de la familia, así como un escaparate del incipiente talento[3] del estudio. Algunos comentaristas [¿Quiénes?] han señalado esta tragedia, y el posterior período de inactividad de Edward Monkford en Japón, como el desencadenante del estilo austero y extremadamente minimalista por el que el estudio se ha hecho célebre.

Tras regresar de su retiro, Monkford abandonó los planes originales para Folgate Street, 1 —todavía una zona en obras[4] por entonces— y lo rediseñó de arriba abajo. La casa resultante se convirtió en merecedora de

Vuelvo a leer el artículo. Así que la casa empezó con una muerte… Con dos, de hecho; una dolorosa pérdida doble. ¿Por eso me siento tan a gusto en ella? ¿Existe afinidad entre sus espacios austeros y mi propio vacío interior?

Miro sin darme cuenta la maleta que hay junto a la ventana. Una maleta llena de ropa de bebé.

Mi bebé murió. Mi bebé murió y luego, tres días después, nació. Aun ahora, semejante injusticia, el horror de la fortuita inversión del orden lógico de las cosas, es lo que me duele más que nada.

El doctor Gifford, un especialista en obstetricia que solo me lleva unos años, fue quien me miró a los ojos y me explicó que el bebé tenía que nacer de forma natural. El riesgo de infecciones y otras complicaciones, además de que una cesárea era un procedimiento quirúrgico importante, dijo, hacía que la política del hospital fuera no ofrecerla en casos de muerte prenatal. «Ofrecer», esa fue la palabra que usó, como si tener un bebé mediante cesárea, aunque se tratara de uno que ya no respiraba, fuera una especie de premio, algo así como la cesta de frutas de bienvenida con la que te obsequian en un hotel. Eso sí, añadió que me provocarían el parto y que harían que todo fuera lo más rápido e indoloro posible.

Pensé: «Pero yo no quiero que sea indoloro. Quiero que me duela y quiero tener un bebé vivo al terminar». Me pregunté si el doctor Gifford tenía hijos. Sí, decidí. Los médicos se casan jóvenes, casi siempre entre ellos, y él era demasiado amable para no tener familia. Seguro que esa noche se marcharía a casa y, mientras se tomaba una cerveza antes de cenar, describiría a su esposa cómo había sido su día utilizando palabras como «muerte prenatal» y «a término» y, con toda probabilidad, «realmente triste». Después, su hija le enseñaría un dibujo que habría hecho en el colegio y él la besaría y le diría que era una artista.

Al ver el semblante serio y tenso del equipo médico conforme realizaba su trabajo supe que aquello era algo terrible y poco frecuente incluso para ellos. Pero mientras que a ellos su profesionalidad podía brindarles algún tipo de consuelo, a mí solo me embargó una aplastante y paralizante sensación de pérdida. Estaban poniéndome el gotero con su carga de hormonas para provocarme el parto cuando oí los gritos de otra mujer más allá en la sala de maternidad. Pero esa mujer saldría de allí con un bebé, no con la tarjeta de un terapeuta con una cita ya concertada. «Maternidad.» Otra palabra curiosa si lo piensas bien. ¿Era aún, técnicamente, madre o había otro término para eso en lo que estaba a punto de convertirme? Ya los había oído decir «posparto» en vez de «posnatal».

Alguien preguntó por el padre y negué con la cabeza. No había padre con el que ponerse en contacto, solo mi amiga Mia, cuyo rostro estaba lívido por la tristeza y la preocupación mientras nuestros meticulosos planes para el parto —velas aromatizadas, piscinas con agua y un iPod repleto de música de Jack Johnson y de Bach— se frustraban engullidos por aquella vorágine médica; ni los mencionaron, como si solo hubieran formado parte de un espejismo en el que todo era seguro e iba bien, en el que yo tenía el control, en el que el parto era apenas más agotador que un tratamiento de spa o un masaje facial enérgico, no un asunto letal en el que un desenlace como el mío era muy posible e incluso previsto. «Uno de cada doscientos», dijo el doctor Gifford. En un tercio de los casos jamás se descubre la causa. No importaba que estuviera sana y en forma —antes del embarazo practicaba pilates a diario y salía a correr al menos una vez a la semana— ni tampoco mi edad. Algunos bebés simplemente morían. Yo no tendría hija y la pequeña Isabel Margaret Cavendish jamás tendría una madre. Una vida que jamás llegaría a hacerse realidad. Cuando las contracciones empezaron inspiré una bocanada de gas y de aire, y mi cabeza se llenó de mil horrores. Imágenes de abominaciones sumergidas en formaldehído dentro de tarros victorianos inundaron mi mente. Grité y apreté con fuerza, aunque la comadrona insistía en que aún no era el momento.

Pero después —después de que hubiera dado a luz, o a muerte, o como quiera que deba decirse— todo quedó extrañamente en calma. Al parecer, eran las hormonas; el mismo cóctel de amor, dicha y alivio que sienten las madres tras el parto. Mi hija era perfecta, callada, y la sostuve en mis brazos y la acuné como haría cualquiera mamá. Olía a mucosidad, a fluidos corporales y a dulce y nueva piel. Su tibio puñito se curvaba alrededor de mi dedo como el de cualquier bebé. Sentí... sentí júbilo.

La comadrona se la llevó para sacar moldes de sus manos y sus pies para mi caja de recuerdos. Era la primera vez que oía esas palabras y tuvo que explicármelo. Iban a darme una caja de zapatos que contenía un mechón de cabello de Isabel, la mantita en la que estaba envuelta, algunas fotografías y los moldes de escayola. Como un pequeño ataúd; los recuerdos de una persona que no llegó a serlo. Cuando la comadrona me llevó los moldes me parecieron una manualidad de guardería. Escayola rosa para las manos; azul para los pies. Fue entonces cuando por fin empecé a entender que no habría trabajitos artísticos, dibujos en las paredes, elección de colegios ni uniformes que se quedaran pequeños. No solo había perdido un bebé. Había perdido a una niña, a una adolescente, a una mujer.

Sus pies y el resto de su cuerpo ya se habían quedado fríos.

Mientras le limpiaba los últimos rastros de escayola de los dedos de los pies en el grifo de mi habitación, pregunté a la comadrona si podía tenerla en casa conmigo durante un tiempo. La mujer me miró de reojo y me respondió que eso sería un poco raro, pero que podía tenerla en brazos todo el tiempo que quisiera allí, en el hospital. Le dije que estaba preparada para que se la llevaran.

Luego, mientras contemplaba entre lágrimas el grisáceo cielo de Londres, tuve la sensación de que me habían amputado algo. Una vez en casa, la inmensa pena que sentía dio paso a una especie de atontamiento. Cuando los amigos me hablaban en tono conmocionado y compasivo acerca de mi «pérdida», sabía a qué se referían, por supuesto, y sin embargo esa palabra también me resultaba muy acertada. Otras mujeres habían ganado, habían salido triunfantes en su partida con la naturaleza, con la procreación, con la genética. Yo no. Yo, que siempre había sido tan eficiente, que siempre había alcanzado tantos logros, tantos éxitos, había perdido. Descubrí que la pena no es muy diferente de la derrota.

Y sin embargo, por extraño que resulte, en apariencia casi todo había vuelto a ser como antes. Antes de la breve y civilizada aventura con mi homólogo de la oficina de Ginebra, una relación que se desarrolló en habitaciones de hotel y en restaurantes anodinos; antes de las náuseas matutinas y de darme cuenta, al principio con espanto, de que tal vez no habíamos sido tan precavidos como había pensado. Antes de las llamadas telefónicas y los emails tensos y de sus educadas insinuaciones acerca de «decisiones», de «planes» y del «mal momento», y por último el pausado nacimiento de un sentimiento diferente, el sentimiento de que a lo mejor el momento sí era el adecuado después de todo, de que aunque la aventura no iba a fructificar en una relación a largo plazo, me había concedido a mí, soltera a los treinta y cuatro años, una oportunidad. Mis ingresos eran más que suficientes para dos y la agencia de relaciones públicas en el ámbito financiero para la que trabajaba se enorgullecía de la generosidad de sus prestaciones por maternidad. No solo podría tomarme casi un año entero para estar con mi bebé, sino que se me garantizaba flexibilidad laboral cuando me reincorporara al trabajo.

Mis jefes fueron igual de comprensivos cuando les hablé de la muerte fetal y me ofrecieron la baja por enfermedad indefinida; a fin de cuentas, ya habían cubierto mi ausencia. Me encontré sentada a solas en un piso que había acondicionado de forma minuciosa para un hijo; una cuna Kuster, el mejor cuco del mejor catálogo, la cenefa con motivos circenses pintada a mano alrededor de la pared del dormitorio libre. Me pasé el primer mes extrayéndome leche de los pechos y tirándola por la pila del lavabo.

La administración pública trató de ser amable, pero, inevitablemente, no lo fue. Descubrí que la ley no establece disposiciones especiales en caso de muerte fetal; una mujer en mi situación tiene que ir a registrar el fallecimiento y el nacimiento de forma simultánea; una crueldad legal que sigue enfureciéndome siempre que me viene a la memoria. Hubo un funeral; una vez más, un requisito legal, aunque de todos modos lo habría querido. Es duro hacer un panegírico en memoria de una vida que no se ha vivido, pero lo intentamos.

Me ofrecieron terapia y acepté, a pesar de que en el fondo de mi corazón sabía que no me serviría de nada. Tenía que escalar una montaña de dolor, y hablar no me sería de ayuda. Cuando quedó claro que no podría volver a mi trabajo durante otro año —al parecer, no puedes librarte sin más de alguien que está cubriendo una baja por maternidad porque tiene los mismos derechos que cualquier otro empleado— dimití y empecé a trabajar a tiempo parcial para una organización benéfica cuyo objetivo es que se investiguen las causas de la muerte fetal. Eso implicó que ya no pude permitirme seguir viviendo donde lo hacía, aunque iba a mudarme de todas formas. Podía deshacerme de la cuna y del papel pintado del cuarto del bebé, pero siempre sería la casa en la que no estaba Isabel.

Antes: **Emma**

Algo me ha despertado.

Sé en el acto que no se trata de unos borrachos a la puerta de la tienda de kebabs, ni de una pelea callejera ni de un helicóptero de la policía porque estoy tan acostumbrada a eso que ya no le hago caso. Levanto la cabeza y aguzo el oído. Un ruido seco, luego otro.

Alguien se mueve por nuestro piso.

Ha habido algunos robos últimamente por el vecindario, y de repente la adrenalina me forma un nudo en el estómago. Entonces caigo en la cuenta: Simon no está. Ha salido de copas por trabajo, y me he acostado sin esperar a que volviera. El ruido me hace pensar que ha bebido demasiado. Imagino que se dará una ducha antes de meterse en la cama.

Puedo saber lo tarde que es por el ruido de la calle… o por la ausencia del mismo. No hay rugido de motores que aceleran al salir de un semáforo. Ni puertas de coches cerrándose en los alrededores de la tienda de kebabs. Busco mi teléfono y miro la hora. No llevo puestas las lentillas, pero puedo ver que son las 2.41.

Simon viene por el pasillo, lo bastante borracho para no acordarse de que el suelo junto al baño siempre cruje.

¡No pasa nada!, le grito. Estoy despierta.

Sus pasos se detienen al otro lado de la puerta. Para demostrarle que no estoy enfadada, añado: Sé que estás bolinga.

Voces, imposibles de distinguir. Susurran.

Lo que significa que ha traído a alguien a casa. Algún colega de curda que habrá perdido el último tren de vuelta a su casa en las afueras. Pues menudo fastidio, porque mañana tengo un día ajetreado —hoy, más bien— y hacer el desayuno a compañeros de trabajo de Simon borrachuzos no entraba en mis planes. Aunque, a la hora de la verdad, sé que Simon será encantador y divertido y me llamará «nena» y «preciosa» y dirá a su amigo que por poco no soy modelo y que es el hombre más afortunado del mundo y yo cederé y llegaré tarde a trabajar. Otra vez.

Vale, nos vemos más tarde, le digo, un tanto molesta. Seguro que se ponen a jugar a la Xbox.

Pero los pasos no se alejan.

Ahora enfadada, bajo las piernas de la cama —estoy lo bastante vestida para un compañero de trabajo con esta camiseta vieja y estos bóxers— y abro la puerta del dormitorio.

Pero no soy tan rápida como la figura de negro con pasamontañas que está al otro lado y de pronto arremete contra la puerta con el hombro, tirándome hacia atrás. Suelto un grito; al menos, eso creo, pero puede que no haya sido más que un jadeo, pues el miedo y la sorpresa paralizan mi garganta. La luz de la cocina está encendida y veo destellar la hoja de la navaja cuando la levanta. Es una navaja pequeña, tanto que apenas es más grande que un bolígrafo.

Sus ojos resaltan entre el negro pasamontañas de lana. Se abren desmesuradamente al verme.

¡Uau!, exclama.

Veo otro pasamontañas detrás de él, otro par de ojos, más nerviosos esta vez.

Déjalo, tío, replica el segundo.

Uno de los intrusos es blanco; el otro, negro, pero ambos hablan la misma jerga callejera.

Tranqui, dice el primero. Genial. Levanta más la navaja, hasta que la tengo justo delante de la cara. Dame tu móvil, pija de mierda.

Me quedo helada.

Pero entonces soy demasiado rápida para él. Llevo la mano hacia atrás. Él piensa que voy a coger mi móvil, pero en realidad estoy cogiendo un cuchillo, el cuchillo grande para la carne de la cocina que está sobre la mesilla de noche. Siento el mango suave y pesado en la mano y, con un movimiento fluido, lo blando de forma que se clava en la tripa del cabrón, justo por encima de las costillas. Se hunde en él con facilidad. No hay sangre, pienso mientras lo saco y vuelvo a clavárselo. No salen chorros de sangre como en las películas de terror. Eso lo hace más fácil. Le hinco el cuchillo en el brazo, luego en el abdomen y a continuación más abajo, no sé dónde pero cerca de los testículos, en la entrepierna, y lo retuerzo con saña. Cuando se desploma en el suelo paso por encima de él en dirección al segundo intruso.

Tú también, digo. Tú estabas allí, no lo detuviste. Maldito capullo. Le clavo el cuchillo en la boca con la misma facilidad con que se envía una carta.

Y entonces todo se vuelve negro y me despierto gritando.

Es normal, dice Carol mientras asiente. Es muy normal. De hecho, es una buena señal.

Estoy temblando incluso ahora, en la tranquilidad de la sala donde Carol realiza las sesiones de terapia. Alguien está cortando el césped cerca de aquí.

¿Por qué buena?, pregunto un tanto aturdida.

Carol asiente de nuevo. Suele hacerlo, mucho, siempre que digo algo, la verdad, como si quisiera indicar que no acostumbra responder las preguntas de sus pacientes, pero que va a hacer una excepción, solo en este caso, por mí. Por alguien que está haciendo «un trabajo excelente», que está haciendo «grandes progresos», hasta puede que «superándolo», tal como concluye al final de cada sesión. Me la recomendó la policía, así que debe de ser buena, pero para ser franca, preferiría que atraparan a los cabrones en vez de repartir tarjetas de psicólogos.

Es posible que al fantasear con que tenías un cuchillo tu subconsciente esté diciendo que quiere tomar el control de lo que ocurrió, explica.

¿De veras?, pregunto. Encojo las piernas debajo de mí. Teniendo en cuenta que el sillón de Carol está impoluto, no sé si esto está permitido aunque esté descalza, pero considero que debería sacar algo por las cincuenta libras que pago.

¿Hablamos del mismo subconsciente que ha decidido que no debo recordar nada de lo ocurrido después de que les entregara el móvil?, replico. ¿No es posible que solo me esté diciendo que fui una gilipollas por no tener un cuchillo junto a la cama?

Esa es una interpretación, Emma, aduce Carol. Aunque me parece que no demasiado útil. Los supervivientes de una agresión suelen culparse a sí mismos en vez de al agresor. Pero es el agresor quien viola la ley, no tú. Y agrega: Mira, no me preocupan tanto las circunstancias de lo que te pasó como tu proceso de recuperación. Visto desde esa perspectiva, este es un paso importante. En tus últimos recuerdos recurrentes has empezado a luchar…, a culpar a tus agresores en vez de a ti misma. A negarte a que te definan como su víctima.

Salvo que soy su víctima, le suelto. Nada cambia eso.

¿Eres?, apunta Carol con tono sereno. ¿O fuiste? Y tras un prolongado y significativo silencio —un «lapso terapéutico», como a veces lo define ella; un modo muy estúpido de describir lo que, a fin de cuentas, es un silencio y punto— añade con suavidad: ¿Y Simon? ¿Qué tal las cosas con él?

Complicadas, respondo. Soy consciente de que eso puede entenderse de dos formas, así que apostillo: Quiero decir, que lo intenta de verdad. Innumerables tazas de té y de comprensión. Da la impresión de que se siente responsable porque no estaba allí. Parece pensar que podría haberles dado una paliza a los dos y llevar a cabo un arresto ciudadano. Cuando en realidad lo más probable es que lo hubieran apuñalado. O torturado para conseguir sus claves bancarias.

La sociedad tiene una especie de... concepto de lo que es la masculinidad, Emma, me dice Carol con voz sedosa. Cuando eso se debilita, puede hacer que cualquier hombre se sienta amenazado e inseguro.

Esta vez el silencio se dilata todo un minuto.

¿Puedes comer bien?, agrega.

Se me ocurrió explicar a Carol que tuve un trastorno alimenticio. Bueno, «tuve» es un término relativo porque, tal como sabe cualquiera que lo haya sufrido, eso es algo que jamás desaparece y que amenaza con volver siempre que las cosas se trastocan y pierdes el control de las mismas.

Simon me obliga a comer, respondo. Estoy bien.

No le digo que a veces ensucio un plato y lo meto en el lavavajillas para que Simon piense que he comido cuando en realidad no lo he hecho, ni que a veces me provoco el vómito si hemos salido por ahí. Algunas partes de mi vida están vetadas. De hecho, es una de las cosas que solían gustarme de Simon; cuidaba de mí cuando estaba enferma. El problema es que me saca de quicio que sea atento y protector si no lo estoy.

No hice nada, suelto de repente. Cuando entraron en casa. Eso es lo que no logro entender. Estaba cargada de adrenalina. Hay que luchar o huir, ¿no? Pero yo no hice ninguna de las dos cosas. No hice nada de nada.

Estoy llorando por ninguna razón en particular. Tomo uno de los cojines de Carol y me aferro a él, lo estrecho contra mí como si al apretarlo pudiera de algún modo exprimirles la vida a esos cabrones.

Algo sí hiciste, dice Carol. Te hiciste la muerta. Como instinto, es perfectamente válido. Pasa igual que con las liebres y los conejos; los conejos corren; las liebres se agazapan. No existe una reacción acertada o errónea en esas situaciones ni un «¿y si?». Cada uno hace lo que le sale de dentro. Se inclina hacia delante y me pasa la caja de pañuelos de papel por encima de la mesa baja. Emma, quiero que pruebes una cosa, propone cuando termino de sonarme la nariz.

¿Qué?, pregunto sin ánimos. Nada de hipnosis. Dije que no lo haría.

Ella niega con la cabeza.

Se trata de algo llamado EMDR, Desensibilización y Reprocesamiento por medio de Movimientos Oculares. Puede parecer un proceso extraño al principio, pero en realidad es muy sencillo. Voy a sentarme a tu lado y a mover los dedos de un extremo a otro de tu campo de visión. Quiero que los sigas con los ojos mientras revives en tu mente la experiencia traumática.

¿Para qué todo eso?, pregunto con reservas.

Lo cierto es que no sabemos con exactitud cómo funciona el EMDR. Pero parece que ayuda a superar lo ocurrido, a proporcionar cierta perspectiva. Y es especialmente útil en casos como este, cuando alguien es incapaz de recordar los detalles de lo sucedido. ¿Estás dispuesta a intentarlo?

De acuerdo. Me encojo de hombros.

Carol acerca su silla de forma que solo nos separan unos sesenta centímetros y eleva un par de dedos.

Concéntrate en una imagen visual del principio del robo, dice. Pero mantenla fija por el momento, como si pusieras una peli en pausa. Carol empieza a mover los dedos de un lado a otro, y obedezco y los sigo con la mirada. Eso es, Emma. Y ahora deja que empiece la película. Recuerda cómo te sentías.

Al principio me cuesta concentrarme, pero cuando me acostumbro al movimiento de sus dedos me abstraigo lo suficiente para recordar la noche del robo.

Un golpe en la sala de estar.

Pasos.

Susurros.

Yo levantándome de la cama.

La puerta abriéndose. La navaja delante de mi cara...

Respira profundamente, como hemos practicado, murmura Carol.

Dos, tres profundas inspiraciones. *Yo levantándome de la cama...*

La navaja. Los intrusos. La discusión entre ellos dos, tensa y apremiante, como si mi presencia significara que deberían largarse pitando o seguir con el plan y robar el piso de todas formas. El mayor, el que tiene la navaja, me señala.

Menuda canija. ¿Qué puede hacer?

Respira, Emma. Respira, me indica Carol.

Me apoya el cuchillo en la base de la garganta. *Porque si intenta alguna cosa, la rajamos, ¿no?*

No, digo con aspereza, presa del pánico. No puedo hacerlo. Lo siento.

Carol endereza la espalda.

Lo has hecho de maravilla, Emma. Bien hecho.

Cojo aire unas cuantas veces más mientras recobro la compostura. Gracias a sesiones anteriores sé que ahora dependerá de mí romper el silencio. Pero no quiero hablar más del robo.

Puede que hayamos encontrado otro lugar para vivir, comento.

¿Ah, sí? La voz de Carol es tan neutra como siempre.

El piso de Simon está en una zona espantosa. Antes incluso de que mi caso elevara el índice de delincuencia. Seguro que los vecinos me odian. Es muy probable que haya reducido en un cinco por ciento el valor de sus casas.

Estoy segura de que no te odian, Emma, aduce.

Me meto la manga del jersey en la boca y la chupo. Un viejo hábito recuperado.

Sé que mudarnos es rendirse, repongo. Pero no puedo quedarme allí. La policía dice que con agresores como esos cabe la posibilidad de que vuelvan. Al parecer tienen un sentido de propiedad. Como si en cierto modo ahora fuera suya.

Cosa que no eres, desde luego, alega Carol en voz queda. Tú eres dueña de ti misma, Emma. Y no pienses que mudarte es rendirte. Todo lo contrario. Es señal de que estás tomando decisiones otra vez. Recuperando el control. Sé que resulta duro en estos momentos. Pero la gente supera este tipo de traumas. Acabas de aceptar que lleva su tiempo.

Echa un vistazo al reloj.

Un trabajo excelente, Emma. Hoy has hecho verdaderos progresos. Te veo la semana que viene a la misma hora, ¿no?

Ahora: Jane

30. ¿Qué afirmación describe mejor su relación
personal más reciente?

o Más amigos que amantes
o Fácil y cómoda
o Sentimental e intensa
o Tempestuosa y explosiva
o Perfecta pero breve

Las preguntas del formulario de solicitud cada vez son más
raras. Al principio intento pensar detenidamente la respuesta a
cada una, pero hay tantas que al final apenas reflexiono y las
contesto por instinto.

Quieren tres fotografías recientes. Elijo una que me hicieron en la boda de un amigo, un selfi de Mia y de mí escalando
el Snowdon hace un par de años y un retrato formal que me
hice para el trabajo. Y ya está todo. Escribo una carta de pre-
sentación, nada rebuscado, solo una educada nota en la que
destaco cuánto me gusta la casa de Folgate Street, número 1 y
que me esforzaré para vivir en ella con la integridad que merece. Aunque son solo unas pocas líneas, las reescribo media do-

cena de veces antes de quedar satisfecha. La agente dice que no me haga ilusiones, que la mayoría de las solicitudes no pasan de esta fase. Aun así, me voy a dormir con la esperanza de que yo sí lo haga. Un nuevo comienzo. Empezar de cero. Y mientras me vence el sueño otra palabra me viene también a la cabeza: «Renacer».

2. Cuando trabajo en algo no puedo relajarme hasta que está perfecto.

Totalmente   ○ ○ ○ ○ ○   Totalmente en
de acuerdo   desacuerdo

Antes: **Emma**

Pasa una semana sin respuesta a nuestra solicitud, luego otra. Envío un email para asegurarme de que la han recibido. No obtengo contestación. Empiezo a cabrearme —me han obligado a responder todas esas estúpidas preguntas, a elegir las fotografías, a redactar una carta, así que lo menos que pueden hacer es escribirme para decirme que no hemos pasado a la siguiente fase—, cuando por fin recibo un correo electrónico de admin@themonkfordpartnership.com, con el asunto «Folgate Street, 1». No me doy tiempo a ponerme de los nervios. Lo abro de inmediato.

Por favor, acudan mañana, martes 16 de marzo, a las 17.00 al estudio Monkford para una entrevista.

Eso es todo. Sin dirección, sin detalles, sin indicios de si vamos a reunirnos con Edward Monkford en persona o con un subordinado suyo. Pero no cuesta nada encontrar la dirección en internet y, por otro lado, ¿qué más da con quién nos reunamos? Ya está. Hemos despejado todos los obstáculos, solo queda este último.

El estudio Monkford ocupa la planta superior de un moderno edificio en la City. Tiene una dirección, pero casi todo el mundo lo llama la Colmena porque eso es justo lo que parece, una gigantesca colmena de piedra. Se alza entre todos los abigarrados rascacielos de vidrio y acero de Square Mile, en las proximidades de la catedral de San Pablo, como una extraña y pálida crisálida dejada por un alienígena. Y a nivel de la calle resulta aún más extraño. No cuenta con un mostrador de recepción, solo hay una larga pared de piedra clara con dos aberturas que deben de llevar a los ascensores, ya que hay un flujo continuo de gente que entra y sale de ellas. Tanto hombres como mujeres parecen vestir caros trajes negros y camisas blancas de cuello abierto.

Siento que mi móvil vibra. Aparece algo en la pantalla.

Edificio Monkford. ¿Desean anunciarse ahora?

Presiono «Aceptar».

Bienvenidos, Emma y Simon. Tengan la amabilidad de subir en el tercer ascensor hasta la planta catorce.

No tengo ni idea de cómo nos ha identificado el edificio. Quizá había cookies adjuntas en el email. Simon entiende de esas cosas tecnológicas. Se lo enseño con la esperanza de suscitar su entusiasmo, pero se limita a encogerse de hombros con desdén. Los sitios como este, que rezuman dinero y seguridad, no son de su agrado.

No hay nadie más esperando nuestro ascensor, aparte de un hombre que parece estar aún más fuera de lugar que nosotros. Tiene el pelo largo y gris, alborotado pese a llevarlo recogido en una coleta, y barba de dos días, y viste una chaqueta apolillada y unos pantalones de lino gastados. Echo un vistazo hacia abajo y veo que ni siquiera lleva zapatos, solo unos calcetines. Está comiendo chocolate, una barrita Crunchie, de forma bastante ruidosa. Cuando las puertas se abren entra arrastrando los pies y se coloca al fondo.

Busco los botones con la mirada, pero no hay ninguno. Supongo que solo va a los pisos que tiene programados.

Mientras subimos, con tanta suavidad que no se nota movimiento alguno, siento que la mirada del hombre me recorre. Se detiene en mi vientre. Y permanece ahí mientras se lame los pedacitos de chocolate de los dedos. Un poco molesta, poso la mano en el lugar que él está mirando y noto que se me ha subido la camisa. Justo por encima de los pantalones asoma una porción de piel desnuda.

¿Qué pasa, Emma?, dice Simon, que se ha percatado de que estoy incómoda.

Nada, respondo. Me vuelvo hacia él, dando la espalda al desconocido, mientras con disimulo me remeto la camisa.

¿Ya has cambiado de opinión?, me pregunta Simon en voz queda.

No lo sé, replico. En realidad no lo he hecho, pero no quiero que Simon piense que no estoy dispuesta a dialogar sobre el tema.

Las puertas del ascensor se abren y el hombre sale arrastrando los pies y comiendo aún su barrita.

Es la hora del espectáculo, anuncia Simon al tiempo que mira en derredor.

Es otro espacio grande y elegante, una zona abierta y luminosa que va de punta a punta del edificio. En un extremo hay una pared de cristal curvado con vistas a la City; puede verse la cúpula de San Pablo, el Lloyds de Londres, todos los otros edificios emblemáticos y Canary Wharf en la lejanía; el Támesis discurre como una serpiente en torno a la isla de los Perros y continúa entre los interminables terrenos llanos hacia el este. Una rubia ataviada con un entallado traje negro se yergue en un sillón de cuero en el que está manejando un iPad.

Bienvenidos, Emma y Simon, nos saluda. Tengan la bondad de tomar asiento. Edward los recibirá en breve. Todos sus emails deben de estar en el iPad, pues, tras diez minutos de silencio, dice: Por favor, síganme.

Empuja una puerta. Solo por la forma en que se abre sé que es pesada, que está bien equilibrada. Dentro hay un hombre de pie junto a una larga mesa, con los puños apoyados en ella, estudiando unos planos. Son tan grandes que ocupan buena parte de la mesa. Al ojearlos veo que en realidad no son planos, sino dibujos. Hay dos o tres lápices y una goma de borrar en una esquina, ordenados por tamaño.

Emma, Simon, dice el hombre al tiempo que levanta la vista. ¿Les apetece un café?

De acuerdo, es atractivo. Es lo primero de él en lo que me fijo. Y lo segundo. Y lo tercero. Tiene el cabello rizado, de un rubio indefinido, muy corto. Lleva un jersey negro y una camisa de cuello abierto; nada especial, aunque la lana cae con estilo sobre sus anchos y delgados hombros. Además, posee una bonita sonrisa, en absoluto de autocomplacencia. Parece un profesor sexy y relajado, no el desconocido obsesivo que me había imaginado.

Y es evidente que Simon percibe lo mismo, o ve que yo me fijo, porque se adelanta de repente y agarra a Edward Monkford del hombro.

Edward, ¿verdad?, dice. ¿O Eddy? ¿Ed? Soy Simon. Encantado de conocerte, tío. Menuda pasada de sitio. Esta es mi novia, Emma.

Me estremezco porque esa pose chulesca del East End es

algo que Simon solo exhibe frente a gente ante la que se siente amenazado.

Un café estaría bien, me apresuro a intervenir.

Dos cafés, por favor, Alisha, pide Edward Monkford a su asistente de forma muy educada. Nos indica a Simon y a mí que ocupemos las sillas al otro lado de la mesa. Bueno, dígame por qué quiere vivir en la casa de Folgate Street, me pregunta cuando tomamos asiento, mirándome a mí e ignorando a Simon.

No, no parece un profesor. Más bien un director o un presidente del consejo de rectores. Su mirada sigue siendo amable, pero también un poco torva. Lo cual, como es natural, solo hace que resulte más atractivo.

Hemos previsto su pregunta, o una parecida, y consigo dar la respuesta que traemos preparada, algo acerca de lo mucho que agradeceremos la oportunidad y que intentaremos estar a la altura de la casa. A mi lado, Simon se limita a echar chispas por los ojos en silencio. Cuando termino, Monkford asiente con cortesía. Se le ve un tanto aburrido.

Y creo que nos cambiará, me oigo añadir.

Por primera vez parece interesado.

¿Cambiarles? ¿Cómo?

Entraron a robarnos, explico despacio. Dos hombres. Bueno, dos críos en realidad. Adolescentes. No puedo recordar lo que pasó, no los detalles. Sufro algún tipo de estrés postraumático.

Él asiente con aire pensativo.

Alentada, continúo: No quiero ser la persona que se quedó de brazos cruzados y permitió que se salieran con la suya. Quiero ser alguien que tome decisiones. Que luche. Y creo que la casa me ayudará. Es decir, no somos la clase de personas que vivirían de ese modo en circunstancias normales. Con todas esas reglas. Pero nos gustaría intentarlo.

Una vez más, el silencio se dilata. Me doy de tortas para mis adentros. ¿Cómo va a ser relevante lo que me pasó? ¿Cómo va a convertirme la casa en una persona diferente?

La rubia platino nos trae los cafés. Me levanto de golpe para coger uno, y con el ímpetu y los nervios derramo la taza entera sobre los dibujos.

Por Dios, Emma, dice Simon mientras aprieta los dientes y se levanta también de golpe. Mira lo que has hecho.

Cuánto lo siento, digo abatida al mismo tiempo que el riachuelo marrón se traga los diseños. Dios mío, lo siento muchísimo.

La asistente se apresura a ir a por unos paños. Puedo ver cómo se esfuma esta oportunidad. Esa drástica lista en blanco de posesiones, todas esas esperanzadas mentiras que puse en el cuestionario ya no servirán para nada. Lo último que este hombre quiere es a una patosa tiracafés echando a perder su preciosa casa.

Para mi sorpresa, Monkford se limita a reír.

Eran unos dibujos espantosos, dice. Debería haberlos tirado hace semanas. Me ha ahorrado la molestia. La asistente regresa con toallitas de papel y va rodeando la mesa al tiempo que da toquecitos para secarla. Alisha, lo estás empeorando, le espeta Monkford con voz cortante. Déjame a mí. Enrolla los dibujos de forma que el café queda contenido dentro, como un pañal gigante. Deshazte de esto, le dice, y se los entrega.

Tío, lo siento un montón, interviene Simon.

Monkford lo mira directamente por primera vez.

Jamás pida disculpas por alguien a quien ama, declara en voz queda. Le hace parecer un capullo.

Simon está tan anonadado que ni mueve los labios. Yo me he quedado boquiabierta, atónita. Hasta el momento, nada en la conducta de Edward Monkford hacía pensar que diría algo tan personal. Y Simon ha pegado a gente por menos... por mucho menos. Pero Monkford se vuelve de nuevo hacia mí y agrega sin más: Bueno, ya la avisaré. Gracias por venir, Emma. Hace una breve pausa antes de añadir: Y a usted, Simon.

Ahora: Jane

Espero en una zona de recepción de la decimocuarta planta de la Colmena mientras veo discutir a dos hombres en una sala de reuniones con las paredes de cristal. Estoy segurísima de que uno de ellos es Edward Monkford. Lleva la misma ropa que en una fotografía que vi en internet: jersey negro de cachemira, camisa blanca de cuello abierto. Sus rizos rubios claros enmarcan un rostro delgado y ascético. Es guapo; no de un modo llamativo, sino que posee un aire de seguridad y encanto, con una bonita sonrisa ladeada. El otro hombre le está gritando, aunque el cristal es tan grueso que no puedo entender lo que dice; aquí arriba hay tanto silencio como en un laboratorio. El tipo gesticula de manera furiosa, acercando ambas manos a la barbilla de Monkford. El gesto y la tez morena de ese individuo me llevan a pensar que podría ser ruso.

La mujer que está a un lado e interviene de vez en cuando bien podría ser la esposa de un oligarca. Es mucho más joven que el supuesto ruso, y lleva un vestido estampado chillón de Versace y el cabello teñido de un rubio de peluquería cara. Su marido no le hace el menor caso, pero Monkford se vuelve de vez en cuando hacia ella con cortesía. Cuando el hombre deja por fin de gritar, Monkford pronuncia con calma algunas palabras y mueve la cabeza. El tipo estalla de nuevo, aún más enfadado.

La impecable morena que me ha recibido se acerca.

—Me temo que Edward sigue reunido. ¿Puedo traerle alguna cosa? ¿Un vaso de agua?

—Estoy bien, gracias. —Señalo con la cabeza el cuadro que tengo ante mí—. Se refiere a esa reunión, imagino.

Ella sigue mi mirada.

—Están perdiendo el tiempo. No cambiará nada.

—¿Por qué discuten?

—El cliente encargó una casa durante un matrimonio anterior. Ahora su nueva esposa quiere una cocina Aga. Dice que para que sea más acogedora.

—¿Y al estudio Monkford no le va lo acogedor?

—Esa no es la cuestión. Si no se acordó en el encargo original, Edward no hará ningún cambio. No a menos que sea algo con lo que él esté conforme. En una ocasión estuvo tres meses reconstruyendo el tejado de una casa de veraneo para que fuera un metro y veintiún centímetros más bajo.

—¿Cómo es trabajar para un perfeccionista? —pregunto. Pero es obvio que me he extralimitado, pues la morena me dirige una sonrisa fría y se marcha.

Continúo observando la discusión... o más bien la bronca, ya que Edward Monkford casi no toma parte en la misma. Tan solo permite que la ira del hombre le pase por encima, como las olas sobre una roca, mientras mantiene una expresión de educado interés, solo eso. Finalmente la puerta se abre de golpe y el cliente sale hecho una furia, farfullando aún, seguido por su esposa, quien avanza con paso inseguro con sus zapatos de tacón alto. Monkford sale sin prisas.

Me aliso el vestido y me pongo en pie. Tras pensarlo mucho, me he decidido por un Prada azul marino, plisado, justo por debajo de la rodilla, nada demasiado ostentoso.

—Jane Cavendish —le recuerda la recepcionista.

Monkford se vuelve para mirarme. Durante un instante parece sorprendido; sobresaltado incluso, como si no fuera lo que él esperaba. Entonces el momento pasa y extiende la mano.

—Jane. Por supuesto. Vayamos adentro.

«Me acostaría con este hombre.» Apenas le he dicho más que un hola, pero de igual manera caigo en la cuenta de que algo, una parte de mí que escapa a mi control consciente, se ha pronunciado. Él me abre la puerta de la sala de reuniones y hasta este simple y cotidiano gesto de cortesía parece cargado de significado.

Nos sentamos uno frente al otro, a cada lado de una larga mesa de cristal dominada por una maqueta de una ciudad pequeña. Siento su mirada recorriéndome el rostro. Cuando decidí que era guapo pero sin pasarse, no lo había visto de cerca todavía. Sus ojos en particular son de un impresionante tono azul claro. Aunque sé que solo tiene treinta y tantos años, unas finas arruguitas surcan el rabillo de sus ojos. «Arrugas de la risa», solía llamarlas mi abuela. Pero tratándose de Edward Monkford confieren a su rostro una intensidad feroz, semejante a la de un halcón.

—¿Ha ganado? —pregunto al ver que no dice nada.

Él parece salir de sus cavilaciones.

—¿Qué?

—La discusión.

—Ah, eso. —Se encoge de hombros y sonríe, haciendo que su semblante se suavice en el acto—. Mis edificios exigen cosas a la gente, Jane. No creo que sean inaceptables y, en todo caso, las recompensas son mucho mayores que las exigencias. Supongo que, en cierto sentido, usted está aquí por eso.

—¿De veras?

Asiente.

—David, mi socio tecnológico, habla de algo llamado EU, que en la jerga técnica significa «experiencia de usuario». Como bien sabrá al haber visto los términos y las condiciones del alquiler de la casa de Folgate Street, recabamos información y la usamos para depurar la experiencia de usuario de nuestros otros clientes.

En realidad, he echado un vistazo superficial a la mayoría del documento con las condiciones, que abarca unas veinte páginas en letra pequeña.

—¿Qué clase de información?

Se encoge de hombros otra vez. Debajo del jersey, sus hombros son anchos pero delgados.

—Sobre todo metadatos. Qué habitaciones usa más el inquilino y ese tipo de cosas. Y, de vez en cuando, le pediremos que vuelva a responder el cuestionario para ver cómo van cambiando sus respuestas.

—Puedo vivir con eso. —Guardo silencio, consciente de que mi respuesta podría haber sonado presuntuosa—. Si tengo ocasión, claro.

—Bien. —Edward Monkford acerca la mano a una bandeja en la que hay unas tazas de café, una jarra de leche y un cuenco con azucarillos envueltos en papel. Apila de forma distraída los azucarillos, alineando los bordes hasta que forman un cuadrado perfecto, como un cubo de Rubik. Luego gira las tazas de manera que todas las asas apunten en la misma dirección—. Quizá incluso le pida que hable con algunos de nuestros clientes para que nos ayude a convencerlos de que vivir sin una cocina Aga y una vitrina para trofeos deportivos no será el fin del mundo para ellos.

Otra sonrisa se dibuja en el rabillo de sus ojos y siento que las rodillas me flaquean. «Yo no soy así —pienso, y después—: ¿Es mutuo?» Le brindo una pequeña sonrisa de aliento.

Guarda un momento de silencio.

—Bueno, Jane…, ¿hay algo que quiera preguntarme?

Pienso un poco.

—¿Construyó la casa de Folgate Street para usted?

—Sí. —No se extiende.

—Entonces ¿dónde vive ahora?

—Sobre todo en hoteles. Cerca del proyecto en el que esté trabajando. Son soportables siempre que metas todos esos cojines en un armario. —Esboza una nueva sonrisa, pero tengo la sensación de que no está bromeando.

—¿Le molesta no tener casa propia?

Se encoge de hombros.

—Significa que puedo centrarme en mi trabajo. —Su forma de decirlo no invita a hacer más preguntas.

De repente la puerta se abre golpeando contra el tope, e irrumpe un hombre en la sala que empieza a rajar como una ametralladora.

—Ed, tenemos que hablar sobre el ancho de banda. Los imbéciles intentan escatimar con la fibra óptica. No entienden que dentro de cien años el cable de cobre estará tan desfasado como hoy en día lo están las tuberías de plomo…

El orador es un individuo desaliñado y fornido. Una barba incipiente, que crece de cualquier manera, cubre su rostro regordete y mofletudo. Lleva el cabello, más canoso que la barba, recogido en una coleta. A pesar del aire acondicionado, viste pantalón corto y chanclas.

Monkford no parece molesto por la interrupción.

—David, te presento a Jane Cavendish. Ha solicitado vivir en la casa de Folgate Street.

Así que este hombre debe de ser David Thiel, el socio tecnológico. Sus ojos, tan hundidos en su rostro que casi no puedo distinguir su expresión, se vuelven hacia mí sin la menor curiosidad y luego regresan a Monkford.

—En serio, la única solución es que la ciudad tenga su propio satélite. Debemos reconsiderarlo todo...

—¿Un satélite en exclusiva? Es una idea interesante —repone Monkford con aire pensativo. Me mira a mí—. Me temo que tendrá que disculparnos, Jane.

—Por supuesto.

Cuando me levanto, la mirada de David Thiel desciende hasta mis piernas desnudas. Monkford también se da cuenta y adopta una expresión ceñuda. Tengo la sensación de que está a punto de decir algo, pero se contiene.

—Gracias por recibirme —añado de forma educada.

—Me pondré en contacto con usted pronto —dice.

Antes: **Emma**

Y entonces, al día siguiente, recibo un email: «Su solicitud ha sido aprobada».

No puedo creerlo... sobre todo porque el email no dice nada más; ni una explicación de cuándo podemos mudarnos ni los detalles de su cuenta bancaria ni lo que se supone que tenemos que hacer ahora. Llamo al agente, Mark. Estoy empezando a conocerlo bastante bien ahora que estoy haciendo todo esto para la solicitud, y no es tan mal tipo como pensé en un principio.

Parece sinceramente satisfecho cuando se lo cuento.

Dado que está desocupada, podéis mudaros este fin de semana si queréis, dice. Debéis firmar unos documentos, y tendré que ir explicándoos el funcionamiento mientras instaláis la aplicación en vuestros móviles. En realidad, ya está todo.

«En realidad, ya está todo.» Estoy asimilando que lo hemos conseguido. Viviremos en una de las casas más alucinantes de Londres. Nosotros. Simon y yo. Ahora todo va a ser diferente.

3. Usted provoca un accidente de trá-fico. El otro implicado es una mujer. Está confusa y cree que lo ha causado ella. ¿Qué le dice usted a la policía?

o *Es culpa de ella*
o *Es culpa mía*

Ahora: Jane

Estoy sentada en la diáfana y vacía austeridad del número 1 de Folgate Street con una sensación de satisfacción absoluta.

Contemplo la prístina blancura del jardín. Ahora he descubierto por qué no hay flores en él: está diseñado según lo que internet me dice que es un *karesansui*, uno de esos jardines formales para meditación de los templos budistas. Las formas son simbólicas: montaña, agua, cielo. Es un espacio para la contemplación, no para plantar o cultivar nada.

Edward Monkford pasó un año en Japón tras el fallecimiento de su esposa y de su hijo. Eso fue lo que me impulsó a investigarlo.

Hasta internet es distinto aquí. Camilla descargó la aplicación en mi móvil y en mi portátil, y me entregó la pulsera especial que activa los sensores de Folgate Street, 1. Acto seguido se conectó al wifi e introdujo una contraseña. Desde entonces, siempre que enciendo un dispositivo no me encuentro con Google ni con Safari, sino con una página en blanco y las palabras «Ama de llaves». Solo hay tres pestañas: «Casa», «Buscar» y «Nube». «Casa» abre el estado actual de la iluminación, la calefacción, etcétera, de la vivienda. Hay cuatro configuraciones para elegir: productivo, tranquilo, lúdico y útil. «Buscar» me lleva a internet. «Nube» es mi copia de seguridad y mi almacenamiento.

Todos los días Ama de llaves sugiere qué debería ponerme basándose en el tiempo que hace, en mis citas y en la ropa sucia. Si como en casa, sabe qué tengo en la nevera, cómo podría cocinarlo y cuántas calorías aportaría al total diario. Entretanto, la función «Buscar» filtra los anuncios, las ventanas emergentes que me ofrecen un vientre más plano, inquietantes historias nuevas, listas de los diez mejores, cotilleos sobre famosos de tres al cuarto, spam y cookies. No hay marcadores, ni historial ni información almacenada. Cada vez que cierro la pantalla todo queda limpio como una patena. Por extraño que parezca, resulta liberador.

A veces me sirvo una copa de vino y me dedico a pasearme sin más, toqueteando cosas, haciéndome con las impersonales y caras texturas, amoldándome a la precisa colocación de una silla o de un jarrón. Por supuesto que ya conocía la máxima «Menos es más» de Mies van der Rohe, pero antes no había apreciado lo sensual, lo exquisito y voluptuoso que puede ser el menos. Los pocos muebles son diseños clásicos: sillas de comedor de Hans Wegner hechas de roble claro; taburetes blancos de Nicolle en la cocina; un elegante sofá Lissoni. Y la casa viene con un surtido de selectos aunque lujosos accesorios menores: gruesas toallas blancas; ropa de cama de muchísimos hilos; copas de vino de cristal soplado a mano, con los tallos finos como termómetros. Cada detalle es una pequeña sorpresa, una muestra de calidad.

Me siento como un personaje de una película. En medio de tanto buen gusto, la casa consigue que camine con más elegancia, que mi postura sea más estudiada, que me sitúe en el ángulo preciso donde el efecto es el más impactante. No hay nadie para verme, claro, pero podría decirse que Folgate Street, 1 es mi público, y llena estos espacios sin apenas muebles de tranquila y cinematográfica música de la lista de reproducción automatizada de Ama de llaves.

«Su solicitud ha sido aprobada.» Eso fue todo lo que decía el email. Me esperaba lo peor debido a lo corta que fue la reunión, pero al parecer Edward Monkford prefiere la brevedad en todos los aspectos. Y desde luego no me imaginaba esa tensión subyacente, esa débil descarga que notas cuando la atracción que sientes por alguien es recíproca. «Bueno, pues ya sabe dónde estoy», pienso. La espera misma parece electrizante y sensual, una especie de silenciosos juegos preliminares.

Y entonces recibí flores. El día en que me mudé estaban en la puerta; un enorme ramo de lirios, todavía envueltos en celofán. Sin nota ni nada que indicara si hacía eso con todos sus nuevos inquilinos o era un gesto especial solo para mí. Le envié un educado «gracias» de todas formas.

Dos días después llegó otro ramo idéntico. Y al cabo de una semana, un tercero. Siempre lirios, siempre en el mismo lugar, junto a la puerta principal. Su intensa fragancia impregna cada rincón de Folgate Street, 1. Pero esto empieza a ser excesivo.

Cuando encuentro el cuarto ramo idéntico decido que ya está bien. El envoltorio de celofán lleva impreso el nombre de una floristería. Llamo y pregunto si es posible cambiar el pedido por otra cosa.

La mujer que está al otro lado de la línea parece desconcertada al responder:

—Lo siento, no encuentro ningún pedido para Folgate Street, número uno.

—Puede que esté a nombre de Edward Monkford... ¿Quizá un encargo del estudio Monkford?

—No hay nada. De hecho, no hay nada en su zona. Estamos situados en Hammersmith; no entregamos tan al norte.

—Entiendo —digo perpleja.

Al día siguiente recibo más lirios y mi intención es tirarlos a la basura. Pero entonces la veo; una tarjeta —la primera vez que dejan una— en la que alguien ha escrito:

Emma, te amaré para siempre. Duerme bien, amor mío.

Antes: **Emma**

Es tan maravilloso como esperábamos. Bueno, como yo esperaba. Simon lo acepta todo, pero sé que sigue sin estar convencido. O tal vez no le guste sentirse en deuda con el arquitecto por dejarnos vivir aquí a un precio tan bajo.

Pero hasta Simon está alucinado con la alcachofa del tamaño de un plato que se pone en funcionamiento cuando abres la puerta de la ducha; te identifica gracias a la pulsera resistente al agua que nos dieron a cada uno para que nos la pusiéramos, y recuerda la temperatura que nos gusta. La primera mañana nos despertamos con la luz del dormitorio un tanto tenue —un amanecer electrónico, con los ruidos de la calle silenciados por los gruesos muros y el cristal— y me percaté de que hacía años que no dormía tan bien.

Como era de esperar, no tardamos nada en deshacer las maletas. La casa de Folgate Street dispone ya de cosas bonitas, de modo que nuestras viejas posesiones se unieron a la Colección que almacenamos en un trastero.

A veces me siento en la escalera con un tazón de café y la barbilla apoyada en las rodillas mientras me empapo de lo agradable que es todo.

No lo derrames, cielo, me dice Simon cuando me ve.

Se ha convertido en una broma habitual. Hemos decidido que conseguimos la casa debido a que yo tiré aquella taza de café.

Nunca mencionamos que Monkford llamó «capullo» a Simon ni que Simon no reaccionó.

¿Feliz?, me pregunta al tiempo que se sienta a mi lado en la escalera.

Feliz, convengo. Peeero...

Quieres salir, concluye. Ya te has hartado. Lo sabía.

La semana que viene es mi cumpleaños.

¿En serio, cielo? No me acordaba.

Está de broma, por supuesto. Simon siempre tira la casa por la ventana en fechas como el día de San Valentín y mi cumpleaños.

¿Por qué no invitamos a algunas personas?

¿Te refieres a celebrar una fiesta?

Asiento.

El sábado.

Simon parece preocupado.

¿Se nos permite celebrar fiestas aquí?

No será un desmadre, alego. No como la última.

Digo esto porque la última vez que dimos una fiesta tres vecinos llamaron a la policía...

Bueno, entonces vale, dice sin estar muy convencido. El sábado.

A las nueve de la noche del sábado la casa está hasta arriba de gente. He puesto velas por toda la escalera y fuera, en el jardín, y he bajado la intensidad de la iluminación. El hecho de que Ama de llaves no cuente con un ambiente «fiesta» me preocupaba un poco al principio. Pero he revisado las reglas y «No se permiten fiestas» no figura en la lista. Quizá se olvidaran, pero una lista es una lista.

Como es natural, nuestros amigos no dan crédito cuando atraviesan la puerta, aunque nos hacen un montón de bromas acerca de dónde están todos los muebles y por qué no hemos deshecho las maletas aún. Simon está en su salsa; le gusta ser la envidia de sus amigos, tener el reloj más exclusivo, la última aplicación o el móvil más guay, y ahora tiene el mejor lugar en el que vivir. Veo que está adaptándose a esta nueva versión de sí mismo; muestra el funcionamiento de la cocina con orgullo, el sistema automático de entrada, que las tomas de corriente son tan solo tres diminutas aberturas en una pared de piedra y que hasta los cajones integrados bajo la cama son diferentes en el lado del hombre y en el de la mujer.

Pensé en invitar a Edward Monkford, pero Simon me convenció para que no lo hiciera. Ahora, mientras «Can't Get You Out of My Head» de Kylie Minogue suena entre la gente, reconozco que tenía razón; Monkford aborrecería este bullicio, el jaleo y el baile. Lo más seguro es que inventara otra regla en el acto y echara a todo el mundo. Durante un instante imagino que ocurre, que Edward Monkford aparece de sopetón, apaga la música y ordena a todos que se larguen, y en realidad me gusta. Lo que es una estupidez, pues a fin de cuentas se trata de mi fiesta.

Simon pasa por mi lado cargado de botellas y se arrima para besarme.

Estás muy guapa, cumpleañera, me dice. ¿Vestido nuevo?

Hace años que lo tengo, miento.

Me besa otra vez.

¡Buscaos una habitación!, grita Saul por encima de la música mientras Amanda lo arrastra hacia el grupo que está bailando.

Corre el alcohol, algo de droga y la música y el griterío están a tope. La gente sale al diminuto jardín a fumar y los vecinos les llaman la atención. Pero a las tres de la madrugada todo el mundo empieza a marcharse. Saul pasa veinte minutos tratando de convencernos a Simon y a mí para que vayamos a un garito, pero a pesar de haber esnifado un par de rayas estoy agotada y Simon dice que está demasiado borracho, así que Amanda se lleva a Saul a casa.

Ven a la cama, Emma, dice Simon cuando se han marchado.

Dame unos segundos, respondo. Estoy demasiado cansada para moverme.

Hueles de maravilla, de maravilla, prosigue mientras me acaricia el cabello con la nariz. Vamos a la cama.

Simon, digo de forma titubeante.

¿Qué?

Me parece que no quiero hacerlo esta noche, le suelto. Lo siento.

No lo hemos hecho desde el robo. En realidad, no hemos hablado de ello siquiera. Es solo una de esas cosas.

Dijiste que aquí todo sería diferente, alega con suavidad.

Lo será, asevero. Solo que aún no.

Por supuesto, dice. No hay prisa, Emma. No hay ninguna prisa.

Más tarde, mientras estamos a oscuras en la cama, susurra: ¿Te acuerdas de cómo estrenamos el piso de Belfort Gardens?

Aquello fue un reto estúpido que nos impusimos; hacer el amor en cada habitación antes de que transcurriera la primera semana.

Simon no dice nada más. El silencio se dilata y al final me vence el sueño.

Ahora: **Jane**

Invito a algunos amigos a comer; una pequeña fiesta de inauguración de la casa. Mia y Richard traen a sus hijos, Freddie y Martha, y Beth y Pete traen a Sam. Conozco a Mia desde Cambridge; es mi amiga más antigua e íntima. Sé cosas que ni su marido sabe, como que cuando estuvimos en Ibiza poco antes de su boda se acostó con un hombre y que casi suspende el enlace, o que contempló la posibilidad de abortar cuando se quedó embarazada de Martha porque la depresión posparto de Freddie había sido espantosa.

Adoro a toda esta gente; sin embargo, no debería haberlos invitado a todos a la vez. Solo lo he hecho por la novedad de tener un espacio amplio, pero lo cierto es que, por más que mis amigos se propongan tener tacto, tarde o temprano siempre se ponen a hablar entre ellos de sus hijos. Richard y Pete vigilan a sus pequeños como si llevaran unas riendas invisibles, temerosos del suelo de piedra, de la mortífera escalera, de los ventanales de cristal que un niño que corre podría no ver, en tanto que las chicas se sirven enormes copas de vino blanco y se quejan sin muchas ganas, aunque con una especie de cansado orgullo, de lo aburridas que se han vuelto sus vidas.

—¡Dios mío, la semana pasada me quedé dormida mientras veía las noticias de las seis!

—Eso no es nada; ¡yo me quedo frita hasta con el canal infantil!

Martha regurgita lo que acaba de comer sobre la mesa de piedra mientras Sam estampa en los ventanales los dedos previamente untados de mousse de chocolate. Me sorprendo pensando que hay algunas ventajas en no tener hijos. Una parte de mí solo desea decir a todos que se marchen para ponerme a limpiar.

Y entonces tiene lugar un divertido episodio con Mia. Está ayudándome a preparar la ensalada cuando me dice:

—Jane, ¿dónde guardas las cucharas africanas?

—Oh… Las doné a una tienda de beneficencia.

Me lanza una mirada extraña.

—Te las regalé yo.

—Sí, lo sé. —Mia trabajó de voluntaria en un orfanato africano durante una temporada y me trajo dos cucharas de ensalada hechas a mano por los niños—. Decidí que se quedaban fuera. Lo siento. ¿Te molesta?

—Supongo que no —dice con una expresión un tanto ofendida. Es obvio que sí le molesta. Pero pasa página en cuanto la comida está lista.

—Bueno, Jane, ¿qué tal tu vida social? —pregunta Beth, que está llenándose la copa de vino por segunda vez.

—Nula, como de costumbre —respondo.

Durante años este ha sido mi papel asignado en el grupo: les proporciono historias de desastres sexuales con las que sienten que no han dejado todo atrás por completo al tiempo que se convencen de que están mucho mejor como están.

—¿Qué pasa con tu arquitecto? —dice Mia—. ¿Novedades?

—Oh, yo no sé nada del arquitecto —aduce Beth—. Cuenta, cuenta.

—Fantasea con el hombre que construyó esta casa. ¿A que sí, Jane?

Pete se ha llevado a Sam afuera. El niño está acuclillado junto al trozo de césped, espolvoreándolo con diminutos puñaditos de gravilla. Me pregunto si pedirle que pare no será de solterona.

—Pero no he hecho nada al respecto —contesto.

—Bueno, no esperes —sugiere Beth—. Échale el lazo antes de que sea demasiado tarde. —Se calla, horrorizada consigo misma—. Mierda, no quería decir que...

La tristeza y la angustia me atenazan el corazón.

—No pasa nada, sé lo que quieres decir —asevero con calma—. De todas formas creo que mi reloj biológico se ha detenido por ahora.

—Aun así, lo siento. Ha sido una falta de tacto por mi parte.

—Me preguntaba si el que estaba fuera era él —dice Mia—. Me refiero a tu arquitecto.

Frunzo el ceño.

—¿De qué estás hablando?

—Cuando he ido al coche a por el pingüino de Martha he visto a un hombre que venía con flores hacia tu puerta.

—¿Qué tipo de flores? —pregunto.

—Lirios. ¿Jane?

Echo a correr hacia la entrada. El misterio de las flores ha estado corroyéndome desde que encontré aquella extraña nota. Cuando abro veo el ramo en el escalón y el hombre casi ha alcanzado la carretera.

—¡Espere! —le grito—. Espere un momento, ¿quiere?

Se da la vuelta. Es más o menos de mi edad..., puede que un par de años mayor, y tiene el cabello salpicado de canas prematuras. Su rostro es serio y tiene una mirada muy penetrante.

—¿Sí?

—¿Quién es usted? —Señalo el ramo—. ¿Por qué no deja de traerme flores? Yo no soy Emma.

—Es evidente que las flores no son para usted —dice con indignación—. Solo las reemplazo porque usted se las lleva. Por eso dejé una nota... para que por fin se le metiera en la cabezota que no están ahí para alegrar su cocina de diseño. —Guarda silencio—. Mañana es su cumpleaños. Lo habría sido, quiero decir.

Por fin lo entiendo. No son un regalo, sino una muestra de recuerdo. Como los ramos que la gente deja en el lugar de un accidente. Me flagelo para mis adentros por estar tan absorta pensando en Edward Monkford que ni siquiera contemplé esa posibilidad.

—Lo siento mucho —digo—. ¿Ella...? ¿Sucedió cerca de aquí?

—En esa casa. —Señala detrás de mí, el 1 de Folgate Street, y siento que un escalofrío me recorre la espalda—. Murió ahí dentro.

—¿Cómo? —Al darme cuenta de que podría parecer entrometida, agrego—: Bueno, no es asunto mío...

—Depende de a quién le pregunte —me interrumpe.

—¿A qué se refiere?

El hombre me mira fijamente. Tiene unas ojeras muy marcadas.

—La asesinaron. El forense concluyó «causa desconocida», pero todo el mundo..., hasta la policía, sabía que la habían asesinado. Primero le envenenó la mente y luego la mató.

Por un momento me pregunto si todo esto no es más que una insensatez, si este tipo no estará perturbado. Pero parece demasiado sincero, demasiado normal para estar como una cabra.

—¿Quién lo hizo? ¿Quién la mató?

No responde. Se limita a mover la cabeza y a dar media vuelta para encaminarse de nuevo hacia su coche.

Antes: **Emma**

Es la mañana después de la fiesta y todavía estamos durmiendo cuando suena mi teléfono. Es un móvil nuevo, sustituye el que me robaron, y como no estoy familiarizada todavía con el tono de llamada tardo un poco en despertarme. Tengo la cabeza embotada por lo de anoche, pero aun así me doy cuenta de que la luz del dormitorio se ha encendido en perfecta sincronización con el sonido del móvil y que las ventanas pierden su oscuridad de manera gradual.

¿Emma Matthews?, dice una voz de mujer.

¿Sí?, respondo ronca a causa de la juerga.

Soy la sargento Willan, su oficial de apoyo, declara. Estoy fuera de su piso con uno de mis colegas. Hemos estado llamando al timbre. ¿Podemos pasar?

Se me había olvidado comunicar a la policía que nos mudábamos.

Ya no vivimos en esa dirección, respondo. Vivimos en Hendon. En Folgate Street, número uno.

Espere, dice la sargento Willan. Debe de haberse pegado el teléfono al pecho para hablar con alguien porque su voz me llega amortiguada. Y entonces vuelve a ponerse. Estaremos ahí en veinte minutos, Emma. Se han producido novedades importantes en su caso.

Cuando llegan ya hemos recogido casi todo y no hay ni rastro de la fiesta. Solo algunas inoportunas manchas de vino tinto en el suelo de piedra, de las que tendremos que ocuparnos más tarde. Folgate Street, 1 no luce su mejor cara, pero hasta la sargento Willan parece asombrada.

Un poco diferente de su anterior piso, comenta mientras mira a su alrededor.

Me pasé la noche de ayer explicando a nuestros amigos las reglas y no tengo ánimos para hacerlo otra vez.

La conseguimos a buen precio a cambio de cuidarla, respondo.

Dijo que tenía noticias que darnos, interviene Simon con impaciencia. ¿Los han cogido?

Eso creemos, sí, responde el agente de policía de más edad. Se ha presentado como el inspector Clarke. Su voz es grave y sosegada, y tiene la constitución fornida y las mejillas coloradas de un granjero. Me cae bien enseguida. El viernes por la noche arrestaron a dos hombres que estaban perpetrando un robo con un método muy similar al que sufrieron ustedes, explica. Cuando acudimos a una dirección en Lewisham recuperamos una serie de objetos que figuran en nuestra lista de pertenencias sustraídas.

Es fantástico, dice Simon, eufórico. Me mira a mí. ¿Verdad, Emma?

Genial, corroboro.

Se hace el silencio.

Ahora que las posibilidades de que se celebre un juicio son muchas tenemos que hacerles más preguntas, Emma, añade la sargento Willan. Tal vez prefiera que lo hagamos en privado.

Está bien, asevera Simon. Es genial que hayan cogido a esos cabrones. Ayudaremos en lo que podamos, ¿a que sí, Emma?

La sargento continúa mirándome a mí.

¿Emma? ¿Prefiere hacer esto sin la presencia de Simon?

Expuesto así, ¿cómo voy a responder que sí? En cualquier caso, no hay ningún lugar con intimidad en Folgate Street, 1. El espacio fluye de una habitación a otra, incluidos el dormitorio y el baño.

Aquí está bien, digo. ¿Tendremos que ir a los tribunales? Me refiero a testificar.

La sargento y el inspector intercambian una mirada.

Depende de si se declaran culpables, dice la sargento Willan. Esperamos que las pruebas sean tan consistentes que no vean razón para litigar. Hace una pausa y luego agrega: Emma, hemos recuperado una serie de móviles en la dirección que he mencionado. Uno de ellos es el suyo, lo hemos identificado.

De repente tengo un mal presentimiento. «Respira», me digo.

Algunos de los teléfonos contenían fotografías y vídeos, prosigue la sargento Willan. Fotos de mujeres explícitamente sexuales.

Aguardo. Sé lo que viene ahora, pero parece más fácil no decir nada, dejar que las palabras pasen, como si no fueran reales.

Emma, hemos hallado pruebas en su teléfono que indican que un hombre que encaja con la descripción de uno de los que detuvimos lo usó para grabarse manteniendo relaciones sexuales con usted, explica. ¿Puede decirnos algo al respecto?

Simon vuelve la cabeza hacia mí. Pero no lo miro. El silencio se dilata como un filamento de cristal fundido, haciéndose cada vez más fino hasta que acaba por romperse.

Sí, respondo al fin con un hilo de voz. Apenas puedo oírme, solo el retumbar en mis oídos. Pero sé que tengo que decir algo ahora, que no puedo negarme a hablar sin más.

Inspiro hondo.

Dijo que enviaría el vídeo, confieso. A todo el mundo. A cada uno de mis contactos. Me obligó a… a hacerle eso. Lo que han visto. Y usó mi propio móvil para grabarlo. Guardo silencio. Es como asomarse al borde de un precipicio. Tenía un cuchillo, añado.

Tómese su tiempo, Emma. Sé lo duro que debe de ser esto, dice con amabilidad la sargento Willan.

No puedo soportar mirar a Simon, pero me obligo a continuar.

Dijo que si se lo contaba a alguien, a la policía o a mi novio, lo sabría y enviaría el vídeo. Y era un móvil de trabajo, tenía a todo el mundo guardado en él. A mi jefe. A todos en mi empresa. A mi familia.

Hay otra cosa… Me temo que debemos preguntarle, dice el inspector Clarke con voz compungida, si cabe la posibilidad de que dejara ADN. ¿Tal vez en la cama? ¿O en la ropa que llevaba puesta?

Niego con la cabeza.

Entiende la pregunta, ¿verdad, Emma?, inquiere la sargento Willan. Estamos preguntándole si Deon Nelson eyaculó.

Veo con el rabillo del ojo que Simon aprieta los puños.

Me tapó la nariz, murmuro. Me tapó la nariz y me obligó a tragar. Dijo que tenía que desaparecer todo, hasta la última gota, para impedir que la poli obtuviera ADN. Así que sabía que no había razón… No había razón para contárselo. Lo siento. Ahora consigo mirar a Simon. Lo siento, repito.

Vuelve a hacerse un prolongado silencio.

Emma, en su anterior declaración nos explicó que no podía recordar con exactitud qué ocurrió durante el robo, interviene de nuevo el inspector en tono amable. Solo para que lo entendamos, ¿puede explicar con sus propias palabras por qué nos dijo eso?

Quería olvidar lo que había pasado, respondo. No quería admitir que estaba demasiado asustada para contárselo a nadie. Estaba avergonzada. Empiezo a llorar. No quería tener que contárselo a Simon.

Se oye un estruendo. Simon ha arrojado su taza de café contra la pared. Blancas esquirlas de porcelana y líquido marrón estallan contra la clara piedra.

¡Simon, espera!, digo con desesperación. Pero él se ha marchado ya. ¿Podrán usar esto?, pregunto mientras me seco los ojos con la manga. ¿Para condenarlo?

Una vez más, Willan y Clarke intercambian una mirada.

Es una situación difícil, reconoce la sargento. Hoy en día los jurados esperan pruebas de ADN. Y es imposible identificar al sospechoso por el vídeo; tuvo mucho cuidado de no enseñar la cara ni el cuchillo. Hace una pausa. Además, estamos obligados a revelar a la defensa que en un principio usted dijo que no podía recordarlo. Me temo que es posible que intenten utilizarlo para crear confusión.

Ha dicho que había más móviles, aduzco con voz apagada. ¿Es que esas mujeres no pueden testificar?

Sospechamos que a las otras les hizo lo mismo que a usted, explica el inspector Clarke. Los agresores, sobre todo los agresores sexuales, con el tiempo suelen adoptar un patrón. Repiten lo que funciona y descartan lo que no. Hasta experimentan un subidón al repetirse… convirtiendo lo que hacen en una especie de ritual. Pero, por desgracia, aún no hemos sido capaces de localizar a esas otras víctimas.

Quiere decir que ninguna de ellas lo denunció, apunto, comprendiendo las consecuencias. Sus amenazas funcionaron y ellas guardaron silencio.

Eso parece, conviene el inspector Clarke. Emma, entiendo por qué no se lo ha contado a nadie hasta ahora. Pero es importante conseguir un relato fiel de lo que sucedió. ¿Vendrá a comisaría y actualizará su declaración anterior?

Asiento con tristeza. El inspector coge su chaqueta.

Gracias por ser sincera con nosotros, dice, afable. Sé lo difícil que debe de ser esto. Pero entienda una cosa: de acuerdo con la ley, cualquier tipo de relación sexual forzosa, incluyendo el sexo oral forzoso, es una violación. Y de eso es de lo que vamos a acusar a ese hombre.

Simon lleva una hora ausente. Paso el tiempo recogiendo los fragmentos de la taza y frotando la pared hasta dejarla limpia. Igual que una pizarra en blanco, pienso. Salvo que lo que aquí se ha escrito no puede borrarse.

Examino su rostro cuando regresa, tratando de descubrir su estado de ánimo. Tiene los ojos enrojecidos; parece que haya estado llorando.

Lo siento, susurro con tristeza.

¿Por qué, Emma?, pregunta con voz queda. ¿Por qué no me lo contaste?

Creía que te pondrías furioso.

¿Quieres decir que pensabas que no sería comprensivo? Se le ve desconcertado a la par que angustiado. ¿Creías que no me importaría?

Qué sé yo, replico. No quería pensar en ello. Y estaba... estaba avergonzada. Era mucho más fácil fingir que no había ocurrido. Y tenía miedo.

¡Por Dios, Emma!, grita. Sé que a veces puedo ser un imbécil, pero ¿en serio creíste que no me importaría?

No… Estaba hecha un lío, alego, abatida. No podía hablar de ello contigo. Lo siento.

Monkford tenía razón. En el fondo me tienes por un capullo.

¿Qué tiene que ver Monkford con esto?

Simon señala el suelo, las preciosas paredes de piedra, el inmenso vacío a doble altura. Por eso estamos aquí, ¿verdad? Porque no soy lo bastante bueno para ti. Porque nuestro viejo apartamento no era lo bastante bueno.

No se trata de ti, respondo con voz apagada. Y, en todo caso, yo no pienso eso.

Niega con la cabeza de repente, y me doy cuenta de que su ira se ha esfumado con la misma rapidez con que ha aparecido.

Ojalá me lo hubieras contado, dice.

La policía teme que podría salir impune, le informo. Considero que bien puedo darle ya las malas noticias.

¿Qué?, exclama.

No lo han expresado con palabras. Pero debido a que he cambiado mi declaración y que no se ha presentado ninguna otra mujer, piensan que es posible que se libre de esto. Han dicho que a lo mejor no hay motivos para seguir adelante con ello.

Ah, no, replica cerrando los puños y estrellándolos contra la mesa de piedra. Una cosa te prometo, Emma: si absuelven a ese malnacido, lo mataré yo mismo. Y ahora sé su nombre. Deon Nelson.

Ahora: Jane

Cuando mis amigos se marchan me planto delante del portátil y tecleo «Folgate Street, 1». Luego añado «muerte» y por último «Emma».

No hay coincidencias. Pero estoy dándome cuenta de que Ama de llaves no funciona igual que Google. Google arroja miles, millones incluso, de resultados, en tanto que a Ama de llaves le gusta seleccionar una coincidencia perfecta y nada más. En gran parte es un alivio que no te bombardeen con alternativas. Pero cuando no sabes qué estás buscando no es tan bueno.

Mañana es lunes, uno de los días que trabajo en Still Hope, la organización benéfica. Su sede la componen tres abarrotadas habitaciones en Kings Cross; el contraste con la austera y descarnada belleza de Folgate Street, 1 no podría ser más marcado. Allí tengo una mesa, o más bien media, que comparto con Tessa, otra trabajadora a tiempo parcial. Y un viejo y decrépito ordenador.

Tecleo los mismos términos de búsqueda de Google. La mayoría de los resultados son sobre Edward Monkford. Para mi fastidio, una periodista especializada en arquitectura, que también se llama Emma, una vez escribió un artículo sobre él titulado «La muerte del desorden», de modo que hay unos quinientos enlaces. En la sexta página de resultados por fin localizo lo que busco. Un artículo de la hemeroteca de un periódico local.

La investigación de la muerte de Hendon no arroja resultados concluyentes

La investigación llevada a cabo para esclarecer las circunstancias del fallecimiento de Emma Matthews, de 26 años, que fue hallada muerta en su casa alquilada de Folgate Street, 1, al sur de Hendon, el pasado mes de julio no ha logrado resultados irrefutables, a pesar del aplazamiento de seis meses concedido a la policía para que la realizara.

El inspector James Clarke declaró al respecto: «Teníamos una serie de posibles pistas, que en un momento dado nos condujeron a una detención. Sin embargo, la Fiscalía de la Corona consideró que no había pruebas suficientes que demostraran que Emma fue asesinada. Por supuesto, continuaremos investigando esta inexplicable muerte en la medida de nuestras posibilidades».

En su declaración final el juez de instrucción describió la casa, diseñada por el mundialmente famoso arquitecto Edward Monkford, como una «pesadilla para la salud y la seguridad». La investigación había establecido con anterioridad que el cuerpo de Matthews se halló al pie de una escalera sin pasamanos y sin enmoquetar.

Los vecinos de la zona entablaron en 2010 una dura batalla legal con el ayuntamiento para tratar de impedir que se construyera la casa, pero finalmente esta obtuvo el permiso de obras municipal. La señora Maggie Evans, vecina de la fallecida, dijo ayer: «Advertimos a los de urbanismo una y otra vez que algo así sucedería. Ahora lo mejor sería que la derribaran y construyeran algo que guarde relación con el entorno».

El estudio Monkford, que no estuvo representado en la investigación, declinó hacer comentarios ayer.

«Vaya, vaya. No solo dos muertes, sino tres», me digo. Primero la familia del propio Monkford y luego esto. El número 1 de Folgate Street es un lugar aún más trágico de lo que pensaba.

Imagino el cuerpo de una mujer joven tendido al pie de esa elegante escalera de piedra y el suelo cubierto por la sangre que mana de su cráneo destrozado. El forense tenía razón, desde luego; la escalera es muy peligrosa. Y en cuanto eso quedó demostrado del modo más espantoso posible, ¿por qué Edward Monkford no hizo algo para que fuera más segura, como por ejemplo cerrarla con una pared de cristal o colocar algún tipo de barandilla?

Pero claro, sé la respuesta. Monkford ya me dijo: «Mis edificios exigen cosas a la gente, Jane. No creo que sean inaceptables». No me cabe duda de que entre los términos y condiciones hay una cláusula en algún lugar que advierte a los inquilinos que usen la escalera bajo su responsabilidad.

—¿Jane? —Es Abby, la jefa de personal. Levanto la mirada—. Ha venido alguien a verte. —Parece un poco nerviosa y tiene las mejillas sonrojadas—. Dice que se llama Edward Monkford. Es muy guapo... Está abajo.

Lo encuentro de pie en la pequeña sala de espera. Va vestido casi de forma idéntica a la última vez que nos vimos: jersey negro de cachemira, camisa de cuello abierto y pantalones negros. La única concesión al gélido clima es una bufanda anudada alrededor del cuello con una especie de nudo corredizo al estilo francés.

—Hola —digo, aunque lo que en realidad quiero decir es: «¿Qué coño haces aquí?».

Está mirando los pósters de Still Hope que hay en las paredes, pero se vuelve hacia mí en cuanto me oye hablar.

—Ahora tiene sentido —dice con voz serena.

—¿Qué?

Señala uno de los pósters.

—Tú también perdiste un hijo.

Me encojo de hombros.

—Así es.

No dice que lo siente ni ninguno de esos otros tópicos que suelta la gente cuando en realidad no saben qué decir. Se limita a asentir.

—Me gustaría tomar un café contigo, Jane. No puedo dejar de pensar en ti. Pero si es demasiado pronto, házmelo saber y me marcharé.

Hay tantas conjeturas, tantas preguntas y revelaciones en esas tres breves frases que me cuesta asimilarlas todas. Pero la primera idea que me viene a la cabeza es: «No estaba equivocada. Era mutuo».

Y la segunda, aún más clara, es: «Bien».

—Y eso fue Cambridge. Pero no hay demasiadas salidas profesionales para licenciados en historia del arte. Lo cierto es que en realidad nunca pensé demasiado en lo que quería hacer después. Hice las prácticas en Sotheby's, pero no salió un empleo. Luego trabajé en un par de galerías de arte, se supone que como asesora especializada, si bien en realidad no era más que una recepcionista con pretensiones. Después derivé hacia las relaciones públicas. Al principio trabajé en el West End, en cuentas mediáticas, pero nunca me sentí demasiado cómoda con el ambiente del Soho. Me gustaba la City, donde los clientes son más conservadores. Si te soy sincera, también me gustaba el dinero. Aunque el trabajo era interesante. Nuestros clientes eran importantes instituciones financieras; para ellos, las relaciones públicas consisten en mantener su nombre alejado de los periódicos, no de colocarlo en ellos. Estoy hablando demasiado.

Edward Monkford esboza una sonrisa y niega con la cabeza.

—Me gusta escucharte.

—¿Y tú? —lo animo—. ¿Siempre quisiste ser arquitecto?

Se encoge de hombros.

—Pasé un tiempo trabajando en la empresa de mi familia, una imprenta. Lo detestaba. Un amigo de mi padre estaba construyéndose una casa de vacaciones en Escocia y estaba teniendo dificultades con el arquitecto local. Lo convencí para que me dejara ocuparme de ella, por el mismo precio. Aprendí sobre la marcha. ¿Vamos a acostarnos? —El cambio de tema es tan brusco que me quedo boquiabierta—. Las relaciones humanas, igual que las vidas humanas, suelen acumular cosas inútiles —dice en voz baja—. Tarjetas de San Valentín, gestos románticos, citas especiales, apelativos cariñosos irrelevantes; todo el aburrimiento y la apatía de las relaciones cohibidas y convencionales que han llegado a su fin aun antes de empezar. Pero ¿y si eliminamos todo eso? Una relación libre de ataduras posee cierta pureza, posee simplicidad y libertad. Me resulta estimulante el hecho de que dos personas se unan con el único propósito de vivir el presente. Y cuando quiero algo, voy a por ello. Espero haberte dejado claro lo que estoy sugiriendo.

Me doy cuenta de que se refiere a sexo sin ataduras. Estoy segura de que muchos de los hombres que me han pedido que saliera con ellos en el pasado me querían para eso más que por amor, entre ellos el padre de Isabel. Pero pocos poseían la seguridad en sí mismos necesaria para decirlo sin tapujos. Y aunque una parte de mí no puede evitar sentirse desilusionada —me gustan mucho los gestos románticos ocasionales—, otra parte no puede evitar sentirse intrigada.

—¿Qué cama tienes en mente? —pregunto.

Como es natural, la respuesta es la cama de Folgate Street, 1. Y si hasta el momento mi trato con Edward Monkford puede haberme llevado a creer que sería un amante egoísta o reservado —¿necesita un minimalista doblar sus pantalones antes de mantener relaciones sexuales?, ¿alguien que desprecia los muebles y los cojines sentirá repulsión por los fluidos corporales y otras evidencias de la pasión?—, me siento gratamente sorprendida al descubrir que la realidad es muy diferente. Tampoco su alusión a una relación libre de cargas era un eufemismo de una centrada en exclusiva en el placer del hombre. En la cama, Edward es considerado, generoso y en absoluto propenso a la brevedad. Solo cuando el orgasmo me nubla los sentidos se permite por fin dejarse llevar y me penetra con fuerza una última vez mientras se derrama dentro de mí, diciendo mi nombre en alto sin cesar.

Jane. Jane. Jane.

«Casi como alguien que trata de grabárselo en la cabeza», pienso más tarde.

Después, mientras estamos tumbados, recuerdo el artículo que leí en internet.

—Un hombre ha estado dejando flores en la puerta principal. Me dijo que eran para una mujer llamada Emma, que falleció. Tuvo algo que ver con la escalera, ¿no es así?

Su mano continúa acariciándome la espalda con movimientos lánguidos.

—Así es. ¿Te está molestando?

—En absoluto. Además, si ha perdido a alguien a quien quería...

Edward guarda silencio durante un momento.

—Me culpa a mí; se ha convencido a sí mismo de que la casa fue de algún modo responsable. Pero la autopsia demostró que ella había bebido. Y el agua de la ducha corría cuando la encontraron. Debió de bajar a toda prisa la escalera con los pies húmedos.

Frunzo el ceño. Parece extraño correr en medio de la quietud de Folgate Street, 1.

—¿Quieres decir que huía de alguien?

Edward se encoge de hombros.

—Quizá corría para abrirle la puerta.

—Según el artículo que leí, la policía efectuó una detención. No consta de quién se trataba. Pero fuera quien fuese, tuvieron que soltarlo.

—¿En serio? —Sus claros ojos son inescrutables—. No recuerdo todos los detalles. Yo estaba fuera por entonces, trabajando en un proyecto.

—Y el tipo de las flores me habló de alguien, un hombre, que le envenenó la mente...

Edward echa un vistazo a su reloj y se incorpora.

—Lo siento mucho, Jane. Se me ha ido el santo al cielo; me esperan en una inspección de obra.

—¿Tienes tiempo para comer algo? —pregunto, decepcionada por que se marche tan pronto.

Él niega con la cabeza.

—Gracias, pero ya llego tarde. Te llamaré.

Empieza a recoger su ropa.

4. No tengo tiempo para la gente que no se esfuerza por mejorar.

Totalmente   o o o o o   Totalmente en
de acuerdo   desacuerdo

Antes: **Emma**

Lo cierto es que no podemos redactar una declaración de objetivos hasta que hayamos decidido cuáles son nuestros principios, dice Brian con tono beligerante. Acto seguido mira alrededor de la sala de reuniones, como si nos desafiara a llevarle la contraria.

Estamos en la sala 7b, un cubículo con paredes de cristal idéntico al 7a y al 7c. Alguien ha escrito el propósito de la reunión en un rotafolio. «Declaración de objetivos de la empresa.» Todavía hay páginas arrancadas de una reunión previa pegadas en el cristal. En una pone: «¿Tiempo de respuesta de 24 horas? ¿Capacidad de almacenaje de emergencias?». Parece mucho más emocionante que lo que estamos haciendo.

Hace ya más de un año que intento meterme en marketing. Pero sospecho que la razón de que esté hoy aquí tiene más que ver con que soy amiga de Amanda y, por tanto, de Saul, que con que Brian me quiera aquí, pues Saul es un peso pesado en el departamento financiero. Intento asentir con entusiasmo siempre que Brian mira hacia mí. Había pensado que marketing sería más glamuroso.

¿Es que nadie va a hacer de secretaria?, pregunta Leona, mirándome.

Capto la indirecta y me levanto para colocarme junto al rotafolio, rotulador en mano, como la dispuesta chica nueva. Escribo «Principios» en la parte de arriba de la página.

Empuje, sugiere alguien. Lo apunto de forma obediente.

Positividad, aporta otra persona.

Interés. Dinamismo. Fiabilidad, dicen otras voces.

Emma, no has anotado «Dinamismo», dice Charles.

Lo había propuesto él. ¿No es lo mismo que empuje?, pregunto.

Brian frunce el ceño. Escribo «Dinamismo» de todas formas.

Creo que deberíamos hacernos la siguiente pregunta: ¿cuál es exactamente la finalidad mayor de Flow?, dice Leona mirando a su alrededor con prepotencia. ¿Cuál es la aportación única que en Flow podemos hacer a la vida de la gente?

Se hace un prolongado silencio.

¿Repartir agua embotellada?, sugiero.

Digo esto porque el negocio de Flow es suministrar las garrafas de agua que se insertan en los dispensadores de oficina. Brian frunce el ceño otra vez y decido mantener la boca cerrada.

El agua es esencial. El agua es vida, dice Charles. Apunta eso, Emma.

Obedezco de forma sumisa.

He leído en alguna parte que somos casi todo agua, agrega Leona. Así que el agua es una gran parte de nosotros, literalmente.

Hidratación, repone Brian con aire pensativo.

Varias personas asienten, incluida yo.

La puerta se abre y Saul asoma la cabeza.

Ah, los genios creativos de marketing hincando los codos, dice de manera afable.

Brian profiere un gruñido.

La declaración de objetivos es un suplicio, dice.

Saul echa un vistazo al rotafolio.

Es bastante sencillo, ¿no? Evitar a la gente la molestia de abrir un grifo y cobrarles por ello.

Vete a la mierda, le suelta Brian con una carcajada. No ayudas.

¿Todo bien, Emma?, pregunta Saul con aire alegre mientras obedece. Guiña el ojo. Veo que Leona vuelve la cabeza hacia mí. Apuesto a que no sabía que tenía amigos en la dirección.

Apunto «Sobre todo agua» e «Hidratación».

Cuando al fin termina la reunión —por lo visto el objetivo y la principal finalidad de Flow es «Generar más momentos de dispensador, cada día y en todas partes», una idea que para todos los presentes es muy creativa y brillante— regreso a mi mesa y espero hasta que la oficina se vacía a la hora de comer. Entonces llamo por teléfono.

Estudio Monkford, responde una cultivada voz femenina.

Con Edward Monkford, por favor, digo.

Silencio. Al estudio Monkford no suele gustarle la música grabada. Y a continuación: Soy Edward.

Señor Monkford...

Llámame Edward.

Edward, tengo que preguntarte una cosa acerca de nuestro contrato. Sé que debería tratar este tipo de cosas con Mark, el agente. Pero tengo la sensación de que se lo contaría a Simon.

Me temo que las reglas no son negociables, Emma, dice Edward Monkford con seriedad.

Te aseguro que no tengo ningún problema con las reglas. Todo lo contrario. Y no quiero abandonar la casa de Folgate Street.

Se hace un breve silencio.

¿Por qué tendrías que hacerlo?

El contrato que firmamos Simon y yo... ¿Qué sucedería si uno de los dos dejara de vivir allí y el otro quisiera quedarse?

¿Simon y tú ya no estáis juntos? Siento oír eso, Emma.

Es... una pregunta teórica por ahora. Solo me pregunto cuál sería la situación, nada más.

Noto una pulsión martilleante en mi cabeza. El simple hecho de pensar en dejar a Simon me provoca una extraña sensación parecida al vértigo. ¿Es el robo el responsable de esto? ¿Lo es hablar con Carol? ¿O es la misma casa de Folgate Street, sus poderosos espacios vacíos en los que de repente todo parece mucho más claro?

Edward Monkford reflexiona su respuesta.

Técnicamente, estaríais incumpliendo el contrato, dice. Pero imagino que podrías firmar un acta de modificación en la que expliques que asumes todas las responsabilidades. Cualquier abogado competente redactaría una en diez minutos. ¿Podrías seguir permitiéndote el alquiler?

No lo sé, contesto con sinceridad.

Es posible que la casa de Folgate Street tenga un precio ridículamente pequeño para tratarse de una vivienda tan impresionante, pero es más de lo que puedo permitirme con mi reducido salario.

Bueno, estoy seguro de que llegaremos a un acuerdo.

Es muy amable por tu parte, repongo.

Y ahora me siento aún más desleal, pues si Simon estuviera oyendo esta conversación diría que he telefoneado a Edward Monkford en vez de al agente porque esta era justo la respuesta que estaba esperando.

Simon regresa a casa más o menos una hora después que yo.

¿Qué es todo esto?, pregunta.

Estoy cocinando, respondo a la vez que le brindo una sonrisa. Tu plato preferido. Solomillo Wellington.

¡Vaya!, exclama sorprendido mientras echa un vistazo a la cocina. Reconozco que está un poco desastrosa, pero al menos puede ver que he hecho un esfuerzo. ¿Cuánto tiempo te ha llevado?, pregunta.

He hecho la compra durante la pausa de la comida y he salido de trabajar a mi hora para tenerlo preparado, respondo con orgullo.

En cuanto he colgado el teléfono a Edward Monkford me he sentido fatal. ¿En qué estaba pensando? Simon ha puesto mucho de su parte y yo me he comportado como un monstruo durante estas últimas semanas. He decidido que voy a compensárselo; esta misma noche, sin aguardar más.

También tengo vino, le digo.

Simon abre mucho los ojos cuando ve que ya me he bebido un tercio de la botella, pero no dice nada.

Ah, y aceitunas y patatas fritas y muchas otras cosas ricas, agrego.

Voy a darme una ducha, anuncia.

Cuando vuelve, limpito y cambiado, el solomillo está en el horno y yo estoy un poco achispada. Simon me entrega un paquete envuelto para regalo.

Sé que no es hasta mañana, cielo, pero quiero darte esto ahora, dice. Feliz cumpleaños, Emma.

Por la forma, deduzco que es una tetera. Sin embargo, cuando retiro el papel veo que no es una tetera cualquiera, sino una preciosa tetera art déco con un dibujo de plumas de pavo real que parece sacada de un transatlántico de los años treinta. Me quedo boquiabierta.

¡Es preciosa!, exclamo.

La encontré en Etsy, explica con orgullo. ¿La reconoces? Es la que Audrey Hepburn utiliza en *Desayuno con diamantes*. Tu película favorita. Me la han enviado de una tienda de antigüedades de Estados Unidos.

Eres increíble, digo. La dejo y me siento en su regazo. Te quiero, murmuro mientras le mordisqueo una oreja.

Hacía mucho que no lo decía. Ninguno de los dos. Deslizo una mano entre sus muslos.

¿Qué te ha entrado?, pregunta divertido.

Nada, replico. A lo mejor eres tú el que tiene que entrar en mí. O al menos una pequeña parte de ti.

Me muevo sobre sus piernas y siento que empieza a endurecerse. Has sido muy paciente, le susurro al oído. Me deslizo hasta quedar arrodillada entre ellas. Tenía pensado hacer esto más tarde, después de cenar, pero no hay mejor momento que el presente… y el vino ayuda. Le bajo la cremallera y saco su pene. Mientras levanto la mirada hacia él le brindo lo que espero sea una sonrisa traviesa y sugerente, y acto seguido deslizo los labios sobre el glande.

Simon me deja hacer durante un minuto. Sin embargo, noto que se está poniendo flácido, no más duro. Me esfuerzo, pero solo consigo empeorar las cosas. Cuando lo miro de nuevo tiene los ojos cerrados con fuerza y los puños apretados, como si deseara con desesperación tener una erección.

Mmm, murmuro para darle ánimos. Mmmmmm.

Al oír el sonido de mi voz abre los ojos y me aparta.

Por Dios, Emma, dice. Se levanta al tiempo que oculta el pene tras la bragueta. Por Dios, repite.

¿Qué ocurre?, pregunto porque no entiendo nada.

Se me queda mirando. Tiene una expresión extraña en el rostro.

Deon Nelson, dice.

¿Qué pasa con él?

¿Cómo puedes hacerme a mí lo que le hiciste a ese... a ese cabrón?, exclama.

Ahora me toca a mí mirarlo fijamente.

No seas ridículo, alego.

Dejaste que se corriera en tu boca, Emma.

Me estremezco como si me hubiera golpeado.

Yo no le dejé, replico. Él me obligó. ¿Cómo puedes decir eso? ¿Cómo te atreves? Mi estado de ánimo cambia de nuevo, pasando de la euforia a la más absoluta tristeza. Deberíamos comernos el asado, digo, y me levanto.

Espera. Tengo que contarte una cosa, Emma.

Parece tan triste que pienso: Se acabó. Está rompiendo conmigo.

Hoy ha venido a verme la policía, aduce. Por una... una discrepancia en mi declaración.

¿A qué te refieres con «discrepancia»?

Simon va hasta la ventana. Ha oscurecido, pero mira hacia el exterior de la casa como si pudiera ver algo.

Después del robo declaré ante la policía, explica. Les dije que había estado en un bar.

Lo sé. El Portland, ¿no?

Resulta que no era el Portland, confiesa. Lo han comprobado. El Portland no tiene licencia para abrir hasta tan tarde. Así que han investigado los movimientos de mis tarjetas de crédito.

Parece mucho trabajo solo para verificar en qué bar estuvo Simon.

¿Por qué?, pregunto.

Él hace una pausa.

Esa noche no estuve en un bar, Emma. Estuve en un club. Un club de strip-tease.

¿Estás diciéndome que mientras a mí me… me violaba un monstruo tú estabas mirando a mujeres desnudas?, exclamo.

Éramos un grupo, Emma. Saul y algunos de los chicos. No fue idea mía. Ni siquiera lo disfruté.

¿Cuánto te gastaste?

Simon parece desconcertado.

¿Y eso qué importa ahora?

¿Cuánto te gastaste?, grito. Mi voz retumba en las paredes de piedra. Hasta ahora no me había percatado de que esta casa producía eco. Es como si ella se uniera a mí gritando también a Simon.

Él deja escapar un suspiro.

No lo sé… Trescientas libras.

¡Por Dios, Simon!, exclamo.

La policía considera que todo saldrá durante el juicio, dice.

Acabo de comprender lo que esto supone. No se trata tan solo de que Simon sea capaz de gastarse un dinero que no tiene mirando a mujeres desnudas a las que no puede follarse, única-mente porque sus amigos lo arrastran allí. Ni de que piense que estoy de algún modo deshonrada por lo que ese hombre me hizo. Se trata también de lo que esto podría suponer para el caso contra Deon Nelson. Su abogado alegará que nuestra re-lación está jodida, que nos mentimos entre nosotros y también a la policía.

Van a decir que aquella noche yo consentí y que por eso no lo denuncié.

Intento llegar al fregadero, pero el vómito —todo el vino tinto, las aceitunas negras y las cosas ricas para nuestra noche especial— mana de mi boca en un agrio y ardiente chorro.

Largo, digo cuando termino de vomitar. Lárgate. Coge tus cosas y vete.

He pasado por la vida como si estuviera sonámbula, dejando que este hombre débil y pusilánime finja que me quiere. Es hora de ponerle fin.

Vete, repito.

Emma, susurra con tono suplicante. Emma, piensa en lo que estás pidiéndome. Esta no eres tú. Solo hablas así por todo lo que ha pasado. Nos queremos. Vamos a superarlo. No digas algo que mañana lamentes.

No lo lamentaré mañana, replico. No lo lamentaré jamás. Estamos rompiendo, Simon. Hace siglos que esto no funciona. Ya no quiero estar contigo y por fin he reunido el valor para decirlo.

Ahora: Jane

—¿Que dijo qué?

—Dijo que una relación libre de ataduras posee una pureza estimulante. Bueno, a lo mejor lo estoy resumiendo un poco, pero eso era lo esencial.

Mia está en shock.

—¿Ese tío es real?

—Bueno, de eso se trata. Es... diferente a todos los tíos con los que he estado.

—¿Estás segura de que no te está entrando síndrome de Estocolmo o como se diga? —Mia mira a su alrededor, a los diáfanos espacios vacíos de Folgate Street, 1—. Vivir aquí... en parte debe de ser como estar dentro de su cabeza. A lo mejor te ha lavado el cerebro.

Me echo a reír.

—Creo que Edward Monkford me habría parecido interesante aunque no viviera en uno de sus edificios.

—¿Y tú? ¿Qué ve él en ti, cielo? Aparte de un polvo libre de ataduras o como quiera llamarlo.

—Qué sé yo. —Suspiro—. En cualquier caso, supongo que ya no hay muchas probabilidades de que lo averigüe.

Le cuento que Edward se marchó de mi cama de repente y ella frunce el ceño.

—Parece que tiene serios problemas, Jane. ¿Y si evitas involucrarte en este?

—Todo el mundo tiene problemas —replico sin darle importancia—. Hasta yo.

—Dos personas destrozadas no hacen una entera. Lo que ahora mismo necesitas es a alguien bueno y estable. Alguien que cuide de ti.

—Por desgracia, no creo que alguien bueno y estable sea mi tipo.

Mia no hace ningún comentario al respecto.

—Y ¿no has sabido nada de él desde entonces?

Niego con la cabeza.

—No lo he llamado. —No menciono el email, intencionadamente informal, que le envié al día siguiente y que no respondió.

—En fin, eso es lo que significa «libre de ataduras». —Guarda silencio durante un instante—. ¿Y el tío de las flores? ¿Has sabido algo más de él?

—No. Pero según Edward la muerte de esa chica fue accidental. Al parecer la pobre se cayó por la escalera. Es decir, la policía contempló la posibilidad de que se tratara de un asesinato, pero no se encontraron suficientes pruebas.

Mia clava la mirada en mí.

—¿Estas escaleras?

—Sí.

—¿Y qué coño pasa con la posibilidad de que fuera un asesinato? ¿No te espanta saber que estás viviendo en el escenario de un crimen?

—En realidad no —respondo—. Es una tragedia, por supuesto. Pero como he dicho, lo más probable es que no fuera el escenario de un crimen. Además, en muchas casas ha muerto alguien.

—No de ese modo. Y estás viviendo aquí sola, Jane...

—No me da miedo. Es una casa muy tranquila. —«Y he tenido en brazos a un bebé muerto», pienso. La muerte de una desconocida sucedida hace varios años no va a quitarme el sueño.

—¿Cómo se llamaba? —Mia saca su iPad.

—¿La chica que murió? Emma Matthews. ¿Por qué?

—¿No sientes curiosidad? —Teclea en la pantalla—. Ay, Dios mío.

—¿Qué? —Me lo enseña en silencio. En la pantalla hay una foto de una mujer de veintitantos años. Es muy guapa; delgada y morena. Por alguna razón me resulta familiar—. ¿Y bien?

—¿Es que no lo ves? —exige Mia.

Examino la foto otra vez.

—¿Qué?

—Jane, es igualita a ti. O, más bien, tú eres igualita a ella.

Supongo que en cierto modo es verdad. Esa chica y yo compartimos los mismos tonos poco corrientes: cabello castaño, ojos azules y piel muy pálida. Ella es más delgada que yo, más joven y, si soy sincera, más guapa y usa más maquillaje —dos marcadas capas de rímel negro—, pero sin duda puedo ver el parecido.

—No solo la cara —agrega Mia—. ¿Ves su porte? Buena postura. Tú también la tienes.

—¿En serio?

—Sabes que sí. ¿Sigues pensando que ese hombre no tiene problemas?

—Podría ser una coincidencia —digo al fin—. Después de todo, no hay motivos para pensar que Edward mantuviera una relación con esa chica. ¿Cuántos millones de mujeres en el mundo tienen el pelo castaño y los ojos azules?

—¿Conocía tu aspecto antes de que te mudaras?

—Sí —reconozco—. Tuvimos una entrevista.

Y antes de eso me pidieron tres fotografías. No se me ocurrió en su momento, pero ¿para qué necesita el propietario de una casa ver fotos de sus inquilinos?

Mia pone los ojos como platos; acaba de caer en algo.

—¿Y su esposa? ¿Cómo se llamaba?

—Mia, no... —protesto sin demasiada convicción. Esto ya ha ido demasiado lejos. Pero ella ya está tecleando en la pantalla de su iPad.

—Elizabeth Monkford... De soltera Elizabeth Mancari —declara al cabo de un rato—. Ahora vamos a realizar una búsqueda de imágenes... —Se desplaza con rapidez entre las fotos—. Esa no puede ser ella..., nacionalidad equivocada... ¡La tengo! —Profiere un grave silbido de sorpresa.

—¿Qué ocurre?

Me muestra la pantalla.

—No tan libre de ataduras, después de todo —dice en voz queda.

En la imagen se ve a una joven morena sentada en una especie de mesa de arquitecto que sonríe a la cámara. La fotografía tiene poca resolución, pero aun así reparo en que esa mujer se parece muchísimo a Emma Matthews. Y, por tanto, supongo que también a mí.

Antes: **Emma**

Contar a Simon y a la policía que mentía cuando dije que no recordaba la violación ya fue horrible, pero contárselo a Carol casi es peor. Se muestra muy comprensiva, cosa que me alivia mucho.

Tú no eres culpable de nada de esto, Emma, afirma. A veces no estamos listos para enfrentarnos a la verdad.

Pero, para mi sorpresa, durante nuestra sesión no se centra en Deon Nelson ni en sus espantosas amenazas, sino en Simon. Quiere saber cómo se ha tomado la ruptura, si ha mantenido el contacto desde entonces —lo cual ha hecho, por supuesto, de forma constante, aunque ya no respondo sus mensajes— y qué voy a hacer yo al respecto.

Bueno, ¿dónde te deja esto a ti, Emma?, pregunta por fin. ¿Qué quieres ahora?

No lo sé, respondo encogiéndome de hombros.

Veamos, te lo plantearé con otras palabras, Emma: ¿es definitiva vuestra separación?

Simon cree que no, reconozco. Ya habíamos roto otras veces, pero él siempre suplicaba y suplicaba hasta que al final me resultaba más fácil dejar que volviera. Ahora es distinto. Me he deshecho de todas mis cosas viejas... de todo lo inútil. Creo que eso me ha proporcionado la fuerza necesaria para deshacerme también de él.

Pero una relación humana es muy diferente de unos objetos, replica Carol.

La miro con severidad.

¿Crees que estoy equivocándome?

Reflexiona durante un instante.

Uno de los aspectos más curiosos de una experiencia traumática como la que tú has sufrido, Emma, es que en ocasiones genera un relajamiento de nuestros límites establecidos. Algunas veces los cambios son temporales. Otras, sin embargo, la persona descubre que en realidad le gusta ese nuevo aspecto de su personalidad y lo adopta. No me corresponde a mí decir si es algo bueno o no, Emma. Eso solo puedes decidirlo tú.

Después de mi sesión de terapia tengo una cita con el abogado que ha redactado el acta de modificación del contrato de alquiler. Edward Monkford estaba en lo cierto: fui a un bufete local y resultó que podían hacerme una por cincuenta libras. La única pega era que con toda probabilidad Simon tendría que firmar a su vez, me contó el abogado con el que hablé. Por otras cincuenta libras accedió a revisar toda la documentación para comprobarlo.

Hoy el mismo abogado me dice que nunca ha visto un acuerdo semejante.

Quien lo redactó pretendía que fuera completamente blindado, me explica. Para estar segura, Emma, debería pedir a Simon que firme también el documento.

Dudo que Simon estampe su firma en nada que formalice nuestra separación, pero me llevo los papeles de todas formas.

Por cierto, he buscado la propiedad en el registro municipal, dice el abogado mientras me alcanza un sobre. Es... fascinante.

¿Sí?, pregunto. ¿Por qué?

Parece que la casa del número 1 de Folgate Street tiene una historia trágica, responde. Una bomba alemana destruyó durante la guerra el edificio original; murieron todos los ocupantes, la familia entera. A falta de allegados con vida, el ayuntamiento emitió una orden de expropiación para que demolieran los restos. Después de eso el solar cayó en el abandono hasta que lo adquirió ese arquitecto. Los primeros planos eran de una edificación mucho más convencional; de hecho, algunos de los vecinos escribieron al consistorio cuando las obras concluyeron para quejarse de que los habían engañado. Según parece, las cosas se pusieron al rojo vivo.

Pero siguió adelante, repongo, nada interesada en el pasado de la casa.

En efecto. Y entonces, para colmo de males, solicitó permiso para enterrar a alguien allí. A dos personas, para ser exacto.

¿Para enterrar a alguien?, repito perpleja. ¿Eso es legal?

El abogado asiente.

Es un proceso muy sencillo. Siempre y cuando la Agencia de Medio Ambiente no ponga objeciones, y no haya ninguna ley que lo prohíba, el ayuntamiento está más o menos obligado a conceder el permiso. El único requisito es que los nombres de los fallecidos y su ubicación estén marcados en los planos por razones evidentes. Aquí están.

Saca una fotocopia grapada y desenrolla un mapa de la parte final. «Lugar donde reposan los restos de la señora Elizabeth Domenica Monkford y de Maximilian Monkford», lee en alto.

Lo mete en el sobre junto con los demás documentos y me lo entrega.

Tome. Puede quedárselo si quiere.

Ahora: **Jane**

Cuando Mia se marcha me planto delante de mi ordenador portátil y tecleo «Elizabeth Mancari» con la intención de echar otro vistazo sin tener a mi amiga pegada a mi hombro. Pero Ama de llaves no muestra ninguna de las fotos que ella ha encontrado en su iPad.

Es verdad lo que le he dicho a Mia; en el poco tiempo que llevo viviendo aquí, Folgate Street, 1 no me ha resultado aterradorra. Ahora, sin embargo, el silencio y el vacío parecen adquirir un matiz más siniestro. Es ridículo, lo sé, tanto como asustarse después de escuchar una historia de fantasmas. No obstante, elijo la iluminación más intensa y recorro la casa en busca de... ¿qué? Intrusos no, está claro. Aun así, por alguna razón ya no me parece tan protectora.

Tengo la sensación de que me observan.

Me deshago de ella recordándome que me pareció el plató de una película incluso cuando me mudé. Entonces me agradaba esa sensación. «Lo único que ha pasado desde entonces —me digo— es una estúpida y fallida sesión de sexo con Edward Monkford y el descubrimiento de que le va un tipo de mujer en concreto.»

«Tendida al pie de la escalera con el cráneo destrozado.»

Sin pretenderlo, miro hacia ahí. ¿Es eso el descolorido resto de una mancha de sangre que cepillaron hace mucho tiempo hasta casi borrarla? Pero ni siquiera sé si hubo sangre, me recuerdo.

Levanto la mirada. Veo algo en lo alto de la escalera. Una rendija de luz que no estaba ahí antes.

Subo los peldaños con cautela, sin apartar la vista de ella. A medida que me aproximo adopta la forma del contorno de una puerta pequeña, de poco más de metro y medio de altura; un panel disimulado en la pared, similar a los armarios ocultos en el dormitorio y en la cocina. No me había percatado de que estaba ahí.

—¿Hola? —digo en voz alta. No obtengo respuesta.

Extiendo el brazo y empujo la puerta hasta abrirla del todo. Es un armario hondo y alto, lleno de utensilios de limpieza: fregonas, espátulas limpiacristales, una aspiradora, una enceradora, hasta una escalera extensible. Casi me echo a reír. Debería haberme dado cuenta de que tenía que haber algo así en Folgate Street, 1. La encargada de la limpieza —una mujer japonesa de mediana edad que no habla casi inglés y rechaza todos mis intentos de relacionarme con ella durante sus visitas semanales— debe de haberla dejado entreabierta.

El armario parece diseñado para proporcionar acceso también a otros servicios de la casa. Una pared está cubierta de cables. Cables de ordenador que se internan en las entrañas de Folgate Street, 1 a través de una trampilla situada en el techo.

Me abro paso entre los cachivaches para la limpieza y asomo la cabeza por la trampilla. Me alumbro con la linterna del móvil y alcanzo a ver una especie de túnel que recorre la casa cuyo suelo está repleto de más cables. Se abre a lo que parece un espacio más amplio, semejante a un desván, encima del dormitorio. Al fondo distingo unas tuberías de agua.

Se me ocurre que es posible que haya encontrado una solución a algo que me ha estado preocupando. No he sido capaz de enviar a Oxfam la ropita y otras cosas sin usar de Isabel junto con mis libros, pero sacarlas de la maleta y colocarlas en los armarios de Folgate Street, 1 tampoco me parecía bien. La maleta ha estado en el dormitorio desde que me mudé, a la espera de encontrarles un lugar. Así que voy a por ella y luego la empujo por esta especie de túnel hasta que llega al desván. Puede quedarse aquí arriba, donde no estorba.

La luz de mi móvil no es demasiado potente y solo al notar algo blando debajo de mis pies miro y veo un saco de dormir, metido entre dos vigas. Está cubierto de polvo y suciedad; debe de llevar mucho tiempo aquí arriba. Lo cojo y algo cae de dentro. Un par de pantalones de pijama de mujer con pequeñas manzanas estampadas. Palpo el interior del saco, pero no hay nada más salvo unos calcetines hechos una bola, justo al fondo. Y una tarjeta muy arrugada. CAROL YOUNSON, PSICOTE-RAPEUTA. Una dirección de correo electrónico y un número de teléfono.

Me doy la vuelta y veo otras cosas también desperdigadas; unas latas vacías de atún, velas gastadas, un frasco de perfume vacío, una botella de plástico de una bebida energética.

Qué extraño. Extraño e inexplicable. No tengo forma de saber si el saco de dormir perteneció a Emma Matthews; ni siquiera sé cuántos inquilinos más ha habido en Folgate Street, 1. Y si era de Emma, es evidente que jamás sabré qué innombrable temor hizo que dejara ese precioso y elegante dormitorio y subiera a dormir aquí arriba.

Mi móvil suena, demasiado alto en el reducido espacio. Atiendo la llamada.

—Jane, soy Edward —dice una voz familiar.

Antes: **Emma**

Intento conseguir que Simon se reúna conmigo en terreno neutral, como un bar. Pero a pesar de que dice que firmará los papeles, se niega en redondo a hacerlo en otro lugar que no sea la casa de Folgate Street.

De todas formas, tengo que pasarme por allí, agrega. Me dejé algunas cosas cuando me fui.

Pues vale, acepto de mala gana.

Escojo la iluminación más potente y me pongo unos vaqueros hechos polvo y mi camisa más vieja y menos glamurosa. Acabo de recoger la cocina —es sorprendente el desorden que puede armarse incluso habiendo tan pocas cosas—, cuando oigo un sonido a mi espalda. Ahogo un grito.

Hola, Emma.

Joder, Simon, ¡me has dado un buen susto!, replico con enfado. ¿Cómo has entrado?

Conservo el código. Hasta que tenga mis cosas, dice. No te preocupes. Lo borraré en cuanto las tenga todas.

Muy bien, acepto a regañadientes. Tomo nota mental de preguntar a Mark, el agente, cómo puedo bloquear el código mientras tanto.

¿Cómo te va, Emma?

Bien.

Sé que debería preguntarle lo mismo, pero ya veo cómo está: pálido, con la cara llena de esas manchas rojizas que le salen cuando bebe demasiado, y lleva un corte de pelo espantoso.

Aquí está el acuerdo, digo al tiempo que se lo entrego junto con un bolígrafo. Yo ya lo he firmado.

¡Oye! ¡Oye! ¿Es que ni siquiera vamos a tomarnos una copa primero?

No creo que sea buena idea, Simon, alego. Pero esa sonrisa que me lanza me indica que él ya se ha tomado una.

Esto no está bien, dice tras revisar el documento.

Lo ha redactado un abogado.

Me refiero a que lo que estamos haciendo no está bien. Nos queremos, Emma. Hemos tenido nuestros problemas, pero en el fondo nos queremos.

Por favor, no lo hagas más difícil, Simon.

¿Difícil?, replica. Esta sí que es buena. Es a mí a quien han echado de casa sin tener a donde ir a vivir. Si no supiera que acabarás por volver conmigo de nuevo, estaría de mal rollo.

No voy a volver contigo, respondo.

Sí que lo harás.

No lo haré, asevero.

Pero yo sí he vuelto, ¿no? Estoy aquí.

Únicamente para recoger tus cosas.

O para regresar aquí, donde están mis cosas.

Simon, tienes que irte ya, digo poniéndome furiosa.

Él se apoya en la encimera.

Solo cuando hayamos tomado una copa y mantenido una conversación como es debido, Emma.

¡Joder, Simon!, grito. ¿Es que no puedes comportarte como un adulto por una vez?

Emma, Emma, trata de persuadirme. No te alteres. Solo digo que te quiero y que no deseo perderte.

Como si esta fuera la forma, replico.

¡Ah!, exclama. ¿Así que podría haber un modo?

Acabo de fastidiarla. Si ahora le digo que quizá exista una posibilidad de que volvamos a estar juntos en un futuro, tal vez se marche sin armar jaleo. La vieja Emma habría dicho eso. Pero la nueva Emma es más fuerte.

No, no hay ninguna posibilidad de que volvamos a ser pareja, Simon, respondo con firmeza.

Se acerca a mí y me pone las manos en los hombros. Puedo oler su aliento a alcohol.

Te quiero, Emma, repite.

No me quieras, digo forcejeando.

No puedo dejar de quererte sin más, aduce. Tiene una expresión un tanto desquiciada.

Suena un teléfono. Miro alrededor. Mi móvil está parpadeando y pitando, desplazándose hacia el borde de la encimera a causa de la vibración.

Suéltame, le exijo y le doy un empujón en el pecho.

Me apodero del teléfono en cuanto me libera.

¿Sí?, digo.

Emma, soy Edward. Solo quería saber si has conseguido resolver los problemas contractuales de los que hablamos.

La voz de Edward Monkford suena formal y educada.

Sí, gracias. De hecho, Simon está aquí ahora mismo para firmar el documento. Y no puedo evitar añadir: Al menos, eso espero.

Se hace un breve silencio.

Haz que se ponga, ¿quieres?

Veo que el rostro de Simon se ensombrece mientras Edward habla con él. La conversación dura cerca de un minuto y en todo ese tiempo Simon apenas articula palabra, solo algún que otro «ajá» y «mmm».

Toma, dice de mal humor devolviéndome el teléfono.

¿Hola?

Simon va a firmar los papeles ahora, Emma, y luego se irá, oigo decir a Edward. Me pasaré por ahí para comprobar que se ha marchado de verdad, pero también porque quiero llevarte a la cama. No le cuentes eso a Simon, claro.

Cuelga el teléfono. Me quedo mirando el móvil, alucinada. ¿Acabo de oír lo que creo haber oído? Sé que sí.

¿Qué te ha dicho?, pregunto a Simon.

Yo no te habría hecho daño, afirma con tristeza, sin responder a mi pregunta. Jamás te haría daño. No de forma intencionada. No puedo evitar quererte, Emma. Y voy a conquistarte otra vez. Ya lo verás.

¿Cuánto tardará en llegar Edward Monkford? ¿Tengo tiempo para darme al menos una ducha? Miro el interior de Folgate Street, 1 y me doy cuenta de que hay en torno a una docena de incumplimientos de las reglas a plena vista. Trastos por el suelo, cosas en las encimeras, un ejemplar de *Metro* en la mesa de piedra, el cubo de reciclado rebosa en el suelo. Por no mencionar que parece que haya caído una bomba en el dormitorio y que no llegué a limpiar todas las manchas de vino después de la fiesta. Me doy una ducha relámpago y acto seguido recojo a toda prisa, eligiendo la ropa sobre la marcha; una falda y una camisa sencillas. Dudo si ponerme perfume, pero decido que es demasiado. Una parte de mí sigue pensando que es posible que Edward estuviera bromeando o que le haya entendido mal.

Aunque espero que no.

Me suena de nuevo el móvil. Es Ama de llaves, que me informa de que hay alguien en la puerta. Conecto el vídeo y me muestra a Edward. Lleva un ramo de flores y una botella de vino.

Así que no estaba equivocada. Le doy a «Aceptar» para dejarle entrar.

Cuando llego a la escalera, él ya está al pie, observándome con expresión ávida. Es imposible bajar los escalones a toda prisa; me veo obligada a pisar con cuidado, con paso elegante, un pie tras otro. Vibro de impaciencia aun antes de llegar a su lado.

Hola, lo saludo con nerviosismo.

Él alza la mano y me coloca un mechón detrás de la oreja. Todavía tengo el pelo húmedo tras la ducha y lo noto frío contra mi cuello. Sus dedos me rozan el lóbulo de la oreja y me estremezco.

No pasa nada, dice en voz queda. No pasa nada. Sus dedos descienden bajo mi barbilla y me alza la cabeza con delicadeza. Emma, susurra. No puedo dejar de pensar en ti. Pero si es demasiado pronto, dilo y me iré.

Me desabrocha los dos botones superiores de la camisa. No llevo sujetador. Estás temblando.

Me violaron.

No tenía intención de soltarlo a bocajarro. Solo quiero que él entienda que esto significa algo para mí, que él es especial.

El semblante se le oscurece en el acto.

¿Fue Simon?, pregunta con rabia.

No. Él jamás… Uno de los ladrones. Te hablé de ellos.

Entonces sí es demasiado pronto, dice.

Retira la mano de dentro de mi camisa y me la abrocha de nuevo. Me siento como una niña a la que visten para ir al colegio.

Solo quería que lo supieras. Por si acaso… Aún podemos ir a la cama si te apetece, le ofrezco con timidez.

No podemos, responde. Hoy no. Hoy te vienes conmigo.

5.   a) *Tiene que escoger entre salvar la escultura del* David *de Miguel Ángel o a un niño de la calle que pasa hambre. ¿Qué elige?*

o *La escultura*
o *El niño*

Ahora: **Jane**

—Pare aquí —pide Edward al taxista. Estamos en medio de la City. Altas y modernas construcciones de cristal y acero se alzan imponentes a ambos lados; solo la parte superior del Shard y del Cheesegrater despuntan por encima de ellos. Edward me ve observarlos mientras él paga el trayecto—. Edificios trofeo —dice con desprecio—. Nosotros vamos ahí.

Me conduce hacia una iglesia, una pequeña y sencilla iglesia parroquial, en la que apenas había reparado, encastrada entre todos estos pretenciosos e innovadores mastodontes. El interior es precioso; sobrio, un espacio prácticamente cuadrado, pero colmado de luz proveniente de las enormes ventanas situadas en lo alto de las paredes. Los muros tienen el mismo tono crema claro que Folgate Street, 1. El sol proyecta una celosía en el suelo generada por las varillas de plomo que unen las piezas de vidrio transparente. Aparte de nosotros dos, está desierta.

—Este es mi edificio preferido de Londres —dice—. Mira.

Sigo su mirada hacia lo alto y me quedo sin aliento. Por encima de nuestras cabezas se alza una enorme cúpula. Su pálido vacío domina el diminuto edificio, flotando sobre unos pilares muy estilizados encima de la sección central. El altar, o lo que supongo que debe de ser el altar, está justo debajo; una enorme losa de piedra circular, de algo más de metro y medio de diámetro, situada en el centro mismo del pequeño templo.

—Antes del Gran Incendio de Londres había dos tipos de iglesias. —Me percato de que no habla en susurros—. Las góticas, oscuras y lúgubres, que se habían construido de la misma manera desde que Inglaterra era católica, repletas de arcos, ornamentos y vidrieras; y los templos sencillos y sin decorar de los puritanos. Después del incendio, los hombres que reconstruyeron Londres vieron la ocasión de crear un nuevo tipo de arquitectura, espacios donde cualquiera pudiera rendir culto sin importar cuáles fueran sus creencias religiosas. De modo que adoptaron de forma deliberada este estilo minimalista y ordenado. Pero sabían que tenían que sustituir la oscuridad gótica con algo. —Señala el suelo, la celosía de luz que hace que la piedra resplandezca como si estuviera iluminada desde el interior—. Luz —dice—. El Siglo de las Luces, la Ilustración... trataba literalmente de la luz.

—¿Quién fue el arquitecto?

—Christopher Wren. Los turistas acuden en masa a la catedral de San Pablo, pero esta es su obra maestra.

—Es preciosa —reconozco con sinceridad.

Cuando Edward me llamó por teléfono no hizo comentario alguno acerca de la brusquedad con que se marchó de mi cama hace una semana ni tampoco, de hecho, hubo una charla trivial. Tan solo dijo: «Me gustaría enseñarte unos edificios, Jane. ¿Quieres venir?».

«Sí», le respondí sin vacilar. No es que haya decidido ignorar por completo las advertencias de Mia. Sino que, en todo caso, han hecho que sienta más curiosidad por este hombre.

Y me tranquiliza que me haya traído hoy aquí. ¿Por qué habría de hacerlo si solo le atraigo porque guardo un ligero parecido con su difunta esposa? He decidido que tengo que aceptar los parámetros que él ha impuesto para ambos; tomar cada momento tal como se presenta y no lastrar nuestra relación con cavilaciones o expectativas.

Desde San Esteban vamos a la casa de John Soane en Lincoln's Inn Fields. Un letrero advierte que hoy está cerrado al público, pero Edward llama al timbre y saluda al conservador llamándolo por su nombre. Después de una conversación amistosa este nos invita a entrar y a explorar a nuestro antojo. La diminuta casa está abarrotada de artefactos y curiosidades, desde fragmentos de esculturas griegas hasta gatos momificados. Me sorprende que le guste a Edward, pero él dice con voz suave:

—Que construya en un estilo en concreto no significa que no aprecie otros, Jane. Lo que importa es la excelencia. La excelencia y la originalidad.

De una cómoda en la biblioteca saca un plano de un pequeño templo neoclásico.

—Este es bueno.

—¿Qué es?

—El mausoleo que construyó para su difunta esposa.

Cojo el dibujo y finjo examinarlo, pero en realidad estoy pensando en la palabra «mausoleo».

Todavía estoy sopesando las implicaciones cuando tomamos un taxi de vuelta a Folgate Street, 1. Miro la casa con otros ojos cuando nos aproximamos, estableciendo nuevas conexiones con los edificios que hemos visto.

Edward se queda rezagado en la puerta.

—¿Quieres que entre?

—Por supuesto.

—No deseo que parezca que estoy dando esa parte por sentada. Entiendes que esto va en dos direcciones, ¿verdad?

—Es muy considerado por tu parte. Pero sí, quiero que entres, en serio.

Antes: **Emma**

¿Adónde vamos?, pregunto cuando Edward para un taxi.

A Walbrook, dice, tanto al taxista como a mí. Luego añade: Quiero enseñarte unos edificios.

A pesar de todas mis preguntas, se niega a añadir nada más hasta que nos detenemos en mitad de la City. Estamos rodeados de espectaculares edificios modernos y me pregunto a cuál nos dirigimos. Pero me lleva a una iglesia que está fuera de lugar aquí, en medio de todos estos resplandecientes bancos.

El interior es bonito, aunque un poco soso. Hay una cúpula y bajo ella está el altar, una magnífica losa de piedra colocada justo en el centro del suelo. Hace que piense en círculos paganos y en sacrificios.

Antes del Gran Incendio había dos tipos de iglesias, dice Edward. Las oscuras iglesias góticas y los sencillos templos donde rendían culto los puritanos. Después del incendio, los hombres que reconstruyeron Londres vieron la ocasión de crear un nuevo estilo híbrido. Pero sabían que tenían que sustituir toda esa oscuridad gótica con algo. Señala al suelo, donde las grandes ventanas de cristal transparente forman una celosía de luces y sombras. Luz, dice. El Siglo de las Luces, la Ilustración… trataba literalmente de la luz.

Mientras él deambula contemplando las cosas yo me subo al altar de piedra. Me siento sobre los talones y me inclino hacia atrás, arqueando la espalda hasta que mi nuca toca la piedra. Luego hago algunas asanas más: el puente, la rueda, el héroe reclinado. Practiqué yoga durante seis meses y todavía me sé todos los movimientos.

¿Qué estás haciendo?, pregunta Edward.

Ofreciéndome en sacrificio ritual.

Ese altar es de Henry Moore, replica con desaprobación.

Extrajo la piedra de la misma cantera que usó Miguel Ángel.

Seguro que mantuvo relaciones sexuales encima.

Creo que es hora de irnos, aduce Edward. Detestaría que me prohibieran la entrada a esta iglesia en particular.

Cogemos un taxi hasta el Museo Británico. Habla con alguien en el mostrador de la entrada, levantan un cordón rojo y, de repente, nos encontramos en una parte del museo reservada a los estudiosos. Un asistente abre una vitrina y nos deja a solas.

Ponte esto, dice Edward, pasándome unos guantes de algodón blancos y poniéndose otros él. Acto seguido mete la mano en la vitrina y saca un objeto de piedra.

Es una máscara ritual hecha por los olmecas, la primera civilización del continente americano que construyó ciudades, me explica. Desaparecieron hace tres mil años.

Me entrega la máscara. La cojo, temerosa de que se me caiga. Los ojos casi tienen vida.

Es impresionante, digo. Para ser sincera, ni me gusta ni este sitio es de mi agrado, como tampoco la iglesia, pero me alegra estar aquí con él. Edward asiente, satisfecho.

He convertido en una regla contemplar una única cosa en un museo, explica mientras volvemos sobre nuestros pasos. De lo contrario, no puedes apreciar lo que estás viendo.

Por eso mismo no me gustan los museos, alego. He ido a ellos hasta ahora de la manera equivocada.

Se echa a reír.

A estas horas está entrándome hambre, de modo que vamos a un restaurante japonés que conoce.

Pediré por los dos, anuncia. Algo sencillo, como *katsu*. A los ingleses les asusta la verdadera comida japonesa.

A mí no, digo. Yo como de todo.

Edward enarca las cejas.

¿Es un desafío, señorita Matthews?

Si lo prefieres...

Pide para empezar un poco de sushi crudo: pulpo, erizo de mar, varios tipos de gambas.

Estoy bien asentada en mi zona de confort aquí, le digo.

Hum, replica.

Habla con el chef en un fluido japonés, haciéndole sin duda partícipe de la broma, y este esboza una gran sonrisa ante la perspectiva de servir a la pequeña chica *gaijin* algo con lo que no podrá. Enseguida nos trae un plato con una montaña de blancos trocitos de algo que creo que es cartílago.

Prueba un poco, dice Edward.

¿Qué es?

Se llama *shirako*.

A modo de experimento, me llevo a la boca un par de pedacitos que estallan entre mis dientes rezumando una sustancia viscosa, salada y gelatinosa.

No está mal, asevero al tiempo que trago, aunque en realidad me parece asqueroso.

Son sacos de esperma de pescado, explica. En Japón se consideran una exquisitez.

Genial. Pero creo que prefiero el de tipo humano. Bueno, ¿y ahora qué?

La especialidad del chef.

La camarera nos trae un plato en el que hay un pescado entero. Para mi sorpresa, aún está vivo. Cierto es que lo está por los pelos; está de lado y mueve la cola sin fuerza, boqueando como si tratara de decir algo. Le han cortado en tiras la parte superior. Durante un instante, estoy a punto de negarme. Pero después me limito a cerrar los ojos y a ir a por todas.

Con el segundo bocado los mantengo abiertos.

Eres una comensal aventurera, reconoce a regañadientes Edward.

No solo como comensal, replico.

Hay una cosa que deberías saber, Emma. Se pone serio, así que dejo los palillos y presto atención. Mis relaciones son tan poco convencionales como mis casas, confiesa.

Vale. Entonces ¿cómo son?

Las relaciones humanas, igual que las vidas humanas, suelen acumular cosas inútiles. Tarjetas de San Valentín, gestos románticos, citas especiales, apelativos cariñosos irrelevantes. ¿Y si eliminamos todo eso? Una relación libre de ataduras posee cierta pureza, posee simplicidad y libertad. Pero solo puede funcionar si ambas partes son muy claras en cuanto a qué están haciendo.

Voy a tomar nota mental para no esperar una tarjeta de San Valentín, digo.

Y cuando deje de ser perfecta para ambos, pasaremos página, sin remordimientos. ¿Estás de acuerdo?

¿Cuándo será eso?

¿Importa?

En realidad, no.

A veces pienso que todos los matrimonios serían mejores si el divorcio fuera obligatorio pasado cierto tiempo, reflexiona. Digamos tres años. La gente se valoraría mucho más entre sí.

Edward, si accedo a esto, ¿nos acostaremos?

No tenemos por qué acostarnos. Si la cama te resulta difícil, quiero decir.

Tú no crees que sea mercancía dañada, ¿verdad?

¿A qué te refieres?

Algunos hombres… Mi voz se va apagando. Pero es necesario que diga esto. Inspiro de forma entrecortada. Cuando Simon descubrió lo de la violación dejamos de hacer el amor, reconozco. Él no podía.

Dios mío, dice Edward. Pero ¿y tú? ¿Estás segura de que no es demasiado pronto?

Le agarro la mano por debajo de la mesa de forma impulsiva y la coloco bajo mi ropa. Parece sorprendido, pero me sigue el juego. Casi me echo a reír a carcajadas. Adivina, adivinanza: ¿qué tiene Emma bajo la falda?

Aprieto su mano contra mi entrepierna, sintiendo que sus nudillos se deslizan sobre mi braguita.

Está claro que no es demasiado pronto, le digo.

Retengo su muñeca, moviéndome contra ella, frotándome contra él. Edward aparta la braguita hacia un lado y me introduce un dedo. Se me tensan las rodillas y la mesa se mueve como en una sesión de espiritismo. Lo miro a los ojos. Parece alucinado.

Será mejor que nos vayamos, dice. Pero no aparta la mano.

Ahora: Jane

Después de hacer el amor me siento adormilada y saciada. Edward se apoya en un codo y me observa mientras explora mi piel con la mano libre. Cuando llega a las estrías que me produjo Isabel me siento cohibida e intento darme la vuelta, pero él me lo impide.

—No lo hagas. Eres preciosa, Jane. Cada centímetro de ti es hermoso.

Sus inquisitivos dedos encuentran una cicatriz bajo mi pecho izquierdo.

—¿Qué es esto?

—De un accidente de cuando era pequeña. Me caí de la bici.

Asiente, como si fuera aceptable, y continúa descendiendo hasta mi ombligo.

—Como la boquilla anudada de un globo —dice, alisándolo. Sus dedos siguen el suave sendero de vello descendente—. No te haces la cera —comenta.

—No. ¿Debería? A mi último... A Vittorio le gustaba así. Decía que no tenía mucho.

Edward reflexiona al respecto.

—Al menos deberías mantenerlo simétrico.

Esto me parece hilarante de repente.

—¿Me estás pidiendo que me deshaga del vello púbico, Edward? —digo entre risas.

Vuelve la cabeza hacia un lado.

—Sí, supongo que sí. ¿Qué es tan gracioso?

—Nada. Procuraré reducir mi vello corporal por ti.

—Gracias. —Me planta un beso en el vientre, como una diminuta bandera—. Voy a darme una ducha.

Oigo el murmullo del agua tras la pared divisoria de piedra que delimita el cuarto de baño. A juzgar por las alteraciones del sonido imagino su cuerpo moviéndose bajo la alcachofa, girando su esbelto y duro torso a un lado y a otro. Me pregunto de forma distraída cómo lo reconoce el sensor, si tiene aún privilegios especiales registrados en el sistema o si se trata únicamente de alguna configuración genérica para las visitas.

El agua deja de correr. Me incorporo en la cama al ver que no reaparece en el dormitorio tras varios minutos. Del baño llega un sonido, como si estuviera frotando algo.

Sigo el ruido hasta el otro lado de la pared. Edward está acuclillado en la ducha, con una toalla alrededor de la cintura, sacando brillo a las paredes de piedra con un trapo.

—Esta es una zona de agua calcárea, Jane —dice sin levantar la vista—. Si no tienes cuidado, se acumulará cal en la piedra. Ya se aprecia. En serio, deberías secar la ducha cada vez que la usas.

—Edward...

—¿Qué?

—¿Esto no es un poco... bueno, un poco obsesivo?

—No —repone—. Es justo lo contrario de descuidado. —Reflexiona un instante—. Meticuloso, tal vez.

—¿La vida no es demasiado corta para andar secando la ducha después de usarla?

—O tal vez la vida sea simplemente demasiado corta para no vivirla de forma tan perfecta como sea posible —argumenta. Se levanta—. Todavía no has realizado una evaluación.

—¿Una evaluación?

—Con Ama de llaves. Me parece que en estos momentos está fijada mensualmente. La ajustaré para que realices una mañana. —Hace una pausa—. Estoy seguro de que lo estás haciendo bien, Jane. Pero contar con los datos te ayudará a mejorar aún más.

A la mañana siguiente despierto contenta y un poco agarrotada. Edward se ha marchado ya. Voy abajo a por un café antes de ducharme y encuentro un mensaje de Ama de llaves en la pantalla de mi ordenador.

Jane, por favor, clasifica los siguientes enunciados del 1 al 5, siendo 1 que estás totalmente de acuerdo y 5 que estás totalmente en desacuerdo:

1. A veces cometo errores.
2. Me desilusiono con facilidad.
3. Me pongo nerviosa por cosas insignificantes.

Hay docenas de enunciados… Los dejo para luego, me preparo mi café y me lo llevo arriba. Me meto en la ducha, esperando a que caiga una cascada de agua caliente. No ocurre nada.

Agito el brazo en que llevo la pulsera digital, pero sigue sin pasar nada. ¿Corte de electricidad? Intento recordar si hay una caja de fusibles en el armario de la limpieza. Pero no puede ser eso; abajo sí hay electricidad o Ama de llaves no habría funcionado.

Entonces caigo en la cuenta de lo que debe de ocurrir.

—Maldito seas, Edward —digo en alto—. Quería darme una puñetera ducha.

En efecto, cuando miro con más atención a Ama de llaves veo el siguiente mensaje: «Algunos servicios de la casa se han desactivado hasta que se complete la evaluación».

Al menos permite que me tome mi café. Me siento a responder el cuestionario.

Antes: **Emma**

El sexo es bueno.

Bueno, pero no espectacular.

Tengo la sensación de que está conteniéndose, tratando de ser un caballero. Cuando en realidad un caballero es lo último que quiero en mi cama. Quiero que sea el macho alfa egoísta que sin duda es capaz de ser.

Pese a todo, hay mucho con lo que trabajar.

Después me siento en albornoz en la mesa de piedra y lo miro mientras prepara un revuelto. Se ha puesto un delantal antes de empezar, un gesto curiosamente femenino para un hombre tan masculino. Pero en cuanto tiene dispuestos los ingredientes y se pone manos a la obra, es todo concentración y precisión, pasión y energía; lanza al aire el contenido de la sartén y vuelve a atraparlo en ella con la forma de una tortilla amorfa. La comida está lista en cuestión de minutos. Me muero de hambre.

¿Siempre has tenido relaciones así?, pregunto mientras comemos.

Así ¿cómo?

Como lo que sea esto. Sin ataduras. Casi indiferentes.

Durante mucho tiempo, sí. Que sepas que no es que tenga

nada en contra de las relaciones convencionales. Lo que pasa es que mi estilo de vida no las permite. De modo que tomé la decisión de adaptarme a otras más breves. He descubierto que cuando haces esto las relaciones pueden ser aún mejores; más intensas, un sprint en vez de un maratón. Valoras más a la otra persona cuando sabes que no va a durar.

¿Cuánto suelen durar?

Hasta que uno de los dos decide ponerle fin, dice sin sonreír. Esto solo funciona si ambas partes quieren lo mismo. Y no creas que al decir «libre de ataduras» me refiero a sin compromiso o sin esfuerzo. Simplemente se trata de un tipo de compromiso distinto, un tipo de esfuerzo distinto. Algunas de las relaciones más perfectas que he mantenido no duraron más de una semana; otras, varios años. La duración no importa. Solo la calidad.

Háblame de una que durara varios años, le pido.

Jamás hablo de mis anteriores amantes, repone de forma tajante. Del mismo modo que jamás hablaré a otras de ti. En cualquier caso, ahora me toca a mí. ¿Cómo organizas las especias?

¿Las especias?

Sí. Le he estado dando vueltas desde que he intentado encontrar el comino. Es obvio que no están ordenadas alfabéticamente ni por fecha de caducidad. ¿Lo haces por sabores? ¿Por continentes?

Estás de coña, ¿no?

Me mira.

¿Quieres decir que las guardas al azar?

Completamente al azar.

¡Uau!, exclama. Creo que está siendo irónico. Pero tratándose de Edward, una nunca puede estar segura.

Al marcharse me dice que ha pasado una velada maravillosa.

5.   *b) Ahora ha de elegir entre donar una pequeña suma a un museo local que está recaudando fondos para una importante obra de arte o destinarla a la lucha contra el hambre en África. ¿Cuál elige?*

o *El museo*
o *La lucha contra el hambre*

Ahora: Jane

—Admiro la rigurosidad con que se desarrolla la obra, con esa diversidad de tipologías distintas —proclama un hombre con una chaqueta de pana que alza su copa de champán hacia el techo de cristal y acero al tiempo que gesticula con la otra mano.

—... una fusión de infraestructura no cartesiana y de funcionalidad social... —dice una mujer con seriedad.

—Líneas de deseo implícito y luego reprimido...

Aparte de la jerga, las fiestas de coronación no se diferencian tanto de la inauguración de una galería a la que asistí cuando trabajaba en el mundo del arte; mucha gente de negro, mucho champán, muchas barbas hipster y caras gafas escandinavas. La ocasión de esta velada es la inauguración de una nueva sala de conciertos de David Chipperfield. Poco a poco voy familiarizándome con los nombres de los arquitectos británicos más conocidos: Norman Foster, la difunta Zaha Hadid, John Pawson, Richard Rogers. Edward me ha dicho que muchos estarán presentes esta noche. Más tarde habrá un espectáculo de fuegos artificiales y láser, que contemplaremos a través del tejado de cristal y que podrá verse desde un lugar tan lejano como Kent.

Deambulo entre la gente, con una copa de champán en la

mano, escuchando con disimulo. Deambulo porque, si bien Edward me ha invitado a acompañarlo, estoy decidida a no ser un estorbo. Sea como sea, no me resulta difícil entablar conversación cuando me apetece. La concurrencia la componen en su mayoría hombres muy seguros de sí mismos y un tanto ebrios. Más de una persona me ha parado y me ha dicho: «¿Te conozco?», «¿Dónde trabajas?» o simplemente «Hola».

Me doy cuenta de que Edward está mirándome y me dirijo a su encuentro de nuevo. Se aparta del grupo con el que está.

—Gracias a Dios —susurra—. Si tengo que escuchar un solo discurso más sobre la importancia de los requisitos programáticos, creo que me volveré loco. —Me observa con admiración—. ¿No te ha dicho nadie que eres la mujer más hermosa de esta sala?

—En realidad, varias personas. —Llevo un vestido de Helmut Lang con la espalda al descubierto, largo hasta medio muslo y suelto por detrás para dotarlo de movimiento, junto con unas sencillas manoletinas de Chloé—. Aunque no con tantas palabras.

Se echa a reír.

—Ven aquí. —Lo sigo tras una pared baja. Él deja encima su copa de champán y luego desliza la mano por mi cadera—. Llevas bragas —comenta.

—Sí.

—Creo que deberías quitártelas. Estropean la línea. No te preocupes, nadie nos verá.

Me quedo paralizada durante un momento. Luego miro a mi alrededor. Nadie nos mira, en efecto. Me quito las braguitas con tanta discreción como me es posible. Cuando me dispongo a recogerlas, Edward me pone la mano en el brazo.

—Espera. —Me levanta el vestido con la mano derecha—. Nadie nos verá —repite.

Su mano asciende por mi muslo y se introduce entre mis piernas. Estoy escandalizada.

—Edward, yo...

—No te muevas —dice en voz queda.

Desliza los dedos adelante y atrás, rozándome apenas. Soy consciente de que me arrimo a él, pues ansío una mayor presión. «Esta no soy yo —pienso—. Yo no hago estas cosas.» Edward traza círculos alrededor de mi clítoris, dos, tres veces, y luego, sin previo aviso, me introduce un dedo con suavidad.

Se detiene un instante, lo justo para quitarme la copa y dejarla al lado de la suya, y acto seguido tengo sus manos sobre mí; una desde atrás, penetrándome con un par de dedos; la otra delante, ahondando y acariciándome. Los sonidos de la fiesta parecen acallarse. Sin aliento, le dejo a él el problema de si alguien podría vernos. Ahora está al mando. A pesar del insólito escenario, empiezan a invadirme oleadas de placer.

—¿Quieres que busquemos un lugar más íntimo? —susurro.

—No —responde sin más.

Sus dedos aceleran el ritmo, con absoluta seguridad. Siento que me acerco al clímax. Se me doblan las rodillas, pero sus manos me sostienen. Y entonces lo alcanzo, me estremezco, tiemblo. Estallan fuegos artificiales; fuegos artificiales de verdad, el espectáculo láser que puede verse hasta en Kent, me percato cuando vuelvo a la realidad. Esto es lo que todo el mundo aplaude, gracias a Dios. No a mí.

Todavía me tiemblan las piernas cuando Edward retira la mano y me dice:

—Discúlpame, Jane. Allí hay unas personas con las que tengo que hablar.

Se acerca con paso resuelto a alguien que, estoy segura, es el arquitecto más eminente de Gran Bretaña, miembro de la Cámara de los Lores, y con una sonrisa sincera le ofrece la mano. La misma mano que segundos antes estaba dentro de mí.

Aún me da vueltas la cabeza cuando la fiesta empieza a decaer. ¿De verdad acabamos de hacer... eso? ¿De verdad acabo de tener un orgasmo en una sala repleta de gente? ¿Esa soy yo ahora?

Edward me lleva a un restaurante japonés cercano, de esos que tienen un mostrador con sushi en el medio y un chef de pie detrás del mismo. Los demás clientes son todos asiáticos, empresarios ataviados con trajes negros. El chef saluda a Edward como si lo conociera bien, inclinándose y hablándole en japonés. Edward le responde en su idioma.

—Le he dicho que elija lo que desee servirnos —me explica cuando tomamos asiento a una mesa—. Es una señal de respeto confiar en el juicio del *itamae*.

—Hablas con soltura el japonés.

—Construí un edificio en Tokio hace poco.

—Lo sé. —Su rascacielos japonés es una elegante y sensual hélice, un gigantesco taladro que perfora las nubes—. ¿Era la primera vez que ibas?

Sé que no, por supuesto. Lo miro mientras recoloca los palillos para que estén completamente paralelos entre sí.

—Pasé un año allí después del fallecimiento de mi esposa y de mi hijo —responde con tranquilidad, y este primer y minúsculo atisbo de revelación personal, de intimidad, me produce una punzada de excitación—. No solo el lugar hizo que me sintiera como en casa. También la cultura; su hincapié en la disciplina y la contención. En nuestra sociedad, la austeridad se asocia a la privación y a la pobreza. En Japón, la consideran la forma más elevada de belleza; ellos lo denominan *shibui*.

Una camarera nos trae dos cuencos de sopa. Los cuencos están hechos de bambú pintado, tan ligeros y pequeños que caben en la mano.

—Estos cuencos, por ejemplo —dice cogiendo uno—. Son antiguos y no son del todo iguales. Eso es *shibui*.

Tomo un sorbo de sopa. Algo se mueve en mi lengua, una extraña sensación de aleteo.

—Están vivos, por cierto —añade Edward.

—¿A qué te refieres? —pregunto sobresaltada.

—En la sopa hay camarones diminutos. *Shirouo*; los recién nacidos. El chef los agrega en el último momento. Se considera una gran exquisitez. —Señala el mostrador de sushi, donde el chef nos saluda de nuevo—. La especialidad del chef Atara es el *ikizukuri*, el marisco vivo. Espero que te guste.

La camarera nos trae otro plato y lo deja entre ambos sobre la mesa. Este contiene un pargo rojo, cuyas escamas, de un vivo tono cobrizo, destacan contra las tiras de rábano blanco. Un lado del pescado se ha cortado de forma perfecta en *sashimi* hasta la raspa. Pero la criatura sigue viva y su cola se enrosca como la de un escorpión para luego estirarse de nuevo sin fuerzas; boquea y pone los ojos en blanco, asustado.

—Ay, Dios mío —digo horrorizada.

—Prueba un poco. Te aseguro que está delicioso. —Estira la mano y toma con los palillos una loncha del pálido pescado.

—Edward, no puedo comer esto.

—No importa. Pediré otra cosa. —Hace una señal a la camarera, que se detiene a nuestro lado al momento. Pero la sopa en mi estómago amenaza de pronto con salir de él. «Recién nacidos.» Esas dos palabras empiezan a martillearme la cabeza.

—Jane… ¿Te encuentras bien? —Edward me mira con expresión preocupada.

—No me… no me…

Una de las curiosidades de la pena es que te tiende una emboscada cuando menos te lo esperas. De repente me veo de nuevo en la sala de maternidad, con Isabel en brazos, arropándole la cabeza con la mantita como si fuera un chal para evitar que escape el preciado calor corporal, mi calor corporal, en un intento de posponer el momento en que sus pequeñas extremidades se enfríen. La miro a los ojos, esos ojitos cerrados con sus preciosos y abultados párpados, preguntándome de qué color son, si son azules como los míos u oscuros como los de su padre.

Parpadeo y el recuerdo se esfuma, pero el enorme peso del fracaso y la desesperación me han golpeado una vez más y sollozo contra mi muñeca.

—Oh, Dios mío. —Edward se da un golpe en la cabeza—. El *shirouo*. ¿Cómo puedo ser tan imbécil?

Habla con la camarera a toda prisa en japonés, al tiempo que me señala, y pide más comida. Pero ya es tarde; no hay tiempo para eso, no hay tiempo para nada. Salgo disparada hacia la puerta.

Antes: **Emma**

Gracias por venir, Emma, dice el inspector Clarke. Un azucarillo, ¿verdad?

Su despacho es un cuchitril minúsculo lleno de papeles y expedientes. Hay una fotografía enmarcada bastante antigua en la que se le ve a él en primera fila de un equipo de rugby, con un descomunal trofeo en las manos. La taza de café instantáneo que me ofrece tiene un dibujo de Garfield, algo que me resulta demasiado alegre para una comisaría.

No pasa nada, digo con nerviosismo. ¿De qué se trata?

El inspector Clarke toma un trago de su café y deja la taza sobre la mesa. Junto a esta hay un plato con galletas, que me acerca.

Los dos hombres acusados en relación con su caso se han declarado no culpables y han solicitado la libertad bajo fianza, expone. En lo concerniente al cómplice, Grant Lewis, poco podemos hacer. Pero con el que la violó, Deon Nelson, quizá la cosa sea distinta.

Vale, digo, aunque en realidad no entiendo por qué me ha llamado para explicarme esto. Que se hayan declarado no culpables es una mala noticia, por supuesto, pero ¿no podría habérmela comunicado por teléfono?

Como víctima, usted tiene derecho a realizar una declaración personal, lo que la prensa a veces denomina una declaración de impacto. En la vista para la fianza puede contar cómo le ha afectado el delito, cómo se siente ante la perspectiva de que Nelson esté en libertad hasta que empiece su juicio.

Le miro, asintiendo.

¿Cómo me siento? En realidad no siento nada. Lo único que de verdad me importa es que al final ese tío vaya a la cárcel.

El caso es que Nelson es un hombre listo y violento, Emma, dice el inspector Clarke ante mi falta de entusiasmo. Personalmente preferiría que estuviera entre rejas desde ya mismo.

Pero no se arriesgaría a hacerlo de nuevo mientras esté en libertad bajo fianza, ¿verdad?, pregunto, y de pronto veo adónde quiere ir a parar el inspector. Usted cree que podría estar en peligro, digo mirándolo a los ojos. Que podrían intentar impedir que declarara.

No quiero que se alarme, Emma. Gracias a Dios, no es frecuente que se intimide a un testigo. Pero en casos como el suyo, donde todo depende en esencia del testimonio de una sola persona, más vale asegurarse que tener que lamentarlo después.

¿Qué quiere que haga?

Escriba una declaración personal en calidad de testigo para la vista de la fianza. Podemos darle algunas indicaciones, pero cuanto más personal sea, mejor que mejor. El inspector hace una pausa. Sin embargo, debo recordarle, Emma, que en cuanto su declaración se lea ante el tribunal pasará a ser un documento legal y la defensa tendrá derecho a interrogarla cuando se celebre el juicio.

¿Quién la leerá?

Bueno, de hecho podría ser el fiscal o un agente de policía. Pero estas cosas siempre causan mayor impacto si lo hace directamente la víctima. Hasta los jueces son seres humanos. Y creo que usted causará una gran impresión. El rostro del inspector se ablanda durante un instante y casi parece tener los ojos un poco llorosos. Entonces se aclara la garganta. Solicitaremos que se adopten medidas especiales, lo que significa que estará protegida de Nelson tras una pantalla. No tendrá que verlo cuando lea su declaración y él no podrá verla a usted.

Pero estará allí, digo. Escuchando.

El inspector Clarke asiente.

¿Y qué sucederá si el juez no está de acuerdo y le concede la libertad bajo fianza? ¿No cabe la posibilidad de que empeore las cosas con mi declaración?

Nos aseguraremos de que esté a salvo, asevera el inspector Clarke de modo tranquilizador. Al fin y al cabo, es una suerte que se haya mudado. Nelson no sabe dónde vive. Me clava su bondadosa y cauta mirada. Bueno, Emma, ¿escribirá una declaración personal y la leerá ante el tribunal?

Caigo en la cuenta de que estoy aquí para eso. Él sabía que era posible que dijera que no si se limitaba a llamarme por teléfono.

Si usted cree que puede servir de algo…, me oigo murmurar.

Buena chica, dice. Eso sonaría paternalista si viniera de cualquier otra persona, pero el alivio del inspector es tan evidente que no me molesta. La vista tendrá lugar el jueves, agrega.

¿Tan pronto?

Por desgracia, ese tipo tiene una abogada muy insistente. A costa de todos los contribuyentes, desde luego. El inspector se levanta. Pediré a alguien que le busque una sala vacía. Puede empezar a redactar ahora mismo su declaración, Emma.

Ahora: Jane

Unos días después del episodio en el restaurante, llegan dos paquetes. Uno es una gran caja alargada con la característica «W» de Wanderer en Bond Street. El otro es más pequeño, del tamaño de un libro de bolsillo, más o menos. Dejo el más grande en la mesa de piedra. No pesa casi nada a pesar de su tamaño.

Dentro, envuelto en papel de seda, hay un vestido. Me lo coloco sobre el brazo y el tejido negro fluye como la seda a ambos lados. Me doy cuenta enseguida de que el tacto sobre la piel será tan sensual como una caricia.

Me lo llevo arriba y me lo pruebo. Con solo alzar los brazos la prenda se desliza por mi cuerpo adaptándose a él. La tela acompaña mis movimientos casi de forma juguetona cada vez que doy una vuelta. Lo examino de cerca y reparo en que está cortado al bies.

«Necesita un collar», pienso de repente. Y de inmediato adivino lo que hay en el paquete más pequeño.

Lleva una tarjeta, escrita a mano con una letra tan bonita que parece caligráfica. «Perdóname por ser un imbécil insensible. Edward.» El estuche en forma de concha se abre para mostrar en su interior de terciopelo una sarta de perlas de tres vueltas. No son grandes, pero sí poco corrientes; de color crema y no del todo redondas, el nácar desprende un resplandor opalescente.

El color exacto de las paredes de Folgate Street, 1.

El collar parece pequeño, demasiado pequeño, pienso cuando me lo pongo. Me aprieta la garganta y durante un momento me siento estrangulada por la falta de elasticidad, tan diferente del fluido y sensual vestido. Pero entonces me miro en el espejo y la combinación de ambos resulta deslumbrante.

Me recojo el pelo con una mano para ver qué tal queda. Sí, así, cayendo hacia un lado. Me hago una foto y se la envío a Mia.

«Edward debería ver esto también», pienso. Le envío la foto a él. «No hay nada que perdonar —escribo—. Pero gracias.»

Responde menos de un minuto después. «Estupendo. Porque estoy a dos minutos y acercándome.»

Voy abajo y me sitúo delante de la amplia cristalera, de cara a la puerta, para lograr el máximo efecto. Esperando a mi amante.

Edward me toma sobre la mesa de piedra, con el vestido y las sartas de perlas puestos; de manera urgente y directa, sin preámbulos, sin decir nada.

Jamás había tenido una relación así. Nunca había hecho el amor en otro sitio que no fuera una cama. Me han dicho que soy reservada y distante; incluso un hombre me dijo que soy sexualmente aburrida. Y sin embargo, aquí estoy. Haciendo esto.

Después da la impresión de que saliera de una especie de trance, y el Edward urbanita y considerado vuelve a estar al mando. Prepara pasta, condimentada únicamente con un chorro de aceite de oliva de una botella sin etiquetar, un poco de queso fresco de cabra y abundante pimienta molida. Me cuenta que el aceite se llama «lágrima», pues son las primeras y más valiosas gotas que afloran cuando las aceitunas se lavan antes de ser prensadas. Le envían un par de botellas desde la Toscana cada cosecha. La pimienta es de Tellicherry, en la costa de Malabar.

—Aunque a veces uso pimienta en grano de Kampot en Camboya. Es más suave, pero también más aromática.

Sexo y comida, comida sencilla. En cierto modo parece el colmo de la sofisticación.

Después de devorar la pasta, Edward carga el lavavajillas y friega las sartenes. Solo entonces saca un documento de su maletín de piel.

—He traído tus parámetros. Pensé que te gustaría saber cómo estás haciéndolo.

—¿He aprobado?

No sonríe.

—Bueno, tu total es de ochenta.

—¿Cuál debería ser?

—No hay una verdadera referencia. Pero esperamos que con el tiempo descienda a cincuenta o incluso por debajo.

No puedo evitar sentirme criticada.

—¿Y qué estoy haciendo mal?

Edward revisa el documento, que veo que consiste en hileras de cifras, como una hoja de cálculo.

—Podrías hacer un poco más de ejercicio. Debería bastar con un par de sesiones semanales. Has perdido algo de peso desde que estás aquí, pero seguramente te vendría bien perder un poco más. Por lo general, tus niveles de estrés están dentro de lo aceptable; la velocidad con que hablas tiende a aumentar cuando estás al teléfono, pero eso no es nada raro. Apenas bebes alcohol, lo que es bueno. Tu temperatura, tu ritmo respiratorio y tu función renal están todos bien. Tu sueño REM es adecuado y estás pasando una cantidad razonable de tiempo en la cama. Lo más importante de todo es que tienes una actitud más positiva ante la vida. Tienes un nivel de integridad personal cada vez mayor, eres más disciplinada y estás consiguiendo mantener a raya la cal de la ducha. —Esboza una sonrisa para demostrarme que al menos lo último es una broma, pero estoy que ardo de indignación.

—¡Sabes todo eso de mí!

—Por supuesto. Si hubieras leído los términos y las condiciones como es debido, nada de esto te supondría una sorpresa.

Mi ira se evapora cuando caigo en la cuenta de que, al fin y al cabo, firmé para esto. Es la única razón de que pueda permitirme vivir en Folgate Street, 1.

—Es el futuro, Jane —agrega Edward—. La salud y el bienestar monitorizado por tu entorno doméstico. Si hubiera algún problema grave, Ama de llaves lo detectaría mucho antes de que a ti se te ocurriera ir a ver a un médico. Estas estadísticas te permiten asumir el control de tu vida.

—¿Y si la gente no quiere que se la espíe?

—No se la espiará. Solo tenemos estos datos específicos de ti porque todavía estamos en la fase beta. Con los futuros usuarios únicamente veremos tendencias generales, no datos relativos a individuos concretos. —Se pone en pie—. Trabaja en ello —dice con amabilidad—. Y procura acostumbrarte. Si no lo consigues… bueno, eso es también información útil, y veremos cómo podemos cambiar el sistema para que te resulte más llevadero. Pero por mi experiencia sé que muy pronto te darás cuenta de lo beneficioso que es.

Antes: **Emma**

Estoy contemplando las notas que he escrito para mi declaración personal como víctima mientras me pregunto cómo empezar, cuando me suena el móvil. Echo un vistazo a la pantalla. «Edward.»

Hola, Emma. ¿Has recibido mi mensaje? Parece divertido, animado incluso.

¿Qué mensaje?

El que te he dejado en tu oficina.

No estoy en el trabajo. Estoy en la comisaría.

¿Va todo bien?

En realidad, no, respondo. Bajo la mirada a mis notas. El inspector Clarke me ha dicho que clasifique los puntos principales en varios títulos: «QUÉ HIZO ÉL. CÓMO ME SENTÍA ENTONCES. EFECTOS SOBRE MI RELACIÓN. CÓMO ME SIENTO AHORA». Fijo la mirada en lo que he escrito: «Asqueada. Aterrorizada. Avergonzada. Sucia». Son solo palabras. Jamás imaginé que llegaría a esto. No va nada bien, digo.

¿En qué comisaría estás?

En la de West Hampstead.

Estaré ahí en diez minutos.

La comunicación se interrumpe. Y me siento mejor en el

acto, mucho mejor, porque lo que quiero por encima de todo ahora mismo es que alguien fuerte y decidido como Edward venga, tome mi vida y reorganice por mí todas las piezas para que de algún modo funcione de nuevo.

Emma. Oh, Emma, dice.

Estamos en una cafetería en West End Lane. He estado llorando. De vez en cuando otras personas nos lanzan miradas recelosas —¿Quién es esa chica? ¿Qué le ha hecho ese hombre para que llore así?—, pero Edward los ignora a todos. Su mano cubre la mía con ternura para proporcionarme consuelo.

Es horrible decir algo semejante sobre algo tan horripilante como esto, pero me siento especial. La preocupación de Edward es completamente diferente de la ira insegura de Simon.

Edward coge el borrador de mi declaración.

¿Puedo?, pregunta con delicadeza.

Asiento y lo lee, frunciendo el ceño de vez en cuando.

¿Cuál era el mensaje?, quiero saber.

Ah, eso. Solo un pequeño regalo. Bueno, en realidad dos regalos.

Levanta una bolsa que estaba a mi lado. Lleva grabada una «W».

¿Para mí?, digo sorprendida.

Iba a pedirte que me acompañaras a un acto muy aburrido, así que pensé que lo menos que podía hacer era traerte algo que ponerte. Pero ahora ya no estarás de humor.

Meto la mano en la bolsa y saco un estuche con forma de concha.

Puedes abrirlo si quieres, dice con suavidad.

Dentro del estuche hay un collar. Y no uno cualquiera. Siempre he querido una gargantilla de perlas como la de Audrey

Hepburn en *Desayuno con diamantes*. Y aquí está. No es idéntica —esta es de tres vueltas, no de cinco, y no tiene un broche delante—, pero ya soy capaz de imaginar que en mi cuello quedará como un collar alto y ceñido.

Es precioso, digo.

Cojo la caja más grande, pero Edward me detiene.

Puede que sea mejor que no lo abras aquí.

¿Qué ocasión era esa a la que ibas a llevarme?

Una entrega de premios de arquitectura. Algo muy aburrido.

¿Eres el galardonado?

Eso creo, sí.

Le brindo una sonrisa porque me siento feliz de repente.

Iré a casa para cambiarme, digo.

Te acompaño. Se pone en pie y me susurra al oído: Porque sé que en cuanto te vea con ese vestido querré follarte con él puesto.

Ahora: Jane

Al despertar descubro que Edward no está. «Así debe de ser tener una aventura con un hombre casado», pienso. La idea me proporciona cierto consuelo. En Francia, por ejemplo, donde la gente es más tolerante con estas cosas, nuestra relación se consideraría perfectamente normal.

Mia, como es natural, está convencida de que va a ser otro desastre; opina que él no cambiará nunca, que alguien que se las ha arreglado para ser tan reservado durante tanto tiempo no puede ser de otra manera. Cuando protesto, Mia chasca la lengua de forma exagerada.

—Jane, tienes la fantasía infantil de que serás tú quien derrita su corazón de hielo. Cuando la verdad es que él va a romperte el tuyo.

Pero mi corazón ya me lo rompió Isabel, reflexiono, y las erráticas irrupciones de Edward en mi vida hacen que a Mia le resulte difícil percatarse de lo serias que están poniéndose las cosas con él.

Y resulta que Edward tenía razón; hay cierta perfección en que dos personas se unan sin expectativas ni exigencias. No tengo que escuchar los detalles de su día a día ni discutir por quién sacará la basura. Es innecesario negociar horarios comunes ni adoptar rutinas domésticas. Nunca pasamos juntos el tiempo suficiente para aburrirnos.

Ayer me proporcionó mi primer orgasmo antes incluso de que se hubiera quitado la ropa. Me he dado cuenta de que eso le gusta. Le encanta estar vestido mientras me despoja de todo salvo del collar y me reduce con los dedos y la lengua a un cuerpo tembloroso. Como si no le bastara con mantener el control, tengo que perder el mío. Solo entonces se siente cómodo y se deja llevar.

Es algo interesante sobre su personalidad… Todavía estoy dándole vueltas cuando me dirijo abajo. Hay una pequeña montaña de sobres humedecidos en la entrada. Pregunté a Edward por qué no había buzón —parece un extraño descuido en una casa tan bien concebida— y me dijo que cuando se construyó Folgate Street, 1 su socio, David Thiel, pronosticaba que el correo electrónico habría reemplazado por completo a las cartas físicas al cabo de una década.

Reviso los sobres. Más que nada contienen propaganda electoral relacionada con las inminentes elecciones municipales. Dudo que me inscriba para votar. Los debates sobre la biblioteca local y la frecuencia de la recogida de basuras no tienen mayor relevancia en mi vida en Folgate Street, 1. Un par de cartas están dirigidas a la señorita Emma Matthews. Sin duda son intrascendentes, pero de todas formas las aparto a un lado para enviárselas a Camilla, la agente.

En la última carta consta mi nombre. El exterior parece tan anodino que al principio asumo que se trata de más propaganda. Entonces veo el logotipo del hospital y el corazón me da un vuelco.

Estimada señorita Cavendish:

Resultados de la autopsia de Isabel Margaret Can-
vendish (fallecida).

Accedí a que le hicieran una autopsia porque obtener respuestas parecía lo correcto. Cuando acudí a mi cita de seguimien-
to el doctor Gifford ya me informó de que el examen no había
revelado nada, pero añadió que, de todos modos, me enviarían
un informe con los resultados. Eso fue hace un mes. La carta
debe de haber estado atascada en el sistema desde entonces.

La cabeza me da vueltas, y me siento y la leo un par de veces
para intentar entender la jerga médica. Empieza con un breve
historial de mi embarazo. Se hace referencia al momento en que
tuve dolor de espalda y acudí a la unidad de maternidad para
una revisión, una semana antes de que se dieran cuenta de que
algo iba mal. Me realizaron algunas pruebas, escucharon el corazón del bebé y luego me mandaron a casa para que tomara
un baño caliente. Después de eso noté que Isabel pataleaba con
energía, de manera que me quedé tranquila. La carta deja claro
que «se siguieron los procedimientos correctos en esa ocasión,
incluyendo una medición de la altura uterina de acuerdo con
las directrices del Instituto Nacional para la Salud y la Excelencia Clínica». A continuación hay una descripción de mi posterior visita, cuando descubrieron que el corazón de Isabel se
había detenido. Y por último la autopsia en sí. Montones de
números que no significan nada para mí; recuento de plaquetas
y otros valores en sangre, seguidos por el comentario:

Hígado: normal

Se me cierra la garganta al imaginarme a un patólogo extra-
yendo pacientemente a Isabel su diminuto hígado. Pero hay más:

Riñones: normales
Pulmones: normales
Corazón: normal

Salto a las conclusiones:

> Si bien no es posible hacer un diagnóstico exacto
> en esta etapa, las evidencias de trombosis placentaria
> pueden apuntar a un *abruptio placentae* parcial que
> provocó la muerte por asfixia.

Abruptio placentae. Suena a un hechizo de Harry Potter, no a algo que pudo matar a mi bebé. El nombre del doctor Gifford al pie de la página parece flotar cuando las lágrimas brotan de mis ojos y empiezo a llorar de nuevo sin poder controlar los profundos sollozos. Es demasiado para asimilarlo y, en cualquier caso, no entiendo la mayoría de las palabras. Tessa, la mujer con quien comparto mesa en el despacho, tiene experiencia en obstetricia. Así que decido llevarme la carta al trabajo para que me explique mejor su contenido.

Tessa lee el informe con atención y va lanzándome alguna que otra mirada de preocupación. Como es natural, sabe que sufrí una pérdida fetal; muchas de las mujeres que trabajan como voluntarias en Still Hope tienen una razón personal parecida a la mía para hacerlo.

—¿Lo has entendido todo? —pregunta por fin, y niego con la cabeza—. Bueno, *abruptio placentae* es un desprendimiento de placenta. En realidad están diciendo que el feto dejó de recibir nutrientes y oxígeno antes de que ingresaras.

—Muy amable por su parte hablar en cristiano —apunto.

—Ya... Pero puede que haya una razón para eso.

Algo en su voz hace que la mire.

—¿Qué pasó exactamente cuando ingresaste con dolor de espalda? —dice de forma pausada.

—Pues... —Hago memoria—. Pensaron que estaba preocupándome en exceso; madre primeriza y todo eso. Pero fueron muy amables. Aunque, si te digo la verdad, no recuerdo que me hicieran todas esas pruebas de las que hablan...

—Una medición de la altura uterina es solo jerga médica que significa determinar el contorno de la tripa con cinta métrica —me interrumpe—. Y si bien es cierto que es una norma del Instituto Nacional para la Salud y la Excelencia Clínica realizarla en cada visita prenatal, desde luego no revela un desprendimiento de placenta. ¿Te hicieron una cardiotocografía?

—¿Eso de monitorizar el corazón del bebé? Sí, me lo hizo la enfermera.

—¿A quién le enseñó los resultados?

Trato de recordar.

—Creo que telefoneó al doctor Gifford y le leyó los resultados. O, en todo caso, le dijo que eran normales.

—¿Te hicieron más pruebas? ¿Una ecografía normal? ¿Una eco-Doppler? —La voz de Tessa ha adquirido un tono serio.

Niego con la cabeza.

—No. Me dijeron que me fuera a casa, me diera un baño caliente y procurara no preocuparme. Y como noté las paraditas de Isabel concluí que tenían razón.

—¿Quién te lo dijo?

—Pues... supongo que la enfermera.

—¿Habló con alguien más? ¿Con la comadrona jefe? ¿Con un residente?

—No que yo recuerde. Tessa, ¿qué sucede?

—Jane, es que esta carta parece un intento cuidadosamente redactado para convencerte de que no hubo ninguna negligencia médica en la muerte de Isabel —dice sin miramientos.

La miro boquiabierta.

—¿Negligencia? ¿Cómo?

—Si partes del supuesto de que la muerte de todo bebé viable debería poder evitarse, por lo general descubres que la ha causado una de dos cosas. La primera, un parto mal llevado. Obviamente, ese no fue tu caso. Pero la segunda causa más común de muerte de un feto es que un obstetra con exceso de trabajo o un médico en formación no interprete bien un trazado cardiotocográfico. En tu caso, el médico de guardia debería haber revisado los resultados él mismo y, teniendo en cuenta el informe del dolor de espalda…, que puede indicar problemas con la placenta, tendría que haber pedido que se te practicara un eco-Doppler.

Sé algo de los eco-Doppler; uno de los objetivos de campaña de Still Hope es que a toda mujer embarazada se le haga uno de manera rutinaria. Costará unas quince libras por bebé, y el hecho de que en la actualidad el sistema sanitario no lo realice a menos que un médico especialista lo solicite específicamente es una de las razones de que la tasa de mortalidad fetal en Reino Unido esté entre las más altas de Europa.

—Me temo, Jane, que las patadas que notaste cuando llegaste a casa pudieron deberse a la angustia del bebé y que no fueran una señal de que todo iba bien. Tenemos un largo historial con este hospital. Suelen andar cortos de personal, sobre todo en cuanto a médicos especialistas. El nombre del doctor Gifford aparece una y otra vez. Básicamente no da abasto.

Apenas asimilo las palabras. «Pero era muy amable», pienso.

—Por supuesto, puedes alegar que no es culpa suya —añade—. Pero solo yendo a por el médico especialista y demostrando que falló al paciente conseguiremos que el hospital aumente la dotación de personal.

Recuerdo que al darme la noticia de que Isabel estaba muerta el doctor Gifford me dijo que en la mayoría de los casos jamás se descubría la causa. ¿Trataba ya entonces de tapar los errores de su equipo?

—¿Qué debería hacer?

Tessa me devuelve la carta.

—Pide por escrito una copia de todos los informes médicos. Haremos que los revise un experto. Y si concluimos que el hospital está encubriendo la incompetencia de su personal, deberíamos plantearnos demandarlo.

Antes: **Emma**

Y el premio de *Architects' Journal* de este año a la innovación es para...

El presentador hace una pausa dramática y abre el sobre.

¡El estudio Monkford!, anuncia.

Nuestra mesa, compuesta por personal del estudio, estalla en júbilo. Imágenes de edificios aparecen en las pantallas. Edward se levanta y se dirige al escenario, saludando de forma educada a algunas personas que le dan la enhorabuena.

Esto no se parece a ninguna de las fiestas a las que asistí de la revista de Simon, pienso.

Edward se acerca al micrófono cuando tiene el premio en las manos.

Puede que deba colocar este en un armario, dice mirando el amorfo trofeo de plexiglás con expresión dubitativa. Hay risas. ¡El minimalista ha demostrado que sabe reírse de sí mismo! Pero entonces se pone serio y añade: Alguien dijo una vez que la diferencia entre un buen arquitecto y uno magnífico es que el primero cede ante cada tentación y el segundo no.

Calla un momento, durante el cual se hace el silencio en la enorme sala. Los arquitectos reunidos parecen sinceramente interesados en lo que Edward va a decir.

Como arquitectos, nos obsesiona la estética, crear edificios que sean agradables a la vista. Pero si aceptamos que la verdadera función de la arquitectura es ayudar a la gente a resistir la tentación, puede que entonces la arquitectura...

Se interrumpe, casi como si estuviera pensando en voz alta.

Puede que la arquitectura no trate de edificios en realidad, continúa. A fin de cuentas, aceptamos que el urbanismo es un tipo de arquitectura. Redes de carreteras, aeropuertos... también estos, en circunstancias extremas. Pero ¿qué pasa con la tecnología? ¿Qué pasa con esa ciudad invisible por la que todos paseamos, acechamos o jugamos: internet? ¿Qué pasa con el contexto de nuestras vidas, los lazos que nos unen, las reglas y las leyes que nos rigen, nuestras aspiraciones y nuestros deseos más básicos? ¿Acaso no son también estructuras en cierto modo?

Hace otra pausa antes de proseguir.

Hoy mismo estaba hablando con alguien. Una mujer a quien agredieron en su casa. Violaron su espacio. Le robaron sus posesiones. Ese simple y trágico suceso ha alterado toda su actitud hacia su entorno..., casi podría decirse que la ha distorsionado.

Edward no me mira, pero tengo la sensación de que cada persona de la estancia sabe a quién se refiere.

¿Acaso la verdadera función de la arquitectura no es hacer que algo así resulte imposible?, pregunta. ¿Castigar al responsable, sanar a la víctima, cambiar el futuro? Como arquitectos, ¿por qué deberíamos detenernos en los muros de nuestros edificios?

Silencio. Ahora el público parece desconcertado.

Al estudio Monkford se lo conoce como una firma que trabaja a pequeña escala, con clientes ricos, dice. Pero ahora entiendo que nuestro futuro no es construir hermosos paraísos separados de la fealdad de la sociedad, sino construir un tipo de sociedad diferente.

Alza el premio y añade: Gracias por este honor.

El aplauso es educado, pero descubro que a mi alrededor la gente sonríe y se mira poniendo los ojos en blanco.

Yo también aplaudo, con más entusiasmo que nadie porque al hombre de ahí arriba, a mi amante, le importa un comino que se rían o no de él.

Por la noche le pregunto por su esposa.

Me dejo puesto el vestido mientras hacemos el amor, pero después lo cuelgo con cuidado en el minúsculo armario situado detrás de la pared divisoria antes de deslizarme en el cálido espacio a su lado en la cama, desnuda salvo por el collar.

El abogado me contó que tu familia está enterrada aquí, dejo caer para ver qué dice.

¿Cómo...? Ah, suelta Edward. Los planos del catastro.

Guarda silencio durante tanto rato que pienso que esa es la única respuesta que voy a obtener.

Fue idea suya, aclara por fin. Leyó sobre el *hitobashira* y dijo que eso era lo que quería si moría antes que yo. Bajo el umbral de una de nuestras construcciones. Claro que jamás imaginamos que...

¿Qué es el *hitobashira*?

Significa «pilar humano» en japonés. Según parece trae buena suerte a la casa.

¿No te importa hablar de ella?

Mírame, me pide con súbita seriedad, y vuelvo la cabeza para mirarlo a los ojos. Elizabeth era perfecta a su manera, dice con suavidad. Pero ya es pasado. Y esto es perfecto también. Lo que está pasando ahora mismo, con nosotros. Tú eres perfecta, Emma. No tenemos por qué hablar más de ella.

A la mañana siguiente, después de que se haya marchado, busco referencias a su esposa en internet. Pero Ama de llaves no encuentra nada.

¿Cuál era la palabra japonesa que usó? «*Hitobashira*.» Intento con eso.

Frunzo el ceño. Según internet, *hitobashira* no se refiere a enterrar a gente muerta debajo de edificios. Se trata de enterrar a gente viva.

La costumbre de sacrificar a seres vivos como parte de la construcción de una casa o una fortaleza nuevas es muy antigua. Los cimientos y las vigas de cimentación se asentaban sobre sangre humana por todo el mundo, una costumbre abominable que se practicaba hasta hace solo unos siglos en Europa. Siguiendo una conocida tradición maorí, se dice que Taraia hizo enterrar vivo a su propio hijo bajo un poste de su nueva casa.

Voy a otro artículo.

El sacrificio debe estar en consonancia con la importancia del edificio que se construirá. Una tienda o una casa normales pueden satisfacerse con un animal, o la vivienda de un hombre rico con un esclavo; pero una construcción sagrada, como un templo o un puente, precisa de un sacrificio de especial valor y relevancia que tal vez conlleve un enorme dolor o incomodidad a quien lo realiza.

Durante un momento de paranoia me pregunto si es a eso a lo que Edward puede referirse, a que sacrificó a su mujer y a su hijo. Pero entonces encuentro otro artículo que tiene más sentido.

Hoy en día el eco de semejantes prácticas pervive en innumerables costumbres populares por todo el mundo; bautizar un barco con una botella de champán, enterrar un trozo de plata bajo la jamba de una puerta o rematar un rascacielos con la rama de un árbol de hoja perenne. En otras partes se entierra el corazón de un animal, en tanto que Henry Purcell eligió que le dieran sepultura «bajo el órgano» de la abadía de Westminster. En la mayoría de las sociedades, principalmente en el Oriente Próximo, a los muertos se los distingue con la construcción de un edificio en su honor, una práctica que tal vez no se diferencia mucho de poner nombres como Carnegie Hall o Rockefeller Plaza para honrar a filántropos de renombre.

¡Puf! Me vuelvo a la cama y hundo la nariz en la almohada para captar cualquier rastro de él: su olor, su forma impresa aún en ella. Me viene a la memoria algo que ha dicho: «Esto es perfecto». Me dejo vencer de nuevo por el sueño con una sonrisa en los labios.

Ahora: Jane

—Lo que habéis experimentado al entrar por la puerta principal y acceder a un pequeño recibidor, casi claustrofóbico, antes de llegar a los fluidos espacios de la vivienda propiamente dicha, es un recurso arquitectónico clásico de compresión y liberación. Es un buen ejemplo de que las casas de Edward Monkford, aunque revolucionarias en apariencia, se basan en técnicas tradicionales. Pero lo más importante es que ese rasgo distingue a Monkford y hace de él un arquitecto cuyo principal propósito es influir en cómo se siente el usuario.

El guía se encamina hacia la cocina, seguido por un grupo de media docena de obedientes visitantes.

—Los usuarios han informado de que un refectorio como este, por ejemplo, que enfatiza a todas luces la austeridad y la moderación, los conmina a comer menos que antes.

Camilla me dijo antes de mudarme que estaba obligada a abrir Folgate Street, 1 a los visitantes de vez en cuando. Por entonces no lo consideré un problema, pero a medida que se aproximaba el primer día de puertas abiertas descubrí que lo temía cada vez más. Tenía la sensación de que no era la casa lo único que se exhibía, sino también yo misma. Llevo días limpiando y recogiendo, con cuidado de no infringir ni una sola regla.

—Los arquitectos y sus clientes tratan de crear, desde hace mucho tiempo, edificios con un propósito, una finalidad —prosigue el guía—. Los bancos parecen imponentes y sólidos en parte porque los hombres que los encargaron querían infundir confianza en sus potenciales depositantes. Los tribunales buscan imponer respeto por la ley y el orden. Los palacios se diseñaron para impresionar y empequeñecer a quienes entraban en ellos. Pero hoy en día algunos arquitectos se sirven de los avances tecnológicos y la psicología para ir un paso más allá.

El guía es muy joven, con una barba a la moda, pero por su aura de autoridad presiento que es sin duda todo un erudito. Sin embargo, no todos los visitantes parecen estudiantes. Algunos podrían ser vecinos de la zona o turistas curiosos.

—Lo más probable es que no sean conscientes de ello, pero están surcando una compleja marisma de ultrasonidos, en concreto de ondas antidepresivas. Esa tecnología solo está en pañales; no obstante, tiene consecuencias trascendentales. Imaginen un hospital cuya estructura en sí misma se convierte en parte del proceso de curación o piensen en un sanatorio para enfermos de demencia senil que realmente los ayuda a recordar. Puede que esta casa sea sencilla, pero su ambición es extraordinaria. —Se vuelve y se dirige hacia la escalera—. Tengan la bondad de seguirme en fila india. Vigilen al subir la escalera.

Me quedo abajo. Me llega la voz del guía mientras explica que la iluminación del dormitorio refuerza los ritmos circadianos de los usuarios. Y en cuanto bajan de nuevo me escabullo escalera arriba para conseguir un poco de intimidad.

Me percato con sorpresa de que una persona del grupo continúa en el dormitorio. Ha abierto el armario y, aunque está de espaldas a mí, estoy segura de que está revolviendo en mi ropa.

—¿Qué coño hace? —exclamo.

El tipo se da la vuelta. Es uno de los que había tomado por turistas. Tras las gafas de montura al aire, veo sus ojos, claros y de mirada serena.

—Averiguo cómo dobla sus cosas.

Tiene un ligero acento, puede que danés o noruego. Le echo alrededor de treinta años. Lleva un anorak de estilo ligeramente militar. Tiene el cabello rubio con entradas.

—¡Cómo se atreve! —estallo—. Eso es privado.

—Nadie que viva en esta casa debería esperar tener privacidad. Renunció a ello por escrito, ¿recuerda?

—¿Quién es usted?

Parece demasiado bien informado para ser un turista.

—Envié una solicitud —responde—. Envié una solicitud para vivir aquí. Siete veces. Sería perfecto. Pero él la eligió a usted. —Se vuelve de nuevo hacia el armario y empieza a desdoblar y volver a doblar mis camisetas, con tanta rapidez y eficacia como un dependiente—. ¿Qué ve Edward en usted? Supongo que sexo. Las mujeres son su debilidad. —Estoy que echo chispas, pero me he quedado paralizada porque me da la impresión de que este hombre que está en mi dormitorio tiene toda la pinta de ser un perturbado—. Se ha inspirado en monasterios y comunidades religiosas; sin embargo, olvida que a las mujeres se las excluyó de esos lugares por un motivo. —Coge una falda y la dobla con tres hábiles movimientos—. En serio, debería irse. Sería mucho mejor para Edward que se marchara. Como las otras.

—¿Qué otras? ¿De qué está hablando?

El tipo me dedica una sonrisa casi con dulzura infantil.

—Oh, ¿no se lo ha contado? Las de antes. Verá, ninguna de ellas duró. Esa es la cuestión.

—Estaba loco —digo—. Ha sido aterrador. Y la forma en que hablaba... Era como si te conociera.

Edward exhala un suspiro.

—Supongo que, en cierto modo, me conoce. O al menos lo piensa. Porque conoce la obra.

Estamos sentados en el refectorio. Edward ha traído vino, una botella de un exquisito caldo italiano. Pero sigo un poco asustada, y en cualquier caso, no he bebido desde que me mudé a la casa de Folgate Street.

—¿Quién es?

—En el despacho lo llaman mi acosador. —Esboza una sonrisa—. Es una broma, claro. En realidad es bastante inofensivo. Se llama Jorgen no sé qué. Abandonó la carrera de arquitectura por problemas mentales y se obsesionó un poco con mis edificios. No es nada extraño. Barragán, Le Corbusier, Foster... a todos los seguían individuos perturbados que creían que tenían una conexión especial con ellos.

—¿Se lo has contado a la policía?

Se encoge de hombros.

—¿De qué serviría?

—Pero, Edward, ¿es que no ves lo que esto significa? Cuando murió Emma Matthews, ¿no comprobó nadie si el tal Jorgen andaba cerca?

Me lanza una mirada cautelosa.

—No seguirás aún con eso, ¿verdad?

—Sucedió aquí mismo. ¡Pues claro que pienso en ello!

—¿Has vuelto a hablar con su novio?

Algo en su forma de decirlo me hace suponer que no le agradaría que lo hiciera.

Niego con la cabeza.

—No ha vuelto.

—Bien. Y, créeme, Jorgen no haría daño a nadie.

Toma otro trago de vino y se acerca a mí para besarme. Sus labios están dulces y teñidos de rojo.

—Edward... —digo apartándome.

—¿Sí?

—¿Fuisteis amantes Emma y tú?

—¿Cambia eso algo?

—No —repongo. Por supuesto, quiero decir que sí.

—Tuvimos una breve aventura —responde por fin—. Se terminó mucho antes de que muriera.

—¿Era...? —No sé cómo preguntarle esto—. ¿Era así?

Edward se acerca mucho a mí, me sujeta la cabeza con ambas manos y me mira a los ojos intensamente.

—Escúchame, Jane. Emma era una persona fascinante —dice con suavidad—. Pero ya es pasado. Lo que está ocurriendo ahora mismo, entre nosotros, es perfecto. No tenemos por qué volver a hablar de ella.

A pesar de sus palabras, siento cierta curiosidad que no consigo satisfacer.

Porque sé que cuando sepa más de las mujeres a las que ha amado, lo entenderé mejor.

Excavaré bajo los muros que ha erigido a su alrededor, ese extraño laberinto invisible que me mantiene a distancia.

Por la mañana, en cuanto Edward se va, voy a por la tarjeta que encontré en el saco de dormir de Emma. CAROL YOUNSON, PSICOTERAPEUTA. Hay una página web, así como un número de teléfono. Estoy a punto de buscarla en mi portátil cuando de repente me acuerdo de lo que me dijo el hombre que estaba en mi dormitorio: «Nadie que viva en esta casa debería esperar tener privacidad. Renunció a ello por escrito, ¿recuerda?».

Cojo mi móvil y me dirijo hacia el rincón más alejado de la sala de estar, donde capto una débil señal del wifi sin proteger de un vecino, suficiente para conectarme a la web de Carol Younson. Tiene un título en algo llamado psicoterapia integrativa y las especialidades que figuran son estrés postraumático y tratamiento psicológico en casos de violación y duelo.

Marco el número.

—Hola —digo cuando responde una mujer—. He sufrido una pérdida recientemente, y me preguntaba si podría acudir a su consulta.

6.   *Una persona muy cercana le confiesa que ha atropellado a alguien conduciendo ebria. Como resultado, ha dejado de beber. ¿Se sentiría en la obligación de informar a la policía?*

o *Sí*
o *No*

Antes: **Emma**

Ver a Edward prepararse para cocinar es como ver a un cirujano disponerse para operar, con todo bien ordenado en su lugar correspondiente antes de empezar. Hoy ha traído dos bogavantes, aún vivos, con las grandes pinzas, como guantes de boxeo, sujetas con bridas. Le pregunto qué puedo hacer y me da un *daikon*, un pesado rábano japonés, para que lo ralle.

Esta noche está contento. Espero que sea por estar conmigo, pero dice que tiene buenas noticias.

¿Recuerdas el discurso que di en los premios de *Architects' Journal*, Emma? Pues alguien que lo oyó nos ha pedido que presentemos diseños para un concurso.

¿Es importante?

Mucho. Si ganamos, construiremos una ciudad entera. Es una oportunidad para hacer aquello de lo que hablaba: diseñar más que simples edificios. Tal vez una nueva clase de comunidad.

¿Toda una ciudad como esta casa?, digo mirando el descarnado minimalismo de Folgate Street, 1.

¿Por qué no?

Es que me cuesta creer que la mayoría de la gente quiera vivir así, puntualizo.

No le digo que siempre que él viene a la casa me afano de un lado a otro como una loca, metiendo ropa sucia en armarios, tirando platos de comida a medias a la basura y escondiendo revistas y periódicos debajo de los cojines del sillón.

Tú eres la prueba de que puede funcionar, alega. Una persona normal y corriente a la que la arquitectura ha cambiado.

Me has cambiado tú, replico. Y creo que ni siquiera tú puedes practicar sexo con una ciudad entera.

Edward ha traído té japonés para acompañar el bogavante. Las hojas vienen en un diminuto envoltorio de papel que parece un rompecabezas de origami.

De la región de Uji, dice. Este té se llama Gyokuro, que significa «rocío de jade».

Intento pronunciarlo, y me corrige varias veces antes de dejar de fingir decepción.

Sin embargo, su reacción cuando saco mi tetera art déco es cualquier cosa menos fingida.

¿Qué coño es eso?, dice mirándola con el ceño fruncido.

Fue el regalo de cumpleaños de Simon. ¿No te gusta?

Supongo que servirá.

Deja que el té repose mientras se ocupa de los bogavantes. Coge un cuchillo e introduce la hoja bajo el caparazón. Poco después se oye un crujido cuando les arranca la cabeza. Las patitas continúan moviéndose de forma espasmódica mientras se pone con las colas, practicándoles un corte a cada lado. El interior sale con facilidad; una blanca columna de pálida carne fibrosa. Tras unos movimientos más, les ha quitado la piel marrón y ha lavado las colas en agua fría antes de cortarlas en *sashimi*. Un plato de salsa hecha con zumo de limón, soja y vinagre de arroz es el toque final. El emplatado le lleva solo unos minutos.

Comemos con palillos, y luego una cosa lleva a otra y acabamos en la cama. Casi siempre me corro antes que él y esta noche no es una excepción… sospecho que a propósito. Nuestras relaciones sexuales están planeadas con la misma minuciosidad con que hace todo lo demás.

Me pregunto qué sucedería si pudiera hacer que perdiera el control, qué revelaciones o verdades ocultas subyacen a esa férrea contención. Decido que algún día lo averiguaré.

Después, mientras me estoy quedando dormida, le oigo murmurar:

Ahora eres mía, Emma. Lo sabes, ¿verdad? Mía.

Mmm, digo soñolienta. Tuya.

Al despertar descubro que ya no está a mi lado. Voy hacia la escalera y lo encuentro en el refectorio, recogiendo.

Todavía hambrienta, me propongo unirme a él. He bajado la mitad de los escalones cuando le veo coger la tetera de Simon y verter con cuidado los restos de té por el fregadero. Luego se oye un estrépito y la tetera está hecha añicos en el suelo.

Debo de haber hecho ruido porque Edward mira hacia arriba.

Lo siento mucho, Emma, dice con calma. Levanta las manos en alto. Debería habérmelas secado antes.

Voy a ayudarlo, pero me detiene.

Descalza no. Te cortarás. Y añade: Te la repondré, claro. Hay una magnífica de Marimekko Hennika. Y la Bauhaus también está bien.

Me dirijo a la cocina de todas formas, me pongo en cuclillas y recojo los pedazos rotos.

No importa, digo. No es más que una tetera.

Exactamente, responde con razón. No es más que una tetera.

Y siento una pequeña punzada de satisfacción al pertenecerle. «Eres mía.»

Ahora: Jane

Carol Younson tiene su consulta en una tranquila y frondosa calle de Queen's Park. Cuando abre la puerta me mira con extrañeza, sobresaltada casi, pero enseguida se recobra y me conduce a una sala. Me dirige al sillón mientras me explica que esta va a ser solo una sesión preliminar para saber si puede ayudarme. Si decidimos seguir adelante nos veremos a la misma hora cada semana.

—Y bien —dice cuando acabamos con los preliminares—, ¿qué la trae a terapia en estos momentos, Jane?

—Bueno, varias cosas —respondo—. El aborto del que le hablé por teléfono, principalmente.

Carol asiente.

—Hablar de nuestros sentimientos de dolor nos proporciona un modo de superarlos, de iniciar el proceso para separar las emociones necesarias de las destructivas. ¿Alguna otra cosa?

—Sí… Creo que es posible que haya tratado a alguien con quien tengo una conexión. Me gustaría saber qué le preocupaba.

Carol Younson niega con la cabeza con firmeza.

—No puedo hablar de mis otros pacientes.

—Creo que este caso es diferente. Verá, ella está muerta. Se llamaba Emma Matthews.

Sé que no me equivoco, que la expresión que advierto en los ojos de Carol Younson es sin duda de sorpresa. Pero no tarda en recobrarse.

—Aun así no puedo revelarle de qué hablamos Emma y yo. El derecho a la confidencialidad de un cliente no termina con su muerte.

—¿Es verdad que me parezco un poco a ella?

La doctora vacila durante un momento antes de asentir.

—Sí. Me he dado cuenta nada más abrir la puerta. Supongo que son parientes, ¿no es así? ¿Es su hermana? Lo siento.

Niego con la cabeza.

—No nos conocíamos.

Carol Younson parece perpleja.

—Entonces ¿cuál es la conexión, si me permite que se lo pregunte?

—Vivo en la misma casa que ella..., Me refiero a la casa en que murió. —Ahora soy yo quien vacila—. Y estoy manteniendo una relación con el mismo hombre.

—¿Con Simon Wakefield? —dice despacio—. ¿Con el novio de Emma?

—No... aunque lo conocí un día que vino a dejar unas flores. El hombre del que le hablo es el arquitecto que construyó la casa.

Carol se me queda mirando.

—Permita que me cerciore de que lo he entendido bien. Usted está viviendo en el número uno de Folgate Street, igual que hizo Emma. Y es la amante de Edward Monkford, como también lo fue Emma.

—Así es.

Edward me insinuó que su relación con Emma no había sido más que una breve aventura, pero opto por no influir en la doctora.

—En ese caso le contaré lo que Emma y yo hablamos en terapia, Jane —afirma con serenidad.

—¿A pesar de lo que acaba de decirme hace un momento? —pregunto bastante sorprendida de haberlo conseguido con tanta facilidad.

—Sí. Verá, existen circunstancias especiales en las que se nos permite faltar a nuestro deber profesional de mantener la confidencialidad. —Hace una breve pausa—. Cuando no puede perjudicar al cliente y sí evitar un perjuicio a otra persona.

—No entiendo —repongo—. ¿Qué perjuicio? ¿Y a quién?

—Hablo de usted, Jane. Creo que puede estar en peligro.

Antes: **Emma**

Deon Nelson me robó la felicidad, digo. Me ha destrozado la vida y ha hecho que tema a cada hombre que conozco. Ha hecho que me sienta avergonzada de mi propio cuerpo.

Hago una pausa y bebo un poco de agua de un vaso. La sala está en absoluto silencio. Los dos magistrados, un hombre y una mujer, me observan sin parpadear desde el estrado. Hace mucho calor, la habitación está pintada de beige y no tiene ventanas, y los abogados sudan ligeramente bajo sus pelucas.

Han instalado dos pantallas que impiden que los acusados me vean desde su banquillo. Puedo sentir la presencia de Deon Nelson detrás de las mismas. Sin embargo, no tengo miedo. Todo lo contrario. Ese cabrón va a ir a la cárcel.

He estado llorando, pero ahora alzo la voz.

Tuve que mudarme porque temía que él volviera, prosigo. He sufrido recuerdos recurrentes y pérdida de memoria, y he empezado a visitarme con un terapeuta. La relación con mi novio se rompió.

La abogada de Nelson, una mujer menuda y esbelta ataviada con un elegante traje bajo la toga negra, levanta la mirada con una repentina expresión pensativa y apunta algo.

¿Que cómo me siento ante la perspectiva de que Deon Nelson obtenga la libertad bajo fianza?, digo. Me siento enferma. Después de que me amenazara a punta de navaja, de que me robara y me violara del modo más humillante posible, sé de lo que es capaz. Me aterra la idea de que pueda andar por la calle libremente. Me sentiría aterrorizada solo con saber que está ahí fuera.

Este último punto es algo que el inspector Clarke me sugirió que incluyera. Sería muy fácil para la abogada de Nelson argumentar que su cliente no tiene intención de aproximarse a mí. En cambio, si afirmo que me siento amenazada por el simple hecho de que esté libre, existe el riesgo de que retire mi testimonio y el juicio no pueda celebrarse. Ahora mismo soy la persona más importante de esta sala.

Ambos magistrados continúan observándome. El público asistente también está en silencio. Antes de empezar estaba nerviosa, pero ahora me siento poderosa y noto que tengo el control.

Deon Nelson no solo me violó, digo. Ha hecho que viva con el temor de que enviara el vídeo a todas las personas que conozco. Así actúa él, con amenazas e intimidación. Espero que el sistema de justicia trate esta solicitud de fianza en consecuencia.

Bravo, dice una vocecilla dentro de mi cabeza.

Gracias, señorita Matthews. Sin duda tendremos muy en cuenta sus opiniones, asevera con amabilidad el magistrado varón. Si lo desea, tómese un momento para sentarse en el banquillo de los testigos. Luego, cuando se encuentre bien, puede marcharse.

La sala guarda silencio mientras recojo mis cosas. La abogada de Nelson ya está de pie, esperando para acercarse al estrado.

Ahora: Jane

—¿A qué peligro se refiere? —Sonrío ante lo disparatado que es lo que Carol Younson acaba de decir, pero veo que está completamente seria—. Desde luego, no puede hablar de Edward.

—Emma me contó... —Carol calla y frunce el ceño, como si romper este tabú no le resultara fácil—. Como terapeuta, paso la mayor parte del tiempo desmontando pautas de conducta inconscientes. Cuando alguien me pregunta: «¿Por qué todos los hombres son así?», mi respuesta es: «¿Por qué todos los hombres que usted elige son así?». Freud hablaba de «compulsión a la repetición», es decir, de una pauta por la que alguien representa el mismo psicodrama sexual una y otra vez, asignando los mismos papeles a personas diferentes. A un nivel subconsciente o incluso consciente, se espera reescribir el resultado, perfeccionar lo que sea que saliera mal antes. Sin embargo, los mismos errores e imperfecciones que esas personas aportan a la relación la destruyen forzosamente.

—¿Qué relación guarda esto con Emma y conmigo? —pregunto, aunque ya he empezado a hacer conjeturas.

—En cualquier relación hay dos compulsiones a la repetición en marcha, la de él y la de ella. Su interacción puede ser beneficiosa. O puede ser destructiva..., terriblemente destructiva. Emma tenía baja autoestima, que se redujo todavía más cuando la agredieron sexualmente. Al igual que muchas víctimas de violación, se culpaba a sí misma..., de manera equivocada, desde luego. En Edward Monkford encontró a alguien que le proporcionaría el maltrato que a cierto nivel ansiaba.

—Espere un momento —digo indignada—. ¿Insinúa que Edward es un maltratador? ¿Acaso lo conoce?

Carol niega con la cabeza.

—Hablo a partir de lo que averigüé por Emma. Cosa que, por cierto, no resultó fácil. Siempre fue reacia a abrirse conmigo, un signo clásico de baja autoestima.

—Eso es sencillamente imposible —asevero de forma tajante—. Yo sí conozco a Edward. Jamás ha pegado a nadie.

—No todo maltrato es físico —alega Carol con tono sereno—. La necesidad de tener un control absoluto es otro tipo de maltrato.

«Control absoluto.» Las palabras me golpean como una bofetada, pues me doy cuenta de que, vistas desde cierta perspectiva, encajan.

—El comportamiento de Edward le parecía muy racional a Emma mientras se mostraba colaboradora; es decir, mientras permitía que él la controlara —prosigue Carol—. Debería haber advertido ciertas señales de alarma, como el extraño arreglo con la casa, que tomara pequeñas decisiones por ella o la aislara de sus amigos y de su familia, ejemplos todos ellos de la conducta clásica del sociópata narcisista. No obstante, los verdaderos problemas para Emma empezaron cuando intentó romper con él.

«Sociópata.» Sé que los profesionales no utilizan ese término del mismo modo que el común de los mortales, pero aun así no puedo evitar pensar en lo que el novio de Emma —Simon Wakefield, lo ha llamado Carol— dijo aquel día fuera de la casa. «Primero le envenenó la mente y luego la mató...»

—¿Algo de lo que estoy describiendo le resulta familiar, Jane? —me pregunta.

No le doy una respuesta directa.

—¿Qué le pasó a Emma? ¿Después de esto otro, quiero decir?

—Con el tiempo, y con mi ayuda, empezó a darse cuenta de lo destructiva que se había vuelto la relación que mantenía con Edward Monkford. Rompió con él, pero eso hizo que se deprimiera y se encerrara en sí misma, incluso que se volviera paranoica. —Hace una pausa—. Y cortó el contacto conmigo.

—Espere —digo perpleja—. Entonces ¿cómo sabe que él la mató?

Carol Younson frunce el ceño.

—Yo no he dicho que él la matara, Jane.

—¡Ah! —exclamo aliviada—. Pues ¿qué está diciendo?

—Que su depresión, su paranoia, los sentimientos negativos y la baja autoestima que había generado la relación... fueron, en mi opinión, factores que sin duda influyeron.

—¿Cree que Emma se suicidó?

—Sí, esa es mi opinión profesional. Creo que se arrojó por la escalera cuando sufría una grave depresión —declara. Guardo silencio mientras reflexiono—. Hábleme de su relación con Edward —sugiere Carol.

—Bueno, eso es lo extraño. Según parece, en realidad no hay demasiadas semejanzas. Empezó poco después de que me mudara. Él dejó muy claro que me deseaba. Pero también que no estaba ofreciéndome una relación convencional. Dijo que...

—Espere —me interrumpe Carol—. Voy a coger una cosa.

Sale de la habitación y regresa al poco tiempo con un cuaderno rojo.

—Las notas de mis sesiones con Emma —explica mientras hojea las páginas—. ¿Qué me estaba contando, Jane?

—Él me dijo que poseía cierta pureza...

—Una relación libre de ataduras —concluye Carol en mi lugar.

—Sí. —La miro fijamente—. Esas fueron sus palabras exactas.

Palabras que, al parecer, le había dicho con anterioridad a otra persona.

—Según lo que me contó Emma, Edward es un perfeccionista radical, casi obsesivo. ¿Estaría usted de acuerdo con eso? —me pregunta Carol, a lo que asiento de mala gana—. Pero, como es natural, nuestras relaciones anteriores no pueden perfeccionarse por muchas veces que las recreemos. Cada fracaso sucesivo solo refuerza la conducta perjudicial. En otras palabras, las pautas se acentúan más con el tiempo. Además de volverse más desesperadas.

—¿Una persona puede cambiar?

—Qué curioso... Eso mismo me preguntó Emma. —Piensa durante un instante—. A veces sí. Pero es un proceso doloroso y arduo, incluso con la ayuda de un buen terapeuta. Y es narcisista creer que vamos a ser nosotros quienes cambiemos la naturaleza fundamental de otro ser humano. La única persona a la que de verdad podemos cambiar es a uno mismo.

—En su opinión, corro el peligro de seguir los pasos de Emma. Pero tal como acaba de describirla, no se parecía en nada a mí —objeto.

—Es posible. Sin embargo, me ha contado que sufrió un aborto, Jane. ¿Acaso no le resulta... curioso que usted también fuera una mujer herida, de algún modo, cuando él la encontró? Los sociópatas sienten atracción por las personas vulnerables.

—¿Por qué Emma dejó de verla?

Una expresión de remordimiento surca el rostro de Carol.

—Sinceramente no lo sé. Es posible que si hubiera seguido viniendo a terapia todavía estuviera viva hoy en día.

—Tenía su tarjeta —digo—. La encontré en su saco de dormir en el desván de la casa de Folgate Street, junto con algunas latas de comida. Daba la impresión de que había estado durmiendo allí arriba. Debía de estar pensando en llamarla.

Carol asiente muy despacio.

—Supongo que algo es algo. Gracias.

—Pero no creo que tenga razón en lo demás. Si Emma padecía depresión era porque la relación con Edward se había terminado, no porque él estuviera controlándola. Y si se suicidó… Bueno, es muy triste, pero no es culpa de él. Como usted misma ha dicho, todos tenemos que asumir la responsabilidad de nuestros propios actos.

Carol se limita a esbozar una sonrisa triste y a negar con la cabeza. Me da la impresión de que no es la primera vez que oye algo parecido, tal vez a Emma.

De pronto me he hartado de esta habitación, con sus telas decorativas y su desorden, sus cojines, sus pañuelos y toda esta palabrería de psicólogo. Me levanto.

—Gracias por recibirme. Ha sido interesante. Pero me parece que no deseo hablarle de mi hija. Ni de Edward. No voy a volver.

Antes: **Emma**

No puedo ir a la tribuna del público después de leer mi declaración de impacto debido a las medidas especiales. Así que me quedo fuera de la sala esperando. No pasa mucho tiempo hasta que el inspector Clarke y la sargento Willan salen de forma apresurada y con expresión de preocupación. Con ellos va el abogado de la acusación, el señor Broome.

Emma, venga por aquí, dice la sargento Willan.

¿Por qué? ¿Qué ocurre?, pregunto mientras me llevan a otra parte del vestíbulo. Vuelvo la vista hacia la sala del tribunal justo cuando sale la abogada de Nelson, acompañada por un adolescente negro vestido con un traje. Él me mira y veo una chispa de reconocimiento en sus ojos. Entonces su abogada le dice algo y él se da la vuelta hacia ella.

Emma, los jueces le han concedido la libertad bajo fianza, me está diciendo la sargento Willan. Lo siento.

¿Qué?, exclamo desconcertada. ¿Por qué?

Los magistrados han estado de acuerdo con la señora Fields, la abogada defensora, en que hay ciertos problemas con nuestro caso.

¿Problemas? ¿Qué significa eso?, quiero saber.

De otra puerta, la que conduce a la tribuna del público, sale Simon. Se desvía hacia mí.

Problemas de procedimiento, responde el inspector Clarke con seriedad. Principalmente con el tema de la identificación.

¿Se refiere a que no hay ADN?

Ni huellas dactilares, aduce el abogado.

El inspector Clarke no lo mira.

Por supuesto, en su momento no se denunció la violación. Se clasificó como un robo con allanamiento. El agente de servicio tomó la decisión de no sacar huellas. Exhala un suspiro. Y más tarde deberíamos haber puesto a Nelson en una rueda de reconocimiento. Pero como usted nos había dicho que llevaba pasamontañas, no tenía mucho sentido. Por desgracia, un abogado espabilado puede utilizar ese tipo de cosas para insinuar que la policía ha estado sacando conclusiones precipitadas.

Pero si ese es el problema, ¿por qué no hacen una rueda de reconocimiento ahora?, sugiero.

Clarke y el abogado intercambian una mirada.

Podría ser útil en lo referente al juicio, dice el abogado con aire pensativo.

Esto es muy importante, Emma, dice el inspector Clarke. ¿Ha visto al acusado en algún momento durante el procedimiento de hoy?

Niego con la cabeza. A fin de cuentas, no tengo la seguridad de que el joven al que he visto sea Nelson. Y aunque lo fuera, ¿por qué debería librarse solo porque la policía es tan incompetente?

Creo que deberíamos considerarlo, repone el abogado mientras asiente.

¿Emma?, me llama Simon, desesperado por interrumpir la conversación. Emma, sé que lo decías en serio.

¿Qué?, pregunto.

Que rompimos solo por ese cabrón.

¿Cómo? No, replico negando con la cabeza. Eso lo dije para la sala, Simon. No… no voy a volver contigo.

Emma… Oigo la voz serena y autoritaria de Edward detrás de nosotros. Me vuelvo hacia él con agradecimiento. Bien hecho, dice. Has estado brillante. Me envuelve en sus brazos y veo el espanto de Simon al darse cuenta de lo que esto significa.

Por Dios, susurra. Por Dios, Emma. No puedes hacerlo.

¿Qué, Simon?, digo desafiante. ¿No puedo elegir con quién salgo?

Los agentes de policía y Broome, conscientes de estar presenciando un drama personal, bajan la mirada y arrastran los pies. Edward se hace cargo, como de costumbre.

Ven conmigo, dice. Me rodea con un brazo y me aleja de allí. Vuelvo la vista una sola vez y veo a Simon mirándonos, mudo por la pena y la ira.

Ahora: **Jane**

Ese fin de semana Edward me lleva al Museo Británico, donde un ayudante abre una vitrina y nos deja a solas para que examinemos una pequeña escultura prehistórica. El tiempo ha pulido la talla, pero aún se reconoce a dos amantes entrelazados.

—Tiene once mil años de antigüedad; es la representación del sexo más antigua del mundo —explica Edward—. Pertenece a una civilización conocida como los natufienses, los primeros en crear comunidades.

Cuesta concentrarse. No puedo dejar de pensar en que le dijo a Emma las mismas palabras que a mí. Algunos de los otros comentarios de Carol puedo ignorarlos, ya que ella no conoce a Edward, pero es mucho más difícil pasar por alto la irrefutable prueba de su cuaderno de notas.

Pero claro, todos somos culpables de utilizar las mismas frases familiares, los mismos atajos lingüísticos. Todos contamos las mismas anécdotas a diferentes personas, en ocasiones incluso a las mismas, casi siempre con palabras idénticas. ¿Quién no se repite a veces? ¿Acaso la compulsión a la repetición y el paso al acto no son simplemente términos sofisticados para definir el hecho de que somos criaturas de costumbres?

Entonces Edward me pasa la talla para que la sostenga y

toda mi atención se centra de inmediato en ella. Me sorprendo al pensar en lo increíble que resulta que las personas hagan el amor desde hace miles de años. Pero claro, es una de las pocas constantes en la historia de la humanidad. El mismo acto, repetido durante generaciones.

Después le pregunto si podemos ir a ver los «mármoles de Elgin», pero Edward no quiere.

—Las galerías públicas estarán llenas de turistas. Además, tengo por norma contemplar una sola pieza en un museo. Más, saturas el cerebro. —Echa a andar por donde hemos venido.

Las palabras de Carol Younson me vienen a la cabeza. «El comportamiento de Edward le parecía muy racional a Emma mientras se mostraba colaboradora; es decir, mientras permitía que él la controlara...»

Me detengo en seco.

—Edward, tengo muchas ganas de verlos.

Él me mira perplejo.

—Vale. Pero ahora no. Llegaré a un acuerdo con el director y regresaremos cuando el museo esté cerrado...

—Ahora —replico—. Tiene que ser ahora.

Soy consciente de que parezco una niña histérica. Un empleado levanta la vista desde su mesa y frunce el ceño.

Edward se encoge de hombros.

—Está bien.

Me lleva por una puerta que conduce a la parte pública del museo. La gente rodea las piezas como peces alimentándose de coral. Edward se abre paso sin apartar la vista del frente.

—Aquí —dice.

La sala está aún más concurrida que el resto, llena de colegiales con carpetas que charlan en francés. Y ahí están los zombis de la cultura, asintiendo mientras escuchan sus audioguías;

las parejas, que deambulan por la estancia cogidas de la mano, como redes de arrastre; los que empujan carritos de bebé; los mochileros; los que se hacen selfis. Y más allá de todo eso, tras una barra protectora de metal, hay varios pedestales sobre los que se exhiben algunos fragmentos de maltrechas esculturas y los famosos frisos.

Es inútil. Intento contemplarlos del modo adecuado, pero no hay ni rastro de la magia que he sentido al sostener en mis manos esa diminuta talla con miles de años de antigüedad.

—Tenías razón —confieso con pesar—. Esto es espantoso.

Edward sonríe.

—Son insulsos en el mejor de los casos. De no ser por el revuelo en torno a su propiedad, nadie se pararía a contemplarlos. Incluso la edificación de la que provienen, el Partenón, es sosa. Por irónico que parezca, se construyó como símbolo del poder del Imperio griego. Así que es del todo apropiado que otro codicioso imperio le haya robado algunos pedazos. ¿Nos vamos?

Pasamos por su despacho para recoger una bolsa de viaje de cuero y después por una pescadería en la que Edward había encargado los ingredientes para una receta. El hombre se disculpa con Edward porque ha tenido que sustituir por un rape la merluza que había pedido, uno de los pescados de la lista.

—Al mismo precio, por supuesto, señor, aunque normalmente el rape es más caro.

Edward niega con la cabeza.

—La receta requiere merluza.

—¿Qué puedo hacer, señor? —El pescadero abre las manos—. Si no la pescan, no podemos venderla.

—¿Está diciéndome que no había ninguna merluza en Billingsgate esta mañana? —replica Edward muy despacio.

—Solo a un precio desorbitado.

—Entonces ¿por qué no lo pagó?

Al pescadero le tiembla la sonrisa.

—El rape es mejor, señor.

—Yo pedí merluza. —Se empecina Edward—. Me ha decepcionado. No voy a volver.

Da media vuelta y se dirige afuera con paso airado. El pescadero se encoge de hombros y se vuelca de nuevo en el pescado que estaba fileteando, pero no antes de lanzarme una mirada de curiosidad. Siento que me arden las mejillas.

Edward está esperándome en la calle.

—Vámonos —dice al tiempo que levanta un brazo para llamar a un taxi.

Uno da media vuelta en el acto y se detiene frente a nosotros. Me he fijado en que es un curioso don que tiene; parece que los taxistas siempre lo busquen con la mirada.

No le he visto enfadado antes y no sé cuánto tiempo va a durarle. Pero empieza a hablar con serenidad de otra cosa, como si el incidente jamás hubiera tenido lugar.

Si Carol estuviera en lo cierto y Edward fuera un sociópata, ¿no estaría ahora despotricando y rabiando? Estimo que es otra evidencia más de que ella está equivocada con respecto a él.

Edward me mira.

—Tengo la sensación de que no me prestas atención, Jane. ¿Va todo bien?

—Oh…, lo siento. Estaba en las nubes. —Decido que debo procurar que mi conversación con la terapeuta no interfiera en el presente. Señalo la bolsa de viaje—. ¿Adónde vas?

—Se me ha ocurrido que podría mudarme contigo.

Durante un instante pienso que es imposible que lo haya entendido bien.

—¿Mudarte conmigo?

—Si me aceptas, claro.

Me quedo estupefacta.

—Edward...

—¿Es demasiado pronto?

—Nunca antes he vivido con alguien.

—Porque no has conocido a la persona adecuada —aduce con sensatez—. Lo comprendo porque creo que en ciertos aspectos somos muy parecidos, Jane. Eres reservada, independiente y un poco distante. Son algunas de las muchas cosas que amo de ti.

—¿En serio? —pregunto, aunque en realidad estoy pensando «¿Soy distante?». Y: «¿De verdad Edward acaba de hablar de amor?».

—¿No lo ves? Somos perfectos el uno para el otro. —Me toca la mano—. Me haces feliz. Y creo que yo también puedo hacerte feliz a ti.

—Ya soy feliz —respondo—. Edward, ya me haces feliz.

Y le brindo una sonrisa porque es verdad.

Antes: **Emma**

La siguiente vez que Edward viene trae consigo una bolsa de viaje junto con algo de pescado para cocinar.

El secreto es la salsa rouille, me dice mientras lo coloca todo en la encimera. Mucha gente escatima con el azafrán.

Ni siquiera sé que es la salsa rouille o el azafrán.

¿Vas a alguna parte?, pregunto con la mirada puesta en la bolsa.

En cierto modo. O, más bien, vengo a un lugar. Si me aceptas, claro.

¿Quieres tener algunas cosas aquí?, digo sorprendida.

No, responde divertido. Esto es todo lo que tengo.

La bolsa es tan bonita como el resto de lo que posee; el cuero está tan suave y brillante como una silla de montar. Debajo del asa hay una discreta etiqueta con unas palabras repujadas: SWAINE ADENEY, FABRICANTES DE MALETAS. PROVEEDORES OFICIALES DE LA CASA REAL. La abro y dentro todo está tan bien dispuesto como el motor de un coche. Saco las cosas una por una, describiéndolas al hacerlo:

Media docena de camisas de Comme des Garçons, todas blancas, bien planchadas y dobladas, podría añadir. Dos corbatas de seda de Maison Charvet. Un ordenador portátil Mac-

Book Air. Un cuaderno con las tapas de cuero de Fiorentina. Un portaminas de acero. Una cámara digital Hasselblad. Un estuche de tela de algodón enrollada que contiene..., veamos, tres cuchillos japoneses.

No los toques, me advierte. Están muy afilados.

Vuelvo a envolver los cuchillos y los dejo a un lado.

Un neceser. Dos jerséis negros de cachemira. Dos pares de pantalones negros. Ocho pares de calcetines negros. Ocho bóxers negros. ¿De verdad esto es todo?

Bueno, tengo algunas cosas más en el despacho. Un traje y demás.

¿Cómo te las apañas con tan poco?

¿Qué más necesito?, alega. No has respondido a mi pregunta, Emma.

Es muy repentino, contesto, aunque por dentro doy saltos de alegría.

Puedes echarme cuando quieras.

¿Por qué querría hacerlo? Eres tú quien va a cansarse de mí.

Jamás me cansaré de ti, Emma, asevera con seriedad. Creo que en ti he encontrado por fin a la mujer perfecta.

Pero ¿por qué?, pregunto.

No lo entiendo. Creía que estábamos manteniendo una aventura sin ataduras o como quiera que lo llamara.

Porque nunca haces preguntas, afirma con sensatez. Se vuelve de nuevo hacia el pescado. Pásame esos cuchillos, ¿quieres?

¡Edward!

Finge exhalar un suspiro.

Oh, vale. Porque hay algo en ti, algo vibrante y lleno de vida, que hace que también yo me sienta vivo. Porque eres impulsiva y extrovertida y todas las cosas que yo no soy. Porque eres diferente de las demás mujeres que he conocido. Porque has reavivado mi deseo de vivir. Porque eres todo lo que necesito. ¿Es suficiente explicación para ti?

Bastará por ahora, concedo, incapaz de reprimir la sonrisa.

7. *Una amiga le enseña algo que ha hecho. Es evidente que está orgullosa de su obra, pero no es demasiado buena. ¿Cómo reacciona usted?*

o *Hago una crítica sincera e imparcial*
o *Sugiero una pequeña mejora para ver si se lo toma a bien*
o *Cambio de tema*
o *Profiero algún sonido vago y alentador*
o *Le digo que lo ha hecho muy bien*

Ahora: **Jane**

—Tengo la sensación de que lo que en realidad quiere es una disculpa —dice la mediadora del hospital. Es una mujer de mediana edad con una chaqueta de lana gris y unos modales esmerados y compasivos—. ¿Es correcto, Jane? ¿Le habría ayudado a pasar página un reconocimiento por parte de la dirección de todo lo que ha sufrido por su pérdida?

Al otro lado de la mesa se sienta un demacrado doctor Gifford, flanqueado por el administrador del hospital y un abogado. La mediadora, Linda, se sienta en el extremo, como para recalcar su neutralidad. Tessa está a mi lado.

Me da que Linda se las ha ingeniado para rebajar la disculpa ofrecida a un reconocimiento de mi sufrimiento con una sola frase. Se parece un poco a las disculpas que ofrecen esos políticos astutos cuando dicen que lamentan que otra gente esté descontenta.

Tessa me pone una mano en el brazo para advertirme que ella se ocupa.

—Una «admisión» —dice recalcando mínimamente la palabra— por parte del hospital de que, en efecto, se cometieron errores evitables y que estos contribuyeron al fallecimiento de Isabel sería bien recibida, desde luego. Como un primer paso.

Linda exhala un suspiro, aunque no está claro si es por empatía profesional o porque se ha dado cuenta de que se enfrenta a alguien curtido en estos asuntos.

—La postura del hospital…, corríjame si me equivoco, Derek, es que prefiere dedicar los valiosos fondos públicos a tratar a sus pacientes que gastarlo en demandas y en honorarios de abogados. —Se vuelve hacia el administrador, quien asiente de forma obediente.

—Muy bien —dice Tessa con tono razonable—. Pero si hubieran pedido una ecografía Doppler a cada futura madre, hoy no estaríamos aquí sentados. En cambio, alguien hizo cálculos y decidió que sería más económico pagar minutas de abogados y compensaciones en el pequeño aunque estadísticamente significativo números de casos en los que eso habría cambiado la situación. Y la situación continuará hasta que organizaciones como Still Hope consigan que ese enfoque cruel e inhumano sea tan caro y tan prolongado en el tiempo que las cifras ya no cuadren.

«Primer asalto para Tessa», pienso.

—Si tenemos que suspender al doctor Gifford, lo cual nos veremos obligados a hacer si esto se convierte formalmente en un EAG, su puesto lo cubrirá un sustituto temporal… y a más pacientes se les negarán las atenciones de un especialista experto y respetado.

EAG. Eso es un Evento Adverso Grave. Me he familiarizado con la jerga de un modo lento y doloroso. Auscultación intermitente. Monitorización con CGT. Partogramas. Es la diferencia entre la dotación de personal en maternidad, donde yo estuve, y la sala de partos propiamente dicha, donde debería haber estado.

Esta reunión la solicitó el hospital prácticamente en cuanto Tessa realizó una petición formal para revisar mi historial médico. No cabe duda de que habían estado esperando a ver si su afable y consoladora carta daba resultado. De por sí, eso —darme cuenta de que habían intentado librarse de mí y que lo habrían logrado de no haber sido por Tessa— me pone casi tan furiosa como la pérdida de la vida de Isabel.

—El problema es que si esto acaba con una indemnización, podría ser un caso caro para ellos —me había explicado Tessa de camino a la reunión.

—¿Por qué? Sé a cuánto ascienden las indemnizaciones cuando se trata de un bebé que no debería haber fallecido; son una miseria.

—Puede que la indemnización en sí no sea muy elevada, pero está la pérdida de ganancias. Tenías un empleo bien remunerado. Si Isabel no hubiera fallecido, habrías disfrutado de la baja por maternidad y después te habrías reincorporado a tu puesto, ¿no?

—Supongo que sí. Pero...

—Y ahora estás trabajando para una organización benéfica que lucha contra la mortalidad fetal por un sueldo mínimo. Si añadimos el salario al que has renunciado, es una suma considerable.

—Pero fue decisión mía.

—Una decisión que no habrías tomado si las circunstancias hubieran sido otras. No seas blanda con el hospital, Jane. Cuanto más les cuestes, más probable es que ellos cambien.

Me doy cuenta de que Tessa es una joya. Es curioso que creas conocer a una persona y en realidad no la conozcas en absoluto. En las oficinas de Still Hope, donde comparto mesa con ella, he visto a una mujer divertida y vivaz, de risa fácil y aficionada a los cotilleos de oficina. Aquí, en esta sombría sala de reuniones, veo a una curtida guerrera que esquiva las evasivas de los representantes del hospital con la desenvoltura que otorga la experiencia.

—Me da la impresión de que están tratando de hacer chantaje emocional a la señorita Cavendish al insinuarle que morirán otros bebés si ella sigue adelante con su caso —dice ahora—. Tomamos debida nota. Pero una postura más responsable sería incrementar la dotación de personal, no reducirla, al menos hasta que esté claro el resultado de la evaluación del EAG.

Los rostros que tenemos enfrente nos miran con expresión impertérrita.

—Señorita Cavendish... Jane —habla por fin el doctor Gifford—. En primer lugar, quiero que sepa que lamento de corazón su pérdida. En segundo lugar, deseo pedirle disculpas por los errores que se cometieron. Las oportunidades de intervenir que se perdieron. No puedo decirle si Isabel estaría viva hoy de haber visto los problemas antes. Pero sin duda habría tenido más probabilidades. —Está hablándole a la superficie de la mesa, eligiendo sus palabras, pero de pronto levanta la mirada y la clava en la mía. Tiene los ojos enrojecidos a causa del agotamiento—. Yo era el médico especialista de guardia. Asumo toda la responsabilidad.

Se hace un prolongado silencio. Derek, el administrador, hace una mueca y alza las manos en el aire, como si dijera: «Ahora sí que estamos jodidos».

—Bueno, creo que a todos nos conviene un tiempo para reflexionar sobre eso. Así como sobre las demás observaciones pertinentes que se han formulado hoy.

—Ha sido espantoso —le cuento a Edward más tarde—. Pero no del modo en que me había esperado. De repente me he dado cuenta de que si sigo adelante con esto destruiré la carrera de ese hombre. Cuando lo que ocurrió no es culpa suya ni por asomo. Creo que de verdad es una buena persona.

—Quizá si no fuera tan bueno y su personal lo temiera más, la comadrona habría verificado dos veces la prueba.

—No puedo destruirlo por ser un jefe amable.

—¿Por qué no? Si es mediocre, se lo merece.

Sé que crear edificios tan perfectos como los de Edward requiere cierta crueldad, por supuesto. Me ha contado que una vez luchó contra las autoridades de urbanismo durante seis meses para evitar poner una alarma antiincendios en el techo de una cocina. El funcionario de urbanismo sufrió una crisis nerviosa, y Edward se salió con la suya y no tuvo que instalar la alarma. Pero supongo que nunca me ha gustado pensar en ese lado de él.

Oigo la voz de Carol Younson sin desearlo. «La conducta clásica del sociópata narcisista...»

—Háblame de Tessa —sugiere Edward mientras se sirve vino. Me he fijado en que nunca llena la copa más de la mitad. Me ofrece, pero niego con la cabeza—. Parece apasionada —comenta después de que termine mi retrato verbal.

—Lo es. Es decir, no aguanta gilipolleces a nadie. Pero también tiene sentido del humor.

—¿Y qué piensa de tu doctor Gifford?

—Piensa que le han escrito el discurso —reconozco. Recuerdo que Tessa me dijo al salir del hospital, mientras nos tomábamos un café con galletas en Starbucks: «Es la diferencia entre responsabilidad y obligación legal, Jane. Entre el error de un médico y los fallos institucionales de una organización. Harán todo lo que puedan para que la dirección del hospital quede al margen».

—Así que ahora tienes que decidir si quieres que tu difunta hija se convierta en parte de la cruzada personal de esa mujer —aduce Edward con aire pensativo.

Lo miro sorprendida.

—¿Crees que debería dejarlo?

—Bueno, la decisión es tuya, claro. Pero desde luego parece que tu amiga pretende librar esta batalla a tu costa.

Considero sus palabras. Es cierto; estoy segura de que en Tessa he encontrado una amiga. Disfruto de su compañía, pero sobre todo admiro su fortaleza. Quiero caerle igual de bien que ella a mí, y es obvio que si me retiro del caso eso no sucederá.

«Aisló a Emma de sus amigos y de su familia...»

—No te supone ningún problema, ¿verdad? —pregunto.

—Por supuesto que no —responde con naturalidad—. Solo quiero que seas feliz, es todo. A propósito, voy a cambiar este sillón.

—¿Por qué? —me extraño. El sillón es precioso; una amplia y baja extensión de recio tapizado de color crema.

—Ahora que vivo aquí me he dado cuenta de que algunas cosas podrían mejorarse, eso es todo. La cubertería, por ejemplo; no sé en qué estaba pensando cuando elegí la de Jean Nouvel. Y creo que el sillón invita a holgazanear. Quizá el LC3 de Le Corbusier. O la silla Louis Ghost de Philippe Starck. He de pensarlo.

En el poco tiempo que hace que Edward se mudó ya he reparado en una diferencia; no tanto en mi relación con él como en mi relación con Folgate Street, 1. La impresión que solía tener de actuar para un público invisible ha quedado sustituida por la persistente percepción de la mirada crítica de Edward; la sensación de que la casa y yo somos ahora parte de una puesta en escena. Siento que mi vida está volviéndose más meditada, más hermosa, al saber que él la estudia. Pero por esa misma razón cada vez me resulta más complicado relacionarme con el mundo que queda fuera de estos muros, el mundo en el que reina el caos y la fealdad. Si elegir la cubertería es tan difícil, ¿cómo podré decidir si debo demandar o no al hospital?

—¿Algo más? —pregunto.

Edward piensa en ello.

—Tenemos que ser más disciplinados a la hora de guardar los artículos de aseo personal. Esta mañana, sin ir más lejos, me he fijado en que has dejado fuera el champú.

—Lo sé. Se me ha olvidado.

—Bueno, no te flageles. Requiere disciplina vivir de este modo. Pero creo que ya estás descubriendo que las recompensas bien lo valen.

Antes: **Emma**

He estado temiendo la rueda de reconocimiento. Me he estado imaginando a Deon Nelson y a mí cara a cara mientras avanzo despacio ante una larga hilera de hombres en un pequeño e iluminado cuarto, como en las películas. Pero hoy en día no es así, desde luego.

Este es el sistema VIPER, me informa el inspector Clarke con tono afable mientras coloca dos tazas de café al lado de su portátil. Al parecer, son las siglas en inglés para rueda de reconocimiento mediante grabación electrónica, aunque si me preguntara a mí, diría que alguien del Ministerio de Interior simplemente pensó que un acrónimo sexy ayudaría a recordarlo con más facilidad. En esencia, ponemos al sospechoso en vídeo y luego el sistema utiliza software de reconocimiento facial para encontrar a otras ocho personas de su archivo que se parezcan a él. Antes de que tuviéramos esto se tardaba semanas en organizar una identificación. Vamos a empezar. El inspector saca unos cuantos documentos de una funda de plástico y agrega con tono de disculpa: Pero antes tiene que firmar unos formularios donde consta que solo ha visto al acusado cuando se estaba produciendo la presunta agresión.

Por supuesto, digo con ligereza. ¿Tiene un bolígrafo?

El caso es que es muy importante que esté completamente segura de que no lo vio durante la vista para la libertad bajo fianza, Emma, repone con cierta incomodidad.

No que yo sepa, respondo y me abofeteo para mis adentros.

Si estoy diciendo que recuerdo lo bastante bien a Nelson de la agresión para realizar una identificación positiva, entonces es evidente que sé si lo he visto en alguna otra parte. Pero el inspector Clarke no parece haberse dado cuenta de mi desliz.

La creo, desde luego. Pero, ya que podría salir en el juicio, debería ser consciente de que la abogada defensora alega que usted y él intercambiaron una mirada, por así decirlo, fuera de la sala del tribunal.

Eso es una tontería, replico.

Es más, su abogada sostiene que él se lo comentó en su momento. Afirma que levantó la mirada y la vio pasar a unos cuatro metros y medio de su cliente.

Frunzo el ceño.

No lo creo, digo.

Sí. Bueno, en cualquier caso, eso ha alterado bastante a la abogada. Una denuncia formal, además de la notificación de que…, uh…, la veracidad del testigo será un problema durante el juicio.

Veracidad del testigo…, repito. ¿Se refiere a si digo o no la verdad?

Eso me temo. Puede que intente sumar esto a todo el asunto de la amnesia. Seré franco con usted, Emma. No es una experiencia nada agradable que un abogado defensor astuto intente encontrar lagunas en su historia. Pero es su trabajo. Y hombre prevenido vale por dos, ¿no? Cíñase simplemente a lo que pasó y todo irá bien.

Firmo los formularios, identifico a Nelson y me voy andando a casa hecha una furia. Así que ahora me atacará en el juicio una abogada empeñada en desmontar mi historia... Tengo el espantoso presentimiento de que al intentar compensar los errores de la policía he empeorado mucho más las cosas.

Estoy tan enfrascada en mis pensamientos que al principio no reparo en el chaval montado en una bicicleta BMX que ha reducido la velocidad para ir junto a mí a mi paso. Cuando me percato de su presencia veo que se trata de un adolescente, de unos catorce o quince años. Me alejo de forma instintiva, pegándome todo lo posible a la pared.

El chico se sube sin esfuerzo a la acera. Intento volver por donde he venido, pero él está un poco más atrás y me bloquea el paso. Se inclina hacia delante. Me pongo en tensión a la espera de recibir un golpe, pero en vez de eso me gruñe: ¡Eh, tú! ¡Eres una puta mentirosa! Esto es un mensaje, zorra. Ya sabes de quién.

Se baja de la acera a toda prisa como si nada, da media vuelta y se marcha pedaleando. Pero antes hace un gesto simulando clavarme un cuchillo.

¡Puta!, grita otra vez por si no hubiera sido suficiente.

Edward me encuentra hecha un ovillo en el dormitorio, llorando. Sin decir nada, me estrecha en sus brazos hasta que dejo de temblar lo suficiente para explicarle lo que ha pasado.

Lo más seguro es que solo intentara asustarte, dice cuando he terminado. ¿Se lo has contado a la policía?

Asiento, llorosa.

He telefoneado al inspector Clarke en cuanto he llegado, omitiendo solo la parte en que me llamó mentirosa. Dijo que me conseguiría unas fotos de los colegas de Nelson para que les eche un vistazo, aunque están casi seguros de que ha utilizado a alguien a quien la policía no conoce.

Entretanto, le doy mi número privado, Emma, me había dicho el inspector. Mándeme un mensaje siempre que se sienta amenazada. Iniciaremos una respuesta rápida, le enviaremos a alguien de inmediato.

Edward escucha mientras le informo de todo esto.

¿Así que la policía piensa que no es más que un intento de intimidarte? ¿Significa que cesará si te retractas de tu declaración?

Lo miro fijamente.

¿Quieres decir... si dejo que Nelson salga impune?

No estoy sugiriendo necesariamente que sea eso lo que debas hacer. Solo que es una opción... si quieres liberarte de toda esta tensión. Puedes olvidarlo todo y no volver a pensar en Deon Nelson nunca más.

Edward me acaricia el pelo con ternura, sujetándome un mechón suelto detrás de la oreja.

Voy a preparar algo de comer, dice.

Ahora: Jane

Estoy sentada, completamente quieta, con el cuerpo vuelto hacia la ventana para que la luz incida en él.

El único sonido es el suave roce de la mina de Edward mientras me dibuja. Tiene un cuaderno con las tapas de cuero que lleva siempre consigo, junto con un portaminas Rotring, tan pesado como una bala. Retratarme es lo que hace para relajarse. A veces me enseña los dibujos. Pero casi siempre se limita a arrancar la página con un suspiro y a depositarla en el cubo de reciclaje integrado en la encimera del refectorio.

—¿Qué le pasaba a ese? —le pregunté en una ocasión.

—Nada —me respondió—. Es una buena disciplina tirar cosas que te gustan pero que no necesitas forzosamente. Y un dibujo, cualquier dibujo, que se deja a la vista se vuelve invisible en cuestión de minutos.

Hubo un tiempo en que decir eso me habría parecido raro, incluso un tanto cómico. Pero ya estoy entendiéndolo mejor. Y hasta cierto punto, coincido con él. Muchas cosas de este estilo de vida que antes me parecían un fastidio en la actualidad me resultan normales. Ahora me quito sin pensarlo los zapatos al entrar en el pequeño recibidor de Folgate Street, 1. Ordeno las especias alfabéticamente, justo como a él le gusta, y no me supone ningún esfuerzo volver a colocar cada una en su sitio correspondiente después de usarla. Doblo mis camisas y mis pantalones según el preciso método de un gurú japonés que ha escrito varios libros sobre el tema. Como sé que a Edward le cuesta dormir si utilizo el baño después de él, no sea que alguna toalla se quede en el suelo por descuido, las extiendo después de cada ducha y regreso al aseo para ponerlas donde deben estar cuando se han secado. Las tazas y los platos se friegan, se secan y se guardan minutos después de que los hayamos usado. Todo tiene su lugar, y cualquier cosa a la que no se le pueda encontrar un sitio es sin duda innecesaria y debería tirarse. Nuestra vida en común ha adquirido una eficaz y reposada serenidad; una serie de tácitos rituales domésticos, reconfortantes en sí mismos.

También ha hecho concesiones por su parte. No hay estanterías en la casa, pero tolera una pila ordenada de ediciones en tapa dura en el dormitorio siempre que los bordes estén perfectamente alineados y la columna sea recta y sólida. Solo cuando comienza a inclinarse empieza a mirarla con el ceño fruncido mientras se viste.

—¿Demasiado alta?

—Tal vez un poco, sí.

Sigo sin poder reunir el valor para tirar libros, ni siquiera para reciclarlos, pero la tienda benéfica de la calle Hendon High agradece estos regalos impecables, prácticamente nuevos.

Edward raras veces lee por placer. En cierta ocasión le pregunté por qué y me dijo que tenía que ver con que las palabras de las páginas opuestas no guardan una simetría.

—¿Es una broma? Nunca sé cuándo estás de coña.

—Quizá es broma en un diez por ciento.

A veces habla cuando dibuja, o más bien piensa en voz alta, y esos son los momentos más preciosos de todos. No le gusta que le presionen con respecto a su pasado, pero tampoco se cohíbe cuando sale a relucir en una conversación. He averiguado que su madre era una mujer desorganizada y caótica; no exactamente una alcohólica, no exactamente adicta a las pastillas con receta. Otro niño podría haber tenido la infancia de Edward y acabar siendo normal, pero cierta sensibilidad u obstinación determinaron que tomara un camino diferente. Yo hablo también de mis padres, de sus crueles y estrictas normas; el padre difícil de impresionar que me exhortaba mediante correos electrónicos corporativos a que lo intentase con más ganas, a que lo hiciera mejor, a que ganara más premios; los hábitos de meticulosidad y diligencia que me han acompañado durante toda mi vida. Decidimos que nos complementamos; ninguno de los dos podría conformarse con un compañero que se contentara con ser corriente.

Edward termina su dibujo y lo examina durante unos instantes, tras los cuales pasa la página sin arrancarla.

—¿Esta vez te lo quedas?

—Por ahora.

—Edward... —digo.

—¿Jane?

—Me... me sentí incómoda con algunas de las cosas que hicimos anoche en la cama.

Empieza a bosquejar otro dibujo y mira por encima del portaminas para tomar la referencia de mis piernas.

—Pues parecía que las disfrutabas —replica al fin.

—Tal vez en el calor del momento. Pero después... La verdad es que no me gustaría que ese tipo de cosas se conviertan en una práctica regular, nada más.

El portaminas se desliza con ligereza por la hoja cuando comienza a dibujar.

—¿Por qué negarte algo que te da placer?

—Te puede no gustar algo a pesar de que hacerlo te proporcione un goce momentáneo. Si no te parece bien. Tú más que nadie deberías entender eso.

El suave movimiento del portaminas continúa sin alterarse, como la aguja de un sismógrafo en un día tranquilo y libre de terremotos.

—Tendrás que ser más específica, Jane.

—La violencia.

—Continúa.

—Básicamente, cualquier cosa que cause moratones. Obligar, atar, marcas en la piel o tirar del pelo. Y ya que estamos con el tema, has de saber que no me gusta el sabor del semen y que el sexo anal está por completo descartado.

El portaminas deja de moverse.

—¿Me estás poniendo reglas?

—Supongo que sí. Límites, en todo caso. Como es natural, esto es una carretera de doble sentido —agrego—. Puedes decirme cualquier cosa que quieras.

—Solo que eres una mujer extraordinaria. —Retoma su dibujo—. Aunque una de tus orejas sea un poquito más grande que la otra.

—¿Ella consintió?

—¿Quién?

—Emma. —Sé que piso hielo quebradizo, pero no puedo evitarlo.

—Consentir —repite—. Una forma interesante de expresarlo. Pero nunca hablo de mis parejas anteriores, ya lo sabes.

—Tomaré eso como un sí.

—Puedes tomártelo como te plazca. Siempre que dejes de dar golpecitos con el pie.

En la carrera de historia del arte estudiamos un módulo sobre palimpsestos, unas hojas de pergamino medievales tan caras que, una vez el texto ya no era necesario, se rascaban hasta dejarlas en blanco y se reutilizaban, aunque se apreciaban restos visibles de la anterior escritura bajo la nueva. Más tarde, los artistas del Renacimiento utilizaron la palabra *pentimenti*, «arrepentimientos», para describir errores o cambios que se cubrían con pintura nueva, que años o incluso siglos después quedaban al descubierto cuando la capa de pigmentos perdía textura a causa del tiempo, y dejaba el original y la corrección a la vista.

A veces tengo la sensación de que esta casa —la relación que tenemos en ella, con ella, el uno con el otro— es como un palimpsesto o un *pentimento*, que por mucho que intentemos pintar encima de Emma Matthews ella sigue ahí, sigilosa; una tenue imagen, una sonrisa enigmática, que asoma en la esquina del cuadro.

Antes: Emma

Ay, Dios mío.

Hay añicos de cristal esparcidos por el suelo. Mi ropa está hecha trizas. Han arrancado las sábanas de la cama y las han arrojado a un rincón a base de patadas. Tengo el muslo manchado de sangre y no sé de dónde procede. En el rincón de la habitación hay una botella rota y comida pisoteada.

Me duelen partes del cuerpo en las que ni siquiera deseo pensar.

Nos miramos el uno al otro como dos supervivientes de un terremoto o de una explosión, como si hubiéramos estado inconscientes y acabáramos de recobrar el conocimiento.

Sus ojos inspeccionan mi rostro. Parece en estado de shock. Me dice: Emma, yo... Su voz se apaga poco a poco. He perdido el control, repone en un tono quedo.

No pasa nada, le digo. No pasa nada. Lo repito una y otra vez, como quien tranquiliza a un caballo desbocado.

Nos aferramos el uno al otro, exhaustos, como si la cama fuera una balsa y nos hubiéramos encontrado en un naufragio.

No has sido solo tú, apostillo.

Esto lo ha provocado algo insignificante. Desde que Edward se mudó he estado tratando de mantenerlo todo ordenado, pero a veces eso significa meter de cualquier manera cosas en armarios unos minutos antes de que él llegue. Ha abierto un cajón y se lo ha encontrado lleno de platos sucios u otras cosas, qué sé yo. Le he dicho que no tenía importancia y he intentado atraerlo hasta la cama en vez de ocuparme de eso.

Y entonces... ¡Zas!

Se ha puesto furioso.

Y he disfrutado del mejor sexo de toda mi vida.

Me arrastro hasta el tibio espacio que forma su brazo en contacto con su pecho y repito las palabras que le he gritado hace un rato:

Sí, papi. Sí.

8. *Procuro hacer bien las cosas incluso cuando no hay nadie cerca que se fije.*

Totalmente   ○ ○ ○ ○ ○   Totalmente en
de acuerdo   desacuerdo

Ahora: Jane

—Tengo que irme.

—¿Tan pronto?

Solo han pasado unas semanas desde que Edward se mudó. Hemos sido felices juntos. Lo sé de corazón, pero también lo sé por las evaluaciones que Edward ha estado realizando conmigo. Su resultado total es de cincuenta y ocho; el mío, un poco por encima de sesenta y cinco, pero sigue siendo una gran mejora con respecto a cómo empecé.

—Me necesitan en la obra. Los de urbanismo están poniéndose pesados. Parece que no entienden que no vamos a terminar los edificios y a dárselos sin más a la gente para que haga con ellos lo que le venga en gana. Nunca se trató de ladrillos y cemento, sino de construir una nueva clase de comunidad, una en la que las personas tengan responsabilidades además de derechos.

Edward se refiere a la ciudad ecológica que su estudio está construyendo en Cornualles. No suele hablarme de su trabajo, pero por lo poco que ha dicho he deducido que New Austell ha supuesto un esfuerzo titánico; no solo por la magnitud del encargo, sino también por todos los amaños y las soluciones fáciles que los promotores han intentado imponerle. Sospecha que solo lo designaron a él por el brillo que su nombre aportaría a una controvertida solicitud de planificación, y sospecha que es la misma gente que está orquestando ahora una campaña de prensa contra él, tratando de presionarle para añadir más viviendas, relajarse con las normas y, por tanto, hacer que el asunto resulte más rentable. En la prensa, el concepto «Monkciudades», austeras comunidades de sencillez monástica, se ha convertido en una broma habitual.

—¿Te acuerdas de lo que dijiste cuando me entrevistaste? ¿Que debería hablar con tus clientes sobre cómo es vivir de esta forma? Estaría encantada de hacerlo, si te sirviera de ayuda.

—Gracias. Pero ya tengo tus datos. —Levanta un fajo de papeles—. A propósito, Jane, Ama de llaves revela que has estado buscando información de Emma Matthews.

—Oh… Quizá una o dos veces, sí. —De hecho, la mayoría de mis indiscretas indagaciones las he hecho en el trabajo o utilizando el wifi de los vecinos, pero en alguna ocasión, a altas horas de la noche, he sido descuidada y he usado el internet de Folgate Street, 1—. ¿Hay algún problema?

—Solo que no creo que salga nada bueno de ello. El pasado pasado está; por eso es pasado. Olvídalo, ¿vale?

—Si así lo quieres…

—Necesito que me lo prometas. —Su tono es suave, pero su mirada es de acero.

—Te lo prometo.

—Gracias. —Me da un beso en la frente—. Estaré fuera varias semanas, puede que un poco más. Pero te lo compensaré cuando vuelva.

Antes: **Emma**

Busco información sobre Elizabeth Monkford en el trabajo y guardo las imágenes en mi ordenador. No me sorprende descubrir que su esposa se parecía un poco a mí. A menudo los hombres persiguen el mismo tipo. Las mujeres también, por supuesto. Lo que sucede es que en nuestro caso no se trata tanto del parecido físico como de la personalidad.

Ahora me doy cuenta de que Simon era una equivocación. En realidad me atraen los hombres como Edward. Los machos alfa.

Examino las fotografías con atención. Elizabeth Monkford tenía el pelo más corto que yo. Eso le daba un aspecto ligeramente francés, juvenil.

Voy al aseo de señoras y, plantada delante del espejo, me aparto el flequillo con una mano y me sujeto el resto en la nuca con la otra de manera que no se ve. Me gusta, decido. Un toque a lo Audrey Hepburn. Y de este modo el collar resaltará.

Me flaquean las rodillas al preguntarme si a Edward también le gustará.

Si lo detesta, si se enfurece, al menos habré provocado una reacción en él.

¿Y si se enfada de verdad?, me susurra una vocecilla interior.

Sí, por favor, papi.

Muevo la cabeza hacia un lado y hacia otro. Le doy mi visto bueno porque hace que mi cuello parezca más esbelto. Edward puede rodearlo con una mano. Aún se ven las marcas que sus dedos me dejaron en él la otra noche.

Todavía me estoy mirando cuando entra Amanda. Me brinda una sonrisa, pero parece cansada y ojerosa. Vuelvo a soltarme el cabello.

¿Estás bien?, pregunto.

En realidad no, dice. Se refresca la cara con agua. El problema de trabajar en la misma empresa que tu marido es que cuando las cosas van mal no puedes echar a correr.

¿Qué ha pasado?

Oh, lo de siempre. Ha estado poniéndome los cuernos. Otra vez.

Amanda empieza a llorar mientras saca toallitas de papel del dispensador para secarse los ojos.

¿Te lo ha dicho él?

No necesito que lo haga, repone. La primera vez que me acosté con él aún estaba casado con Paula. Debería haber sabido que no iba a serme fiel.

Se mira en el espejo e intenta recomponerse.

Ha estado saliendo por ahí con Simon, añade. Pero supongo que tú ya lo sabías. Desde que vosotros rompisteis, Saul ha echado de menos la libertad del soltero. En realidad es gracioso porque Simon solo habla de volver contigo. Amanda me mira a los ojos en el espejo. Supongo que eso es imposible, ¿no?, pregunta. Asiento. Pues es una lástima. Ya sabes que te adora.

El problema es que me he hartado de que me adoren, explico. Al menos alguien tan blandengue como Simon. ¿Qué vas a hacer con Saul?

Amanda se encoge de hombros con desánimo.

Supongo que nada. Al menos aún no. No es que esté viéndose con alguien. Estoy segura de que son solo revolcones de una noche, cuando los ha tenido. Estoy convencida de que lo hace para demostrar a Simon que todavía sabe ligar.

Siento una repentina punzada de celos al imaginarme a Simon acostándose con otra mujer. La destierro de mi mente. Él no era adecuado para mí.

Bueno, ¿cuándo vamos a conocer a Edward?, pregunta. Me muero de ganas de ver si es tal como dices.

No hasta dentro de un tiempo. Se marcha mañana... a ese enorme proyecto que ha empezado en Cornualles. Esta es nuestra última noche.

¿Has planeado algo especial?

Más o menos, respondo. En fin, voy a cortarme el pelo.

Ahora: Jane

Tendría que parecer diferente en ausencia de Edward. Pero lo cierto es que la casa es tan parte de él que siento su presencia hasta cuando no está.

Sin embargo, resulta agradable poder dejar un libro mientras cocino y simplemente cogerlo otra vez para leer mientras como. Me encanta tener de adorno un cuenco con fruta en la encimera del refectorio. También holgazanear en camiseta y sin sujetador, sin la acuciante necesidad de mantener impoluta Folgate Street, 1 y a mí misma, permanentemente.

Me ha dejado tres juegos de cubiertos para que los pruebe: el modelo Piano 98, diseñado por Renzo Piano; el Citterio 98 de Antonio Citterio, y el Caccia de Luigi Caccia Dominioni y los hermanos Castiglioni. Me siento halagada por que me tenga en consideración, a pesar de que sospecho que es también una especie de prueba para ver si mi criterio coincide con el suyo.

Pero de forma paulatina tomo conciencia de que hay algo que me molesta. De igual modo que Edward es incapaz de hacer caso omiso de una cucharilla de café fuera de su sitio o de una pila de libros que no está alineada a la perfección, mi ordenada y meticulosa mente se niega a olvidarse del misterio de la muerte de Emma Matthews.

Trato por todos los medios de resistirme. A fin de cuentas, se lo he prometido. Con todo, la desazón mental se hace más persistente. Y la promesa que me sonsacó no tuvo en cuenta que este enigma en concreto supone una barrera para nuestra intimidad, para la sosegada perfección de nuestra vida. En realidad, ¿qué sentido tiene elegir el tenedor ideal (y en estos momentos me decanto por las pesadas y sensuales curvas del Piano 98) si sobre nosotros se cierne esa monstruosa y desagradable sombra del pasado?

Estoy convencida de que la casa quiere que yo lo sepa. Si las paredes pudieran hablar, Folgate Street, 1 me contaría qué ocurrió aquí.

Decido que satisfaré mi curiosidad, aunque en secreto. Y una vez dé descanso a esos fantasmas no los despertaré nunca más. Jamás volveré a hablarle de lo que he descubierto.

Carol Younson describió a Edward como un sociópata narcisista, así que mi primer paso es investigar qué significa eso en realidad. Según varias páginas web de psicología, un sociópata exhibe:

Encanto superficial
Convencimiento de tener derecho absoluto
Falta patológica de veracidad

Él o ella:

Se aburre con facilidad
Es manipulador/a
No muestra remordimientos
Carece de gama emocional

Los individuos con trastorno de personalidad narcisista:

Se creen superiores a los demás

Insisten en tener lo mejor en todo

Son egocéntricos y presuntuosos

Se enamoran con facilidad, colocan en un pedestal al objeto de su amor y después le encuentran fallos con la misma facilidad

«Todo esto está equivocado», pienso. Sí, Edward es diferente a los demás, pero por tener un propósito, no por creerse superior. Su seguridad en sí mismo nunca es presuntuosa ni busca ser el centro de atención con ello. Y tampoco creo que siempre mienta. La integridad es de vital importancia para él.

Es posible que la primera lista se acerque a definirlo, pero sigue sin ser precisa en su caso. La cautela, la falta de disponibilidad de Edward puede sin duda tomarse como una prueba de que carece de gama emocional. Pero no creo que sea así en realidad. Después de vivir con él, aunque sea solo durante un breve período de tiempo, se trata más bien de que es...

Le doy vueltas, buscando las palabras adecuadas.

Se trata más bien de que es reservado. Lo han herido en el pasado y ha reaccionado retrayéndose tras esas barreras que él mismo ha erigido, en un mundo perfecto y ordenado de creación propia.

¿Fue su infancia?

¿Fueron las muertes de su esposa y de su hijo?

¿Podría incluso haber sido la muerte de Emma Matthews?

¿O fue otra cosa, algo que aún no he descubierto?

Sea cual sea la razón, parece extraño que Carol se equivoque tanto con Edward. Claro está que no lo conoce. Se fía de lo que Emma le contó.

Lo que a su vez sugiere que Emma también estaba equivocada con respecto a él. Y otra idea me viene a la cabeza: también podría ser que Emma engañara a su psicóloga de forma deliberada. Pero ¿por qué habría de hacer eso?

Saco el móvil y busco un número.

—Viviendas y Propiedades Hampstead —responde la voz de Camilla.

—Camilla, soy Jane Cavendish.

Se hace un breve silencio antes de que la agente se acuerde de mí.

—Hola, Jane. ¿Va todo bien?

—Estupendamente —le aseguro—. Lo que sucede es que he descubierto algunas cosas en el desván que creo que podrían pertenecer a Emma Matthews. ¿Tienes alguna información de contacto del hombre con el que se mudó aquí, Simon Wakefield?

—Ah... —Camilla parece cautelosa—. Entonces asumo que ya te has enterado del... accidente de Emma. En realidad fue entonces cuando nosotros nos hicimos cargo de la casa; la inmobiliaria que la gestionaba perdió el contrato tras la investigación. No tengo nada de los inquilinos anteriores.

—¿Quién era el agente?

—Mark Howarth, de Howarth y Stubbs. Puedo pasarte su número.

—Gracias. —Y algo me hace añadir—: Camilla... dices que tu agencia se hizo cargo de la casa de Folgate Street hace tres años. ¿Cuántos inquilinos han vivido aquí desde entonces?

—¿Además de ti? Dos.

—Pero cuando me la enseñaste comentaste que llevaba desocupada casi un año.

—Así es. La primera inquilina era enfermera; aguantó dos semanas. La segunda consiguió durar tres meses. Una mañana encontré el alquiler de un mes metido por debajo de la puerta junto con una nota en la que explicaba que creía que se volvería loca si se quedaba allí un solo día más.

—¿Ambas eran mujeres? —pregunto despacio.

—Sí. ¿Por qué?

—¿No te resulta raro?

—Pues… no. Es decir, no más que cualquier otra cosa sobre esa casa. Pero me alegra que estés bien. —Deja sus palabras suspendidas en el aire, como si me invitara a que las contradijera. No me manifiesto—. Bueno, entonces adiós, Jane.

Antes: **Emma**

Edward se marcha de mala gana; la bolsa de viaje Swaine Adeney aguarda en la mesa de piedra mientras desayunamos una última vez.

No estaré fuera mucho tiempo, dice. Y volveré una o dos noches cuando me sea posible. Echa un último vistazo a la casa, a los claros espacios abiertos. Pensaré en ti, agrega. Me señala con el dedo. Vestida como estás ahora. Viviendo así. Tal como hay que vivir en esta casa.

Llevo una de sus camisas blancas de Comme des Garçons y uno de sus bóxers negros mientras me como una tostada. Aunque sea yo quien lo diga, funciona. Casa minimalista, ropa minimalista.

Me estoy obsesionando un poco contigo, Emma, añade.

¿Solo un poco?

Quizá nos venga bien esta separación.

¿Por qué? ¿Es que no quieres estar obsesionado conmigo?

Posa la mirada en mi cuello, en mi nuevo corte de pelo, casi demasiado corto para que me lo agarre mientras me folla.

Mis obsesiones nunca son sanas, dice en voz queda.

Enciendo el ordenador en cuanto se va.

Es hora de averiguar más cosas sobre la misteriosa señora Monkford.

Lo cierto es que su reacción de anoche al ver mi corte de pelo me ha dado una idea. Una idea tan descabellada que me cuesta creer que vaya a funcionar.

¿Señor Ellis?, llamo. ¿Tom Ellis?

Un hombre se vuelve hacia mí al oír mi voz. Lleva traje, un casco amarillo y luce una expresión ceñuda de desaprobación.

Esto es una obra, responde. No puede estar aquí.

Soy Emma Matthews. En su oficina me han dicho que estaría aquí. Solo quiero conversar un momento con usted, nada más.

¿De qué? Barry, luego te busco, le dice al hombre con el que estaba hablando. El tipo asiente y se mete de nuevo en uno de los edificios a medio terminar.

Sobre Edward Monkford.

Ellis se pone tenso.

¿Qué pasa con él?

Estoy intentando descubrir qué le pasó a su esposa, explico. Verá, creo que podría pasarme también a mí.

Eso capta su atención. Me lleva a una cafetería cercana a la obra, una cantina a la antigua usanza en la que obreros de la construcción con chalecos reflectantes se zampan platos de huevos fritos con alubias.

Localizar al cuarto miembro del equipo original del estudio Monkford no había sido fácil. Al final encontré un viejo recorte en internet del *Architects' Journal* en el que se anunciaba la formación del estudio. En una borrosa foto en blanco y negro se veía a cuatro jóvenes licenciados con expresión segura. Aun entonces resultaba evidente que Edward era su líder natural. Con los brazos cruzados y el rostro impasible, estaba flanqueado por Elizabeth a un lado y por David Thiel, mucho más delgado y con coleta, al otro. Tom Ellis estaba a la derecha de la fotografía, un poco alejado de los demás, y era el único que sonreía a la cámara.

Ellis trae de la barra dos tazas de té y añade en la suya un par de cucharadas de azúcar. Aunque sé que la foto de *Architects' Journal* se tomó hace menos de diez años, su aspecto es bastante diferente ahora. Es más corpulento, con más peso, con menos pelo.

No suelo hablar de Edward Monkford, dice. Ni del resto de los miembros del estudio, de hecho.

Lo sé, apenas he podido encontrar algo en internet. Por eso telefoneé a su oficina. Aunque he de reconocer que no esperaba encontrarle trabajando para alguien como construcciones Town y Vale.

La empresa de Tom Ellis es una megaconstructora que edifica urbanizaciones de casas prácticamente idénticas en las afueras para gente que trabaja en la ciudad.

Veo que Edward te ha adiestrado bien, me suelta con frialdad.

¿Qué quiere decir?

Town y Vale crea viviendas asequibles para personas que quieren formar familias. Las ubica en lugares bien comunicados, cerca de colegios, consultas médicas y bares. Las casas disponen de jardín para que jueguen los niños y buen aislamiento para que no se dispare la factura de combustible. Puede que no ganen premios de arquitectura, pero la gente es feliz en ellas. ¿Qué tiene eso de malo?

Así que tenía diferencias de opinión con Edward..., aduzco. ¿Fue por eso por lo que abandonó el estudio?

Al cabo de un momento, Tom Ellis niega con la cabeza.

Él forzó mi marcha, dice.

¿Cómo?

De mil maneras diferentes. Cuestionando todo lo que yo sugería. Ridiculizando mis ideas. Ya era bastante malo antes de que Elizabeth falleciera, pero cuando volvió tras un año sabático y ella ya no estaba para controlarlo se convirtió en un monstruo.

Tenía el corazón roto, alego.

El corazón roto, repite. Por supuesto. Ese es el gran mito que Edward Monkford ha difundido sobre sí mismo, ¿no? El genio atormentado que perdió al amor de su vida y como consecuencia se convirtió en un arquitecto minimalista.

¿Usted no cree que eso sea cierto?

Sé que no lo es.

Ellis observa mi rostro con atención, como si se debatiera entre proseguir o no hacerlo.

Edward habría diseñado sus desoladas celdas desde el principio si lo hubiéramos dejado, dice al fin. Era Elizabeth quien lo contenía; mientras ella y yo nos apoyábamos, lo superábamos en número. A David solo le interesaba el aspecto técnico. Pero Elizabeth y yo... estábamos unidos. Veíamos las cosas del mismo modo. Los primeros diseños del estudio reflejaban eso.

¿A qué se refiere con unidos?

Muy unidos. En fin, supongo que yo estaba enamorado de Elizabeth.

Tom Ellis me mira.

En realidad, usted se parece un poco a ella. Pero supongo que ya lo sabe, agrega.

Asiento.

Nunca le dije a Elizabeth lo que sentía. Al menos no hasta que fue demasiado tarde. Dado que trabajábamos de manera muy estrecha, pensé que podría ser complicado si ella no sentía lo mismo por mí. Claro que eso no detuvo a Edward.

Si Edward la quería, se lo habría dicho, repongo.

La única razón de que empezara una relación con Elizabeth fue apartarla de mí, asevera Tom Ellis muy convencido. Se trataba de poder y de control. Siempre ha sido así con Edward. Al hacer que se enamorara de él ganó una aliada... y yo la perdí.

Frunzo el ceño.

¿Cree que se trataba de edificios? ¿Cree que se casó con Elizabeth para asegurarse de que el estudio construía la clase de casas que él deseaba?

Sé que parece una locura, aduce Ellis. Pero, en cierto modo, Edward Monkford está loco.

Nadie es tan cruel.

Ellis se ríe sin ganas.

Usted no sabe ni la mitad.

Pero la primera casa que construyó el estudio, el número 1 de Folgate Street, iba a ser muy diferente en un principio, protesto.

Sí. Pero solo porque Elizabeth se quedó embarazada. Eso no formaba parte del plan de Edward. De repente ella quería una casa familiar con dos dormitorios y un jardín. Puertas que concedieran intimidad en vez de espacios fluidos de concepto abierto. Discutieron por eso; ¡Dios, cómo discutieron! Al conocerla cabría pensar que Elizabeth era una persona dulce y amable, pero, a su manera, era tan cabezota como él. Una mujer extraordinaria. Ellis vacila. Una noche, antes de que Max naciera, la encontré llorando en la oficina. Me contó que no soportaría volver a casa con él, que eran muy infelices juntos. Aseguró que él era incapaz del compromiso más insignificante.

Tom Ellis desvía la vista de mí, con la mirada perdida.

La rodeé con mis brazos, prosigue. Y la besé. Ella me detuvo; era una mujer honesta, jamás habría hecho nada a espaldas de Edward. Pero me dijo que tenía que tomar una decisión.

¿Se refiere a si iba a abandonarlo o no?

Se encoge de hombros. Al día siguiente me pidió que olvidara lo que había pasado, que era culpa de las hormonas, que la ponían triste. Que tal vez Edward fuera temperamental, pero que estaba resuelta a hacer que su matrimonio funcionara. Debió de conseguir que él se comprometiera hasta cierto punto porque los diseños finales eran muy buenos. No, más que buenos. La casa era brillante. Hacía un aprovechamiento perfecto del espacio disponible. No habría ganado ningún premio. Seguramente ni siquiera habría dado al estudio fama internacional. La arquitectura confortable y bien concebida nunca lo hace. Pero los tres hubieran sido felices allí. Hace una pausa tras la cual añade: Sin embargo, Edward tenía otras ideas.

¿En qué sentido?

¿Sabe cómo falleció ella?, pregunta en voz queda, y niego con la cabeza. Elizabeth y Max murieron cuando una excavadora aparcada rodó hasta chocar con una pila de bloques de hormigón cerca de donde ambos estaban. En la investigación se insinuó que los bloques no se habían amontonado de forma correcta y que la pila era inestable. Además, se dijo que cabía la posibilidad de que la excavadora estuviera aparcada en una pendiente y que no hubieran echado el freno de mano. Hablé con el capataz de la obra. Me aseguró que la pila era estable y que la excavadora estaba bien aparcada cuando él se marchó de la obra el viernes por la tarde. El accidente ocurrió al día siguiente.

¿Dónde estaba Edward?

Al otro lado de la obra, viendo los progresos. O eso declaró en el informe de la investigación.

¿Y qué hay del capataz? ¿Lo denunció?

Suavizó su declaración. Afirmó que había habido ocupas durmiendo en la obra, que podrían haberse metido en la excavadora. A fin de cuentas, Edward seguía siendo su jefe.

¿Recuerda cómo se llamaba ese hombre, el capataz?

John Watts, de Watts e Hijos. Son una empresa familiar.

Bien, seamos claros en esto, digo. Usted cree que Edward mató a su familia simplemente porque se interponía en la clase de casa que él deseaba construir.

Lo suelto como si pensara que Tom Ellis está loco, como si la idea fuera tan absurda que no pudiera creerla. Pero en realidad sí que puedo. En el fondo, sé que Edward es capaz de cualquier cosa que se proponga.

Usted dice «simplemente», repone Ellis sin emoción. Con Edward Monkford no hay nada simple. Para él no hay nada más importante que salirse con la suya. Oh, no dudo que amara a Elizabeth a su manera. Pero no creo que se preocupara por ella, ya me entiende. ¿Sabía que hay especies de tiburones tan sanguinarias que sus embriones se devoran unos a otros en el útero? En cuanto les salen los primeros dientes se atacan hasta que solo queda el más grande, y ese es el que nace. Edward es así. No puede evitarlo. Si lo desafías te destruye.

¿Le contó algo de esto a la policía?

Los ojos de Ellis muestran una expresión torturada.

No, reconoce.

¿Por qué no?

Edward se marchó después de la investigación. Más tarde nos enteramos de que estaba viviendo en Japón. Ni siquiera estaba trabajando como arquitecto, sino que se mantenía realizando trabajos esporádicos. David y yo pensamos que no volveríamos a saber de él.

Pero regresó, digo.

Al cabo del tiempo, sí. Un día entró en la oficina como si

nada hubiera pasado y anunció que de ahí en adelante el estudio iba a tomar un nuevo rumbo. A David se lo planteó, muy inteligentemente, como una fusión de simplicidad visual y nueva tecnología, y lo convenció de que yo me estaba interponiendo. Fue su venganza por ponerme del lado de Elizabeth y en contra de él.

Así que mientras él estuvo ausente, usted no quiso ningún escándalo porque pensaba que el estudio era todo suyo. Por eso guardó silencio.

Tom Ellis se encoge de hombros.

Esa es una forma de interpretarlo.

A mí me parece que estaba tratando de aprovecharse del talento de Edward.

Piense lo que le plazca. Pero he accedido a hablar con usted porque ha dicho que estaba asustada.

Yo no he dicho que estuviera asustada. Siento curiosidad por Edward, eso es todo.

Joder... Usted también está enamorada de él, ¿verdad?, afirma Tom Ellis con amargura mientras me mira. ¿Cómo lo hace? ¿Cómo hipnotiza a mujeres como usted? Ni siquiera se indigna cuando le digo que mató a su propia esposa y a su hijo. Casi parece que eso la excite..., que la lleve a pensar que de verdad es una especie de genio. Y en realidad no es más que una cría de tiburón dentro del útero.

Ahora: Jane

Requiere un poco más de trabajo detectivesco localizar a Simon Wakefield. Consigo hablar con Mark, el agente que se ocupaba de Folgate Street, 1 antes que Camilla, pero él tampoco sabe cómo ponerse en contacto con el exnovio de Emma.

—Aun así, si consigues hablar con él, dale recuerdos de mi parte —dice—. Fue duro lo que le pasó.

—¿Te refieres a la muerte de Emma?

—Eso también. Pero antes incluso de aquello, con el robo en su anterior piso y todo eso.

—¿Les entraron a robar? No lo sabía.

—Por eso querían la casa de Folgate Street, por la seguridad. —Hace una pausa—. Resulta irónico si lo piensas. Lo cierto es que Simon habría hecho cualquier cosa por Emma. No le hacía especial ilusión vivir allí, pero en cuanto ella dijo que le gustaba, no hubo más que hablar. La policía me preguntó si alguna vez vi evidencias de que Simon pudiera ser violento con ella. Les respondí que ni hablar. La adoraba.

Tardo un momento en entender lo que está contándome.

—Espera... ¿La policía pensó que Simon podría haber matado a Emma?

—Bueno, no lo dijeron de forma tan clara. Pero tuve que colaborar con ellos después de que ella muriera, dejar entrar al equipo forense en la casa y todo lo demás, así que llegué a conocer bastante bien al detective a cargo de la investigación. Él fue quien preguntó por Simon. Al parecer, Emma afirmó que le había hecho daño físico. —Baja la voz—. Si te soy sincero, nunca estuve muy seguro de Emma. Todo giraba en torno a ella, ¿me explico? Era una chica un poco melodramática. Daba la impresión de que Simon no tenía ni voz ni voto en nada.

Mark no tenía los datos de contacto de Simon, pero recordaba dónde trabajaba y me basta con eso para localizarlo en LinkedIn. La revista para la que escribía ya ha cerrado y, como la mayoría de los freelance, mantiene su perfil y su currículum a disposición del usuario. Aun así, dudo antes de contactar con él. Sí, puede que dejara flores para Emma en la puerta de Folgate Street, 1, pero según lo que Mark acaba de contarme, Simon también fue sospechoso de su muerte. ¿De verdad es sensato ponerme a interrogarlo por lo que pasó?

Decido que tendré cuidado y me cercioraré de no presionarlo ni amenazarlo en modo alguno. Por lo que a él respecta, tan solo estaré tratando de hacer las paces con él por apropiarme de sus ofrendas florales.

Envío un email amable donde le pregunto si podemos quedar para hablar. En cuestión de minutos me llega una respuesta en la que dice que le gustaría y sugiere el Costa Coffe, en Hendon.

Llego pronto, pero él también. Va vestido de manera muy similar a aquella vez que lo vi fuera de Folgate Street, 1; camisa tipo polo, pantalón de algodón, zapatos modernos; el estilo informal pero elegante que es el uniforme de los periodistas londinenses. Tiene un rostro agradable y franco, pero sus ojos destilan preocupación cuando se sienta frente a mí, como si supiera que esto va a resultarle difícil.

—Así que te ha picado la curiosidad —dice en cuanto nos presentamos como es debido—. No me sorprende.

—Estoy confusa, más bien. Todas las personas con las que hablo parecen tener versiones distintas de cómo murió Emma. Su terapeuta, sin ir más lejos, piensa que Emma se suicidó porque sufría una depresión. —Decido soltarlo sin más—. Y también he oído la historia de que la policía te interrogó por una acusación que hizo Emma. ¿De qué iba todo eso?

—No lo sé. O sea, que no tengo ni idea de por qué lo dijo o si de verdad lo hizo. Yo jamás le habría pegado. —Me mira a los ojos, recalcando cada palabra—. Besaba el suelo que Emma pisaba.

He venido hoy aquí advirtiéndome que debo ser cauta, que no he de asumir como verdad todo lo que este hombre diga, pero aun así lo creo.

—Háblame de ella, Simon.

Deja escapar un lento suspiro.

—¿Qué se puede decir de alguien a quien amas? Fui afortunado de tenerla, eso siempre lo supe. Estudió en un colegio privado para niñas y después en un instituto de los buenos. Y era preciosa, realmente preciosa. Siempre la abordaban cazatalentos de agencias de modelos. —Me mira un tanto avergonzado—. Por cierto, tú te pareces un poco a ella.

—Eso me han dicho.

—Pero no tienes su... —Frunce el ceño, tratando de dar con la palabra adecuada, y presiento que sin duda está intentando tener tacto—. Su vitalidad. En realidad, eso le causaba problemas de todo tipo. Era tan abierta que los hombres creían que podían abordarla sin que los espantara. Le conté a la policía que las únicas veces que Emma me veía en plan violento y amenazador era cuando algún imbécil la agobiaba. Entonces me lanzaba una mirada, y esa era la señal para que interviniera y le dijera al tío que se pirara.

—Entonces ¿por qué le contaría a la policía que le pegaste?

—Te juro que no lo sé. En su momento supuse que la poli se lo había inventado para ponerme nervioso, para hacerme pensar que tenían más contra mí de lo que en realidad parecía. Y para ser justo con ellos, me pidieron disculpas y me soltaron pronto. En realidad, creo que solo estaban siguiendo el procedimiento. La mayoría de los asesinatos los comete alguien próximo a la víctima, ¿no es verdad? Así que arrestan al exnovio por norma. —Guarda silencio durante un instante—. Salvo que cogieron al ex equivocado. No me cansé de repetirles que deberían haber ido tras Edward Monkford, no tras de mí.

Siento que se me eriza el vello de la nuca al oír el nombre de Edward.

—¿Por qué?

—Monkford no estuvo mucho por aquí tras la muerte de Emma, mira por dónde; estaba ausente, trabajando en algún gran proyecto. Pero yo nunca aceptaré que no fue él quien la mató.

—¿Por qué iba a matarla?

—Porque había roto con él. —Se inclina hacia delante y me dirige una mirada penetrante—. Más o menos una semana antes de que muriera, Emma me contó que había cometido un terrible error, que se había dado cuenta de que él era un bruto manipulador y un obseso del control. Dijo…, y supongo que no deja de ser irónico, teniendo en cuenta lo mucho que él detestaba que ella tuviera posesiones, que la trataba como un accesorio, como otra cosa más con la que embellecer su casa. No podía soportar que ella pensara por sí misma ni que fuera independiente.

—Pero nadie asesina a alguien solo porque piense por sí mismo —protesto.

—Emma me dijo que él cambió por completo con el tiempo. Que casi perdió el juicio cuando lo dejó.

Trato de imaginar a un Edward enloquecido. Sí, en ocasiones he percibido pasión bajo su increíble calma, una vorágine de emociones reprimidas con puño de hierro. Su enfado con el pescadero, por ejemplo. Pero solo duró un momento. Sencillamente no reconozco al Edward que Simon está describiendo.

—Y hay algo más —dice Simon—. Algo que podría suponer para él otro motivo para querer muerta a Emma.

Vuelco de nuevo la atención en él.

—Continúa.

—Emma descubrió que asesinó a su esposa y a su hijo.

—¿Qué…? —exclamo confusa—. ¿Cómo?

—Su mujer le plantó cara; hizo que transigiera en sus planes para la casa de Folgate Street. El desafío y la independencia una vez más. Por el motivo que sea, Edward Monkford es patológicamente incapaz de sobrellevar ambas cosas.

—¿Le contaste esto a la policía?

—Por supuesto que sí. Afirmaron que no había pruebas suficientes para reabrir la investigación. También me aconsejaron que no repitiera mis acusaciones en la indagatoria de Emma; dijeron que podría ser libelo. —Se pasa la mano por el pelo—. He estado indagando un poco desde entonces…, reuniendo las pruebas que he podido. Pero aun siendo periodista es difícil llegar lejos sin la clase de poder que tiene la policía.

Durante un momento siento cierta compasión por Simon. Un tío majo, digno de confianza e insulso, incapaz de creer su suerte cuando atrapó a una chica un poco por encima de sus posibilidades. Y entonces tuvieron lugar una serie de sucesos imprevistos y, de repente, ella se vio obligada a decidir entre

Edward Monkford y él. No había comparación posible. No es de extrañar que le resulte imposible seguir adelante. No es de extrañar que tuviera que creer que hubo una conspiración o un secreto ocultos tras su muerte.

—Habríamos terminado juntos de nuevo si no hubiera fallecido —añade—. Estoy completamente seguro. La forma en que rompimos fue desagradable, desde luego. Una vez quiso que firmara unos documentos y fui a Folgate Street, uno para intentar conquistarla, pero estaba un poco borracho y no lo hice nada bien. Creo que estaba celoso de Monkford por entonces. Así que sabía que tenía que esforzarme mucho para compensárselo. El primer paso fue convencerla para que se largara de esa horrible casa. Y ella accedió, al menos en principio... Hubo problemas con el alquiler, una especie de penalización por rescisión. Creo que si hubiera podido marcharse tal vez hoy estaría viva.

—La casa no es horrible. Siento que perdieras a Emma, pero no puedes echarle la culpa a la casa de Folgate Street.

—Algún día verás que tengo razón. —Simon me mira a los ojos—. ¿Te ha tirado ya los tejos?

—¿Qué quieres decir? —protesto.

—Monkford. Tarde o temprano se te insinuará... Si no lo ha hecho ya. Y luego te lavará el cerebro a ti también. Eso es lo que hace.

Algo, tal vez saber que si reconozco que somos amantes solo confirmará la creencia de Simon de que todas las mujeres se enamoran de Edward, me lleva a decir:

—¿Qué te hace pensar que yo aceptaría?

Él asiente.

—Estupendo. Bien, si hablar de la muerte de Emma salva a una sola persona de las garras de ese hijo de puta, habrá merecido la pena.

La cafetería se está llenando. Un hombre se sienta a la mesa de al lado, sujetando un sándwich de salchichas y cebolla. Un fuerte tufo a masa barata y fría y a cebollas requemadas flota hasta nosotros.

—Dios mío, ese sándwich tiene un olor asqueroso —comento.

Simon frunce el ceño.

—Yo no lo huelo. Bueno, ¿qué vas a hacer ahora?

—¿Crees que hay alguna posibilidad de que Emma pudiera haber estado exagerando? Sigue pareciéndome raro que te contara cosas tan extrañas sobre Edward Monkford y que contara cosas igualmente extrañas sobre ti a la policía. —Titubeo—. Alguien con quien he hablado la ha descrito como una persona a la que le gustaba ser el centro de atención. Quienes son así a veces necesitan sentir que son importantes de algún modo. Aunque eso signifique inventarse cosas.

Simon niega con la cabeza.

—Es cierto que a Emma le gustaba sentirse especial. Pero es que era especial. Creo que fue una de las razones de que se enamorara de la casa de Folgate Street; no fue solo por la seguridad, sino también porque era tan diferente… Sin embargo, si lo que insinúas es que eso la convertía en una especie de fantasiosa… Ni hablar. —Parece enfadado.

—Vale —me apresuro a decir—. Olvídalo.

—¿Les molesta que me siente aquí?

Una mujer con un bocadillo señala la silla vacía próxima a nosotros. Simon asiente con la cabeza de mala gana; tengo la impresión de que le encantaría seguir hablando de Emma todo el día. Cuando la mujer se sienta me llega un nauseabundo olor a champiñones fritos. Huele a perro mojado y a sábanas sucias.

—La comida aquí es realmente repugnante —murmuro—. No sé cómo pueden tragársela.

Simon me lanza una mirada de irritación.

—Imagino que preferirías que nos hubiéramos visto en un lugar más elegante. Eso es más de tu estilo.

—Para nada. —Tomo nota mental de que Simon Wakefield está un poco resentido—. Suelen gustarme los Costa Coffe. Solo que este parece apestar, algo que no es nada habitual.

—A mí no me molesta.

Asqueada, me pongo de pie, impaciente por salir al aire fresco.

—Bueno, gracias por quedar conmigo, Simon.

Él también se levanta.

—No hay de qué. Oye, toma mi tarjeta. ¿Me llamarás si descubres alguna otra cosa? Y ¿me das tu número? Solo por si acaso.

—Por si acaso ¿qué?

—Por si acaso consigo por fin pruebas de que Edward Monkford es de verdad un asesino —replica sin alterarse—. Si es así, me gustaría poder avisarte.

De nuevo en Folgate Street, 1, subo al cuarto de baño y me desvisto frente al espejo. Me toco los pechos y los noto doloridos y llenos. Mis pezones se han oscurecido de manera perceptible y muestran pequeños bultitos, como carne de gallina, alrededor de cada aréola.

No tiene que venirme la regla hasta dentro de una semana, así que una prueba no sería fiable. De todos modos, no la necesito. El aumento de la sensibilidad a los olores, las náuseas, los pezones oscurecidos, los pequeños bultitos, que mi comadrona me dijo que se llamaban glándulas de Montgomery, todo eso es justo lo que me pasó la última vez que me quedé embarazada.

9. Me disgusto cuando las cosas no salen como están previstas.

Totalmente   o o o o o   Totalmente en
de acuerdo   desacuerdo

Antes: **Emma**

Ha llovido mucho desde la última vez que te vi, Emma, dice Carol.

Sí, he estado ocupada, respondo al tiempo que subo las piernas al sillón, encogiéndolas.

La última vez que hablamos hacía poco que habías pedido a Simon que se fuera de la casa que compartíais. Y comentamos que quienes habían sufrido traumas sexuales suelen plantearse llevar a cabo importantes cambios como parte de su proceso de recuperación. ¿Qué tal te han ido esos cambios?

Por supuesto, lo que quiere decir es: «¿Has cambiado ya de parecer respecto a Simon?». Empiezo a entender que por mucho que Carol jure y perjure que su trabajo no es juzgar ni encauzar nuestras sesiones hacia una conclusión concreta, es justo eso lo que acostumbra hacer.

Pues... tengo una nueva relación, respondo.

Se hace un breve silencio.

¿Y va bien?

Estoy con el hombre que diseñó la casa de Folgate Street. Para ser sincera, es un soplo de aire fresco después de Simon.

Carol enarca las cejas.

Y ¿por qué piensas que lo es?

Simon era un crío. Edward es un hombre.

¿Y no has tenido con él ninguno de los problemas sexuales que experimentabas con Simon?

Absolutamente ninguno. Y algo me hace añadir: Pero me gustaría hablar de una cosa en concreto.

Por supuesto, dice. Debo de vacilar, porque apostilla: No hay nada que puedas decirme que no haya oído ya muchas veces, Emma.

Para mi sorpresa, pienso en ser dominada, suelto.

Entiendo, repone con cautela. ¿Y eso te excita?

Supongo que sí.

Y también te preocupa, ¿no es así?

Me resulta... extraño. Después de lo que pasó. ¿No debería ser al contrario?

Bueno, lo primero que hay que decir es que no existe ningún debería o no debería, empieza. Y en realidad no es algo tan raro. Entre la población general, cerca de un tercio de las mujeres afirman tener de forma regular fantasías que conllevan una transferencia de poder. Y Carol añade: Además está el aspecto físico. Lo que en ocasiones se denomina «transferencia de la excitación». Una vez que se ha experimentado la adrenalina en una situación sexual, el cerebro puede buscar más de forma inconsciente. El caso es que no hay nada de lo que avergonzarse. Eso no significa que fueras a disfrutarlo en la vida real. Nada más lejos.

No me siento avergonzada, aduzco. Y sí que lo disfruto en la vida real.

Carol parpadea.

¿Has estado poniendo en práctica esas ideas?, pregunta, y asiento. ¿Con Edward? Asiento de nuevo. ¿Te gustaría hablarme de ello?

A pesar de afirmar que no es crítica, Carol parece tan incómoda que me sorprendo adornándolo un poco, solo para escandalizarla.

Resulta curioso, pero ponerlo furioso hace que de algún modo me sienta más poderosa, finalizo.

No cabe duda de que hoy pareces más segura de ti misma, Emma. Más segura de tus decisiones. La pregunta que me hago es si estas son decisiones positivas para ti en este preciso momento.

Finjo pensar en eso.

Seguramente lo sean, decido.

Es evidente que no es esta la respuesta que Carol esperaba recibir a su pregunta, expresada de un modo tan cuidadoso.

La elección de compañero cuando experimentas es muy importante, dice.

En realidad yo no lo llamaría experimentos, replico. Son más bien descubrimientos.

Pero si todo es tan maravilloso, ¿por qué estás aquí, Emma?

Buena pregunta, pienso.

Ya hemos hablado antes de que a veces, y de forma equivocada, quienes han sufrido una violación se culpan a sí mismos. Pueden sentir que son ellos quienes merecen que se los castigue o que, de algún modo, son menos dignos que los demás. No puedo evitar preguntarme si eso es en parte lo que está pasándote.

Lo dice con tanta sinceridad que por un momento estoy a punto de derrumbarme.

Pero ¿y si nunca me violaron? ¿Y si todo fue una especie de fantasía?

Carol frunce el ceño.

No te sigo, Emma.

No es nada. Pero suponga que descubriera algo de alguien... de un delito que hubieran cometido. Si se lo contara, ¿tendría que informar a la policía?

Si el delito no se ha denunciado aún o si se denunció pero las pruebas pudieran suponer una importante diferencia en la investigación, entonces la situación es compleja, dice Carol. Como bien sabes, los terapeutas tenemos un código deontológico que incluye la confidencialidad. Pero también tenemos que cumplir la ley. En un conflicto entre ambas cosas, la ley tiene prioridad.

Guardo silencio mientras considero con detenimiento las repercusiones de lo que acaba de explicarme.

¿Qué es lo que te preocupa, Emma?, me anima con amabilidad.

No es nada, de verdad, respondo, y le brindo una sonrisa.

Ahora: Jane

Un análisis de sangre en la consulta de mi médico de cabecera lo confirma. No se lo cuento a nadie aún, salvo a Mia, a Beth y a Tessa.

—¿Estaba planeado? —Es, por supuesto, la primera pregunta de Mia.

Niego con la cabeza.

—Una noche Edward se dejó... llevar un poco.

—¿Don Control se dejó llevar? No sé si debería preocuparme o sentirme aliviada porque al final sea humano.

—Fue algo puntual. De hecho, hablamos de ello después.

Sé que Mia pensará que me refiero a la falta de protección. No entro en detalles.

—¿Lo sabe él?

—Todavía no. —Lo cierto es que no sé cómo se va a tomar esto Edward.

Mia va un paso por delante.

—Corrígeme si me equivoco, pero ¿una de las reglas no era «nada de niños»?

—De las reglas de la casa sí. Pero esto no es lo mismo.

—¿No? —Enarca una ceja—. Todos sabemos cuánto les gustan a los hombres los embarazos no planeados.

Yo no digo nada.

—¿Y tú? —añade Mia—. ¿Cómo te sientes, Jane?

—Asustada —reconozco—. Aterrorizada. —Porque a pesar del torbellino de emociones (incredulidad, dicha, ansiedad, euforia, asombro, tristeza renovada por Isabel, felicidad), cuando todo para, lo único que queda es un miedo descarnado—. No podría pasar de nuevo por eso. Si algo le ocurriera a este. Esa... pena. No podría. Me destrozaría.

—En su momento te dijeron que no había motivos para suponer que el siguiente bebé no gozara de buena salud —me recuerda.

—Tampoco los había la última vez. Y pasó de todas formas.

—Pero quieres seguir adelante, ¿no?

Hay muy pocas personas en este mundo que podrían hacerme esa pregunta, y menos aún a las que daría una respuesta sincera, que no es otra que hay una parte de mí que ha estado diciéndome: «No lo hagas. Has vuelto a la luz después de pasar mucho tiempo en un lugar oscuro y solitario. ¿Por qué querrías tentar a la suerte de nuevo?». Es la misma parte de mi cerebro que contempla la casa de Folgate Street y piensa: «¿Por qué arriesgar todo esto?».

Sin embargo, hay otra parte de mí, la parte que sostuvo a un bebé muerto entre sus brazos, que miró su rostro perfecto y sintió igualmente la eufórica dicha de la maternidad, que jamás podría contemplar la opción de abortar un feto sano por cobardía.

—Sí, me lo voy a quedar —asevero—. Voy a tener este bebé. El bebé de Edward. Sé que a él no le gustará la idea al principio, pero espero que se haga a ella.

Antes: **Emma**

No he tenido noticias de Edward desde hace dos semanas, de manera que le envío una foto.

Me he hecho un tatuaje, papi. ¿Te gusta?

La reacción es inmediata.

¿QUÉ HAS HECHO?

Sé que debería haberte pedido permiso antes, Edward. Pero quería ver qué pasaría si me portaba muy, muy mal...

A decir verdad, el tatuaje es pequeño, bastante mono e invisible cuando llevo ropa normal; una estilizada representación de las alas de una gaviota justo en la parte superior de la nalga derecha. Pero sé cuánto los detesta Edward.

Tengo el culo bastante dolorido.

La respuesta me llega al cabo de unos minutos.

Y peor lo vas a tener. Esta noche. Regreso a Londres.
Furioso.

Es el mensaje más largo que jamás me ha enviado. Sonrío mientras le envío mi respuesta.

Pues será mejor que me prepare.

Me doy una ducha, me seco bien y me aplico un mínimo de perfume en la piel. Me pongo el vestido y el collar de perlas, pero permanezco descalza. Ya siento un hormigueo en la piel. La sensación de anticipación es exquisita, pero se mezcla con los nervios y la excitación. ¿Lo he presionado demasiado? ¿Podré sobrellevar lo que va a hacerme?

Me coloco en el sillón. No tengo que esperar demasiado. Oigo el débil pitido de Ama de llaves cuando capta la presencia de alguien ante la puerta principal, seguido del sonido metálico cuando le deja entrar. Edward se acerca a mí con paso airado y expresión sombría.

Enséñamelo, gruñe.

Apenas tengo tiempo para darme la vuelta antes de que me agarre las muñecas con una mano y me incline sobre el sillón, desgarrándome prácticamente el vestido al subírmelo con la otra.

Se queda paralizado. ¿Qué coño...?

Me echo a reír de manera incontrolable.

Me sacude las muñecas con furia.

¿A qué coño estás jugando?

Era el de Amanda, consigo decir entre jadeos. Se ha hecho un tatuaje para celebrar que ha roto con su marido. La he acompañado al tatuador.

¿Me has enviado una foto del culo de otra persona?, pregunta muy despacio.

Asiento, sin fuerzas aún por la risa.

He cancelado una cena con el alcalde y con la Comisión Regional de Urbanismo para volver aquí esta noche, gruñe.

Bueno, ¿qué va a ser más divertido?, alego meneando el trasero de forma sugerente.

Edward no me suelta las muñecas.

Estoy furioso contigo, dice con sorpresa. Me has cabreado a propósito. Te mereces todo lo que va a pasarte.

Intento zafarme de sus manos, pero me sujeta con fuerza.

Bienvenido a casa, papi.

Y exhalo un suspiro de felicidad.

Más tarde, mucho más tarde, antes de que se marche, le doy una carta.

No la leas ahora, le digo. Léela cuando estés solo. Piensa en ello cuando estés en tus aburridas sesiones de planificación. No tienes que responder. Pero quería explicarme.

Ahora: Jane

Mi primera cita en maternidad. Frente a mí, al otro lado de una fea mesa del Servicio Nacional de Salud, está sentado el doctor Gifford.

Hace unos días recibí una carta generada por ordenador que explicaba que, aunque no había motivos para preocuparse, a tenor de mi historial médico mi embarazo había sido automáticamente clasificado de alto riesgo y que, por tanto, estaría bajo la vigilancia de un especialista, el doctor Gifford.

Es evidente que alguien se dio cuenta del error, pues ese mismo día, más tarde, recibí una llamada para informarme de que entenderían que quisiera ver a otro médico. Añadieron que, en cualquier caso, tal vez estuviera al tanto de que el doctor Gifford había presentado su dimisión.

Dicen que el embarazo te nubla el pensamiento. Hasta el momento he descubierto que es todo lo contrario. O tal vez simplemente sea que resulta más fácil tomar ciertas decisiones. Por fin sé cuál es el camino correcto.

—El caso es que no creo que deba presentar su dimisión por algo que no fue culpa suya. Y ambos sabemos que su sustituto estará tan desbordado como usted —afirmo, y el doctor Gifford asiente con cautela—. Así que esta es mi propuesta:

sugiero que trabajemos juntos para meter presión al hospital. Les escribiré diciendo que no deseo que traten la muerte de Isabel como un evento adverso grave, pero que quiero garantías de que aumentarán la plantilla y realizarán más ecografías Doppler. Si usted les comunica que esas son también sus condiciones para retirar su dimisión, lo más probable es que lo vean como la oportunidad de llegar a un acuerdo. ¿Qué le parece, doctor Gifford?

No le ha parecido tan bien a Tessa, pues ella preferiría decantarse por la investigación formal y la solución de impacto. Pero me he mantenido firme y al final se ha hecho a la idea.

—¿Jane siempre es así? —le ha preguntado a Mia con arrepentimiento.

—Antes de Isabel lo era —le ha contestado Mia, y me ha sonreído—. La persona más organizada, testaruda y concienzuda que conozco. Creo que por fin ha vuelto la vieja Jane.

El doctor Gifford no está del todo convencido al principio.

—Cuando disponemos de recursos limitados... —comienza con cautela.

—Cuando disponemos de recursos limitados, es más importante que nunca defender los propios intereses —lo interrumpo—. Sabe tan bien como yo que las ecografías y contar con más médicos salvarán más vidas que un caro medicamento nuevo contra el cáncer. Lo único que estoy haciendo es ayudar a que se escuche la voz de su departamento.

Gifford asiente al cabo de un momento.

—Gracias.

—Y ahora será mejor que me haga un reconocimiento —digo—. Si voy a estar bajo su vigilancia, voy a aprovecharlo al máximo.

El reconocimiento es concienzudo, mucho más que el que me realizaron en esta fase con Isabel. Sé que recibiré un trato especial debido a lo que hemos pasado el doctor Gifford y yo, pero me parece bien. Ya no me considero una más del rebaño, una persona corriente.

El tamaño y la posición del útero son buenos.

Me hacen una citología para prevenir el cáncer de útero y toman una muestra de tejido para determinar la existencia de enfermedades de transmisión sexual. No me preocupa. No hay ninguna posibilidad de que Edward, escrupuloso hasta rayar en el fanatismo, pueda tener una enfermedad de transmisión sexual sin tratar. Mi presión sanguínea es buena. Todo está en orden. El doctor Gifford dice que está satisfecho.

Bromeo con que siempre se me han dado bien los exámenes.

Mientras estoy ahí tendida le hablo del parto que quería para Isabel, un parto en el agua con velas aromatizadas y música. Me dice que no hay ninguna razón médica que desaconseje que sea así esta vez. Después hablamos de suplementos. Ácido fólico, por supuesto; me sugiere ochocientos microgramos. También es recomendable un aporte extra de vitamina D, así como evitar los complejos multivitamínicos que puedan incluir la vitamina A; sin embargo, no hay que descartar la vitamina C, ni el calcio ni el hierro.

Tomaré todo lo que me ha prescrito, por supuesto. No soy de esas personas que hacen caso omiso de una indicación o que dejan de hacer algo, por poco importante que parezca, que pueda servir de ayuda. Compro las pastillas necesarias de camino a la casa y leo los prospectos dos veces para cerciorarme de que, por error, no se ha colado la vitamina A. Lo primero que hago después de colgar el abrigo es plantarme delante del ordenador portátil para investigar qué otros cambios dietéticos debería considerar.

Jane, por favor, valora los siguientes enunciados del 1 al 5, siendo 1 que estás totalmente de acuerdo y 5 que estás totalmente en desacuerdo.

Algunos servicios de la casa se han desactivado hasta que se complete la evaluación.

Me quedo de una pieza. Me da la impresión de que estas evaluaciones son más frecuentes desde que Edward está ausente. Como si estuviera controlándome desde su lejana oficina para asegurarse de que sigo tranquila y serena y continúo viviendo según las reglas.

Es más, habría tecleado sin pensar «dieta recomendada durante el embarazo» en Ama de llaves si no hubiera sido deshabilitada. Ahora debo acordarme de usar el wifi de los vecinos para todo. Al menos hasta que se lo haya contado a Edward.

«Y hasta que sepa, además, qué le pasó a Emma», pienso. Porque las dos cosas —revelar a Edward mi secreto y la preciada exposición de sus propios secretos— están ahora conectadas, y saberlo es mucho más urgente que antes. Por el bien de mi bebé, he de conocer la verdad.

Antes: **Emma**

El inspector Clarke me pide que vaya a comisaría para mantener otra conversación. Es evidente que el proceso legal está acelerándose, pues en lugar de acompañarme a su minúsculo despacho me conduce a una sala espaciosa y bien iluminada. Hay cinco personas sentadas en un costado de la mesa. Una lleva uniforme; tengo la impresión de que debe de ser algún jefazo. A su lado se encuentra una mujer menuda con un traje de chaqueta oscuro. A continuación está John Broome, el abogado de la Fiscalía de la Corona de la vista para la libertad bajo fianza. Y la sargento Willan, mi agente de apoyo, que se sienta dejando un espacio entre ella y los demás, como si quisiera manifestar así que no es lo bastante veterana para tomar parte de verdad en esto.

El inspector Clarke, que hasta ahora se ha mostrado tan jovial como de costumbre, me indica que tome asiento frente a la mujer menuda y él se sitúa en el extremo más alejado de la sargento Willan. Reparo en que hay una jarra de agua y un vaso frente a mí; nada de galletas ni de café. Tampoco tazas de Garfield hoy.

Gracias por venir, Emma, dice la mujer. Soy la fiscal especial Patricia Shapton y él es el superintendente jefe Peter Robertson.

Los pesos pesados.

Hola, los saludo al tiempo que agito una mano. Soy Emma.

Patricia Shapton esboza una sonrisa educada y prosigue: Estamos aquí para hablar de la defensa de Deon Nelson ante sus acusaciones de violación y de robo con agravante. Como probablemente sabrá, hoy en día es obligatorio que la acusación y la defensa compartan información antes del juicio para evitar que los casos lleguen a los tribunales de no ser necesario.

No lo sabía, pero asiento de todas formas.

Deon Nelson afirma que su identificación fue incorrecta, continúa.

Saca un documento de un montón situado frente a ella y se pone unas gafas de leer. Luego me mira por encima de la montura, como si esperara que yo respondiera.

No le vi durante la vista para la fianza, me apresuro a decir.

Hay varios testigos que sostienen que sí lo vio. Pero ese no es el problema que vamos a discutir aquí.

Por alguna razón no me alivia oír esto. Algo en su tono y en los rostros silenciosos y alerta de los demás me pone nerviosa. El ambiente se ha vuelto serio. Incluso beligerante.

Deon Nelson ha aportado pruebas médicas…, pruebas médicas de carácter íntimo, que demuestran que él no puede ser el hombre que se grabó recibiendo sexo oral de usted, dice Shapton. La prueba es convincente. De hecho, hasta me atrevería a decir que irrefutable.

Experimento una sensación de vértigo que se transforma con rapidez en náuseas.

No lo entiendo, replico.

Desde un punto de vista legal, por supuesto, eso es todo lo que su defensa necesita para asegurarse la absolución, continúa como si yo no hubiera hablado.

La fiscal especial Shapton coge algunos documentos más y

apostilla: Pero, en realidad, han ido mucho más allá. Estas son declaraciones juradas de algunos de sus compañeros en Suministros de Agua Flow. La más relevante para nuestros propósitos es la de Saul Aksoy, en la que describe una relación sexual mantenida recientemente con usted. El señor Aksoy afirma que durante el transcurso de la misma, a petición de usted, grabaron un vídeo que encaja con la descripción del que el inspector Clarke encontró en su teléfono móvil.

Hay una frase que dice: «¡Tierra, trágame!». No alcanza a describir lo que ocurre cuando todo tu mundo explota y todas las mentiras que has contado se estampan contra tus oídos.

Se hace un prolongado y espantoso silencio. Puedo sentir las lágrimas escociéndome en los ojos. Lucho contra ellas. Patricia Shapton pensará que son solo una treta para granjearme su compasión.

¿Qué pasa con los demás teléfonos que encontraron?, consigo decir. Afirmaron que Deon Nelson había hecho esto antes. No tiene nada de inocente.

Es el superintendente jefe Robertson quien responde.

Se acostumbraba pensar que existía una conexión entre cometer un robo y ver pornografía dura, dice. Porque a menudo los ladrones tenían colecciones inusualmente numerosas de DVD explícitos. Después alguien se dio cuenta de que los ladrones solo conservan la pornografía que encuentran en las casas de la gente. Nelson hacía lo mismo con los teléfonos móviles. Se quedaba los que contenían imágenes sexuales. Eso es todo.

Patricia Shapton se quita las gafas y pliega las patillas.

¿La obligó Deon Nelson a practicarle sexo oral, Emma?

Se hace un prolongado silencio.

No, susurro.

¿Por qué le contó a la policía que lo hizo?

¡Me preguntaron delante de Simon!, estallo.

Las lágrimas empiezan a brotar, lágrimas de autocompasión y de ira, aunque sigo hablando, desesperada por que entiendan, por que vean que esto es tan culpa suya como mía. Señalo a la sargento Willan y al inspector Clarke.

Ellos dijeron que habían encontrado el vídeo y que parecía Nelson forzándome, replico. Dijeron que no podían ver su cara ni el cuchillo. ¿Qué se suponía que tenía que hacer? ¿Contar a Simon que había mantenido relaciones sexuales con otro?

Acusó a un hombre de violarla a punta de navaja. Y de amenazarla con enviar a su familia y a sus amigos imágenes obscenas de esa agresión. Mantuvo el engaño cuando su historia se puso en entredicho. Hasta leyó una declaración de impacto ante los jueces.

El inspector Clarke me obligó, alego. Yo intenté echarme atrás, pero él no me dejó. En cualquier caso, Nelson se lo merecía. Es un ladrón. Me robó mis cosas.

Las palabras, tan patéticas y ruines, quedan suspendidas en el aire. Miro al inspector Clarke. Escrito en su rostro hay todo un catálogo de emociones. Desprecio. Lástima. E ira; ira por haberse dejado engañar por mí, por que me haya aprovechado de su deseo de protegerme, sumando una mentira a otra.

Vuelve a hacerse un desagradable silencio. Patricia Shapton mira al superintendente jefe Robertson. Es evidente que se trata de una señal preestablecida porque dice: ¿Tiene abogado, Emma?

Niego con la cabeza. Está el hombre que redactó el acta de modificación cuando Simon se marchó de la casa, pero no creo que sirva de mucho en esta situación.

Emma, voy a arrestarla. Significa que puede solicitar que la asista un abogado de oficio después, cuando la interroguemos de manera oficial sobre esto.

Me lo quedo mirando.

¿Qué quiere decir?

Nos tomamos los casos de violación muy en serio. Eso significa asumir que cada mujer que denuncia que la han violado está diciendo la verdad. Por otra parte, nos tomamos con la misma seriedad las acusaciones de violación falsas. Según lo que hemos escuchado hoy, tenemos pruebas suficientes para detenerla bajo la sospecha de hacer perder el tiempo de la policía y por obstrucción a la justicia.

¿Van a detenerme a mí?, exclamo con incredulidad. ¿Qué pasa con Nelson? Él es el delincuente.

Tendremos que retirar los cargos contra Deon Nelson, dice Patricia Shapton. Todos. Su declaración ha quedado totalmente desacreditada.

Pero me robó mis cosas. Nadie lo pone en duda, ¿verdad?

De hecho, sí, replica el superintendente jefe Robertson. Deon Nelson afirma que compró los teléfonos móviles a un hombre en un bar. Puede que no le creamos, pero en lo que a pruebas se refiere, no hay nada que lo relacione con usted.

Pero no pueden creer...

Emma Matthews, la detengo por posible obstrucción a la justicia y por hacer perder el tiempo a la policía infringiendo la sección cinco, punto dos, de la Ley del Código Penal de 1967. Tiene derecho a guardar silencio, pero su defensa podría peligrar si no se manifiesta durante el interrogatorio y después pretende usarlo ante un tribunal. Cualquier cosa que diga podrá ser utilizada en su contra. ¿Lo entiende?

No puedo hablar.

Emma, necesito que responda. ¿Entiende la naturaleza de los cargos que se le imputan?

Sí, susurro.

Después de eso me invade una paralizante sensación de haber atravesado un espejo. De repente ya no soy la víctima a la que hay que tratar con sumo tacto y comprensión y llevar una taza de café. De pronto me encuentro en una parte completamente diferente de la comisaría, donde las luces están protegidas por rejillas metálicas y los suelos apestan a vómito y a lejía. Un agente de detención preventiva me mira desde una plataforma elevada tras una mesa y me explica mis derechos. Me vacío los bolsillos. Me entregan un ejemplar del *Código de prácticas durante la detención* y me dicen que me proporcionarán una comida caliente si sigo aquí a la hora de la cena. Me despojan de los zapatos y me escoltan hasta una celda. Hay una cama empotrada en una pared y un estante pequeño enfrente. Las paredes son blancas; el suelo, gris; la luz se filtra desde el techo. Me viene a la cabeza que Edward se sentiría muy a gusto aquí, aunque en realidad no sería así, pues este cuchitril está sucio, huele mal y es incómodo y vulgar.

Espero tres horas a que me asignen un abogado de oficio. En un momento dado el agente me trae una copia de mi registro de detención. Escrito en papel parece aún más deprimente que cuando me informaron verbalmente arriba.

Intento no pensar en la expresión de la cara del inspector Clarke al abandonar la sala. La ira había desaparecido de su rostro, dejando solo indignación. Había creído en mí y yo lo he defraudado.

Por fin aparece un hombre joven y rollizo, con el pelo engominado y una corbata con un enorme nudo Windsor. Se queda en la entrada y me estrecha la mano por encima de un montón de expedientes.

Eeeh, soy Graham Keating, se presenta. Me temo que todas las salas de entrevistas están ocupadas. Tendremos que hablar aquí.

Nos sentamos uno junto al otro en la dura cama, como dos tímidos estudiantes que no saben cómo empezar a enrollarse, y me pide que le cuente con mis propias palabras qué es lo que ha ocurrido. Me suena estúpido hasta a mí.

¿Qué me pasará?, pregunto cuando termino.

En realidad depende de si optan por acusarla de hacer perder el tiempo a la policía o por el cargo de obstrucción a la justicia, responde. Si se trata de lo primero y usted se declara culpable, podrían imponerle la prestación de servicios comunitarios o incluso acordar una suspensión de la pena. Si se trata de lo segundo... Bueno, no hay un límite en la pena que puede imponer un juez. La máxima es la de cadena perpetua. Obviamente, solo se aplica en los casos más graves. Sin embargo, he de advertirle que el suyo es un delito que los jueces suelen tomarse muy en serio.

Empiezo a llorar de nuevo. Graham rebusca en su maletín y saca un paquete de pañuelos de papel. El gesto me hace pensar en Carol, que a su vez hace que me acuerde de otro problema.

¿No podrán interrogar a mi terapeuta?, pregunto.

¿De qué clase de terapeuta estamos hablando?

Empecé a asistir a la consulta de una psicoterapeuta después de que me robaran. Me la recomendó la policía.

¿Y le ha contado la verdad?

No, respondo con tristeza.

Entiendo, dice, aunque veo que está sin duda desconcertado. Bueno, siempre que no introduzcamos el estado de ánimo, no hay razón para que la involucren. Guarda silencio durante un momento. Lo que nos lleva a cuál va a ser nuestra línea de defensa. O, más bien, nuestras circunstancias atenuantes. Emma, usted ya le ha contado a la policía lo que pasó... Pero en realidad no ha explicado el porqué.

¿Qué quiere decir?

El contexto lo es todo en los casos de delitos de violación y agresión sexual. Y como estos cargos se han originado a partir de una denuncia de violación, continuarán tratándose acorde con la legislación acerca de delitos de violación y agresión sexual. He representado a algunas mujeres que se sintieron presionadas o forzadas a hacer o a retirar una denuncia, por ejemplo. Eso ayuda mucho.

Eso no..., empiezo, pero me callo. En cambio pregunto: ¿Quiere decir que tener miedo de alguien podría salvarme?

No del todo. Aunque quizá reduciría la pena de forma drástica.

Pero sí estaba asustada, replico. Tenía miedo de contárselo a Simon. Él es violento a veces.

Vale, dice Graham. No dice: «Ahora estamos en el buen camino». No obstante, eso es lo que indica su lenguaje corporal cuando abre una libreta amarilla y se prepara para tomar notas. ¿Qué clase de violencia?, pregunta.

Ahora: Jane

—¿Inspector Clarke?

El hombre con el anorak marrón y media pinta de cerveza entre las manos alza la vista.

—El mismo. Aunque ya no soy inspector. Solo señor Clarke a secas. James, si lo prefiere. —Se levanta para estrecharme la mano. A sus pies hay una bolsa de la compra llena de fruta y hortalizas. Señala la barra—. ¿Le traigo algo de beber?

—Ya voy yo. Ha sido muy amable al acceder a charlar conmigo.

—Oh, no es ninguna molestia. De todas formas vengo a la ciudad los miércoles para ir al mercado.

Me pido un ginger ale y vuelvo con él. Me sorprende lo fácil que es localizar a una persona actualmente. Una llamada telefónica a Scotland Yard me hizo saber que el inspector Clarke se había jubilado, lo que parecía un contratiempo, pero con solo teclear «Cómo encontrar a un policía jubilado» en un buscador —en el de Ama de llaves no, claro— arrojó como resultado una organización llamada NARPO, la Asociación Nacional de Policías Jubilados. Había un formulario de contacto, así que envié una solicitud. Recibí respuesta ese mismo día. No podían divulgar detalles de los miembros, pero le harían llegar mi consulta.

El hombre sentado frente a mí no parece lo bastante viejo para estar jubilado. Debe de imaginarse lo que estoy pensando porque dice:

—Estuve veinticinco años en la policía. Más que suficiente para cobrar mi pensión, pero no he dejado de trabajar del todo. Otro exdetective y yo tenemos una pequeña empresa de instalación de alarmas de seguridad. Nada demasiado exigente, pero se gana bastante. Tengo entendido que quiere que le hable de Emma Matthews.

Asiento.

—Si es tan amable…

—¿Es pariente de ella?

Es obvio que ha notado el parecido.

—No exactamente. Soy la actual inquilina del número uno de Folgate Street.

—Hummm… —A primera vista, James Clarke parece un tipo serio y corriente, el típico trabajador acomodado que podría poseer un chalecito en Portugal junto a un campo de golf. Pero ahora veo que sus ojos son astutos y rebosan seguridad—. ¿Qué quiere saber… exactamente?

—Sé que Emma hizo algún tipo de acusación contra su exnovio, Simon. Poco después estaba muerta. He oído explicaciones contradictorias en cuanto a quién o a qué la mató; depresión; Simon; incluso el hombre con el que mantenía entonces una relación. —No menciono el nombre de Edward a propósito, por si acaso Clarke capta cierto interés por mi parte en él—. Solo intento esclarecer en la medida de lo posible lo que sucedió. Resulta difícil no sentir curiosidad cuando se vive en la misma casa.

—Emma Matthews me engañó a base de bien —dice el exinspector Clarke de forma tajante—. No es algo que me ocurriera a menudo como detective. Casi nunca me pasó, de hecho. Pero ahí estaba yo, cara a cara con esa convincente joven que aseguraba que tenía demasiado miedo para denunciar una agresión sexual muy desagradable porque el agresor la había grabado con su teléfono móvil y amenazaba con enviar el vídeo a todos sus contactos. Quise hacer algo por ella. Además, en esa época estábamos sometidos a una gran presión para elevar el índice de condenas por violación. Pensé que con las pruebas que teníamos sería capaz de complacer a mis jefes por una vez, de conseguir justicia para una víctima y poner a una escoria llamada Deon Nelson a la sombra durante mucho tiempo. Un tres por uno. Resultó que me equivoqué en todo. Esa chica nos contó un montón de mentiras desde el principio.

—Entonces ¿era buena mintiendo?

—O yo era un imbécil de mediana edad. —Se encoge de hombros con arrepentimiento—. Mi Sue había fallecido el año anterior. Y esa chica, que podría haber sido mi hija… Quizá fui demasiado confiado. Desde luego fue así como la investigación interna lo consideró después. Agente próximo a la jubilación, joven guapa, a él se le nubla el juicio. Y algo de verdad había en eso. En todo caso, bastó para que me «sugirieran»… me obligaran a jubilarme un poco antes. —Toma un buen trago de cerveza. Yo doy un sorbo a mi ginger ale. Para mí, la bebida sin alcohol grita a los cuatro vientos «¡Estoy embarazada!», pero si lo ha notado, el exinspector Clarke no lo menciona—. Al mirar atrás, me doy cuenta de que debería haberme fijado en algunos detalles. Esa chica identificó a Nelson con demasiada seguridad en una rueda de reconocimiento por vídeo, a pesar de que había dicho que el tipo llevaba puesto un pasamontañas durante la agresión. En cuanto a la acusación contra su exnovio… —Se encoge de hombros otra vez.

—Visto en retrospectiva, ¿tampoco cree eso?

—Ni siquiera lo creímos en su momento. No fue más que

la estratagema de la que se sirvió su abogado para salvarla. «Tenía miedo, y no se me puede hacer responsable de lo que dije.» Eso también funcionó. Además, a la Fiscalía de la Corona no le apetecía nada airear en un juicio público que esa joven nos había puesto en ridículo. Emma tuvo que aceptar una advertencia formal por hacer perder el tiempo a la policía, pero fue como una colleja, nada más.

—Pero aun así detuvieron a Simon Wakefield cuando ella murió.

—Sí. Bueno, más bien fue para cubrirnos las espaldas. De repente cabía la posibilidad de que tal vez hubiéramos considerado todo el asunto de la forma equivocada. Mujer joven afirma que la violaron, luego reconoce haber mentido, pero sostiene que su novio tiene el carácter del doctor Jekyll cuando se transforma en mister Hyde y que se pone violento con ella. Poco después es hallada muerta. Si resultaba que él la mató, habríamos estado jodidos. Aunque finalmente se concluyera que era un suicidio, no daba la impresión de que la policía la hubiera tratado demasiado bien, ¿no cree? En cualquier caso, era mejor que vieran que habíamos arrestado a alguien.

—Así que ¿solo estaban siguiendo el procedimiento?

—Oh, no me malinterprete. Puede que los jefazos quisieran que se llevara a cabo el arresto del exnovio por esa razón, pero mi equipo hizo un buen trabajo cuando lo interrogó. Sin embargo, no había pruebas que indicaran que Simon Wakefield tuviera algo que ver con la muerte de Emma. Su único error fue relacionarse con ella. Y no puedo culparlo por eso. Como he dicho, hombres más viejos y más sabios que él habían caído ante sus encantos. —Frunce el ceño—. Pero le contaré algo que fue inusual. Cuando se pilla a gente mintiendo a la policía, la mayoría se desmorona muy deprisa. La reacción de Emma fue contar otra mentira. Puede que la idea partiera de su abogado defensor, pero sigue sin ser una reacción normal.

—¿Cómo cree que murió?

—Hay dos posibilidades. Una es que se suicidara. ¿Por depresión? —Niega con la cabeza—. No lo creo. Es más probable que sus mentiras acabaran pasándole factura.

—¿Y la segunda?

—La más evidente.

Frunzo el ceño.

—¿Cuál es?

—Parece que no ha considerado la posibilidad de que la matara Deon Nelson.

Es cierto; he estado tan concentrada en Edward y en Simon que la posibilidad de que el asesino de Emma fuera otra persona no se me ha pasado por la cabeza.

—Nelson era…, y por lo que sé es posible que siga siéndolo, una buena pieza —prosigue—. Cuando tenía doce años ya lo habían condenado varias veces por actos violentos. Emma estuvo a punto de hacer que lo condenaran de nuevo con una historia inventada, así que Nelson podría haber buscado venganza. —Guarda silencio durante un instante—. De hecho, la propia Emma lo dijo. Nos contó que Nelson estaba amenazándola.

—¿Lo investigaron?

—Se incorporó a la investigación.

—Que no es lo mismo…

—Habíamos detenido a esa chica por hacer perder el tiempo a la policía. ¿Cree que después de eso era prioritario comprobar cada acusación que hacía? Ya parecía que nos habíamos dado demasiada prisa al acusar a Nelson de violación. Y con su abogada alegando acoso racial, de ningún modo íbamos a ir otra vez a por él sin pruebas sólidas.

Reflexiono un momento.

—Hábleme de ese vídeo que había en el móvil de Emma. ¿Cómo es que lo tomaron por una violación cuando no lo era ni remotamente?

—Porque era brutal —dice sin rodeos—. Quizá esté un poco chapado a la antigua… Pero es que no consigo entender que la gente pueda disfrutar con esa clase de cosas. De todos modos, si algo he aprendido en mis veinticinco años como policía, es que es imposible entender la vida sexual de otras personas. Ahora los jóvenes ven ese porno desagradable y agresivo en internet y piensan que a lo mejor es divertido grabar un vídeo así con su propio móvil. Los hombres tratan a las mujeres como objetos y las mujeres lo toleran. ¿Por qué? De verdad que me desconcierta. En el caso de Emma, eso fue lo que pasó. Y además con el mejor amigo de su novio.

—¿Quién era?

—Un hombre llamado Saul Aksoy, que trabajaba en la misma empresa que Emma. La abogada de Nelson contrató a un detective privado para que lo localizase y lo persuadió para que declarara. Por supuesto, Aksoy no había quebrantado ninguna ley, aunque… En fin, menudo embrollo.

—Pero si la mató Deon Nelson, ¿cómo entró en la casa? —planteo. Mi mente continúa dando vueltas a la teoría de Clarke.

—Eso lo desconozco. —El exinspector deja su vaso vacío—. Mi autobús pasa dentro de diez minutos. Debería marcharme.

—Folgate Street, uno cuenta con un sistema de seguridad de última generación. Era una de las cosas de la casa que le gustaban a Emma.

—¿De última generación? —resopla Clarke—. Puede que hace diez años. Hoy en día no consideramos alta seguridad nada que esté conectado a internet. Es muy fácil hackearlo.

De repente oigo la voz de Edward en mi cabeza: «El agua de la ducha corría cuando la encontraron. Debió de bajar a toda prisa la escalera con los pies húmedos...».

—¿Y cómo es que corría el agua de la ducha? —pregunto.

Clarke parece confuso.

—Me he perdido.

—La ducha... se activa mediante una pulsera. —Le enseño la que llevo en la muñeca—. Te reconoce cuando entras y ajusta el agua a tus preferencias personales. Y se desconecta sola cuando sales.

Él se encoge de hombros.

—Si usted lo dice...

—¿Qué hay del resto de la información de Folgate Street, uno? ¿El sistema de portero automático con vídeo y todo lo demás? ¿Lo examinaron?

Clarke niega con la cabeza.

—Ya habían pasado cuarenta y ocho horas cuando la hallaron. El disco duro se había borrado solo. Muchos sistemas de seguridad lo hacen para ahorrar espacio en el disco. Es una lástima, pero es así.

—Algo sucedió en la casa. Eso tuvo que ser parte de lo ocurrido.

—Es posible. Imagino que es un misterio que ya no resolveremos. —Se levanta y coge su bolsa de la compra. Yo también me levanto. Estoy a punto de tenderle mi mano cuando me sorprende dándome un beso en la mejilla. Su ropa huele un poco a cerveza—. Encantado de conocerla, Jane. Y buena suerte. Dudo mucho que descubra algo que a nosotros se nos pasara por alto, pero si lo hace, ¿me avisará? Aún sigo sin olvidar lo que le sucedió a Emma. Y no me ha pasado con muchos casos.

Antes: **Emma**

Hubo un tiempo en que la casa de Folgate Street parecía un paraíso de paz y serenidad. Ya no. Ahora me resulta claustrofóbica y mezquina. Como si estuviera furiosa conmigo.

Pero solo estoy proyectando mis propios sentimientos en estas paredes desnudas. Son personas las que están enfadadas conmigo, no la casa.

Eso me hace pensar en Edward y empieza a entrarme el pánico por la carta que le di. ¿En qué estaba pensando? Le envío un mensaje de texto: «Por favor, no la leas. Tírala». Eso habría bastado con la mayoría de la gente, pero Edward no es como la mayoría de la gente.

Eso sigue sin resolver el problema de que tarde o temprano voy a tener que hablarle... de Simon, de Saul, de Nelson y de la policía. Y no hay forma de hacerlo sin admitir que he estado mintiéndole. Solo pensar en ello me entran ganas de llorar.

Escucho la voz de mi madre, aquello que siempre decía cuando de niña me pillaba mintiendo: «Los embusteros no deberían ser pregoneros».

También había un poema que solía recitar sobre una niña, Matilda, que llamaba tan a menudo a los bomberos que no la creyeron cuando se produjo un incendio de verdad.

Cada vez que ella gritaba: «¡Se quema!»,
ellos solo respondían: «¡Embustera!».
Y así, cuando su tía regresó,
a Matilda y la casa quemadas halló.

Pero me desquité con mi madre. A los catorce años dejé de comer. Los médicos me diagnosticaron anorexia. Yo sabía, sin embargo, que en realidad no tenía un trastorno alimentario. Se trataba solo de demostrar que mi fuerza de voluntad era mayor que la suya. La familia entera no tardó en morirse de preocupación por mi dieta, por mi peso, por mi ingesta de calorías, por si tenía un buen o un mal día, por si se me había retirado el período, por si me sentía débil o si me salía una pálida pelusilla en los brazos y en las mejillas. Las horas de las comidas se alargaban eternamente mientras mis padres intentaban engatusarme, sobornarme u obligarme a tragar solo un bocado más. Permitían que me inventase dietas cada vez más extravagantes, basándose en la teoría de que si encontraba algo que me gustara era más probable que lo ingiriera. Una semana solo comíamos crema de aguacate con manzana rallada frita por encima. En otra ocasión eran ensaladas de pera y berros tres veces al día. Mi padre era un hombre distante e indiferente antes, pero en cuanto enfermé me convertí en su prioridad. Me enviaron a varias clínicas privadas en las que hablaban de baja autoestima y de la necesidad de sentir que se tiene éxito en algo. Pero, por supuesto, ya tenía éxito en algo: en no comer. Aprendí a sonreír con aire cansado a la vez que angelical y a decir que estaba segura de que tenían razón y que de ahí en adelante intentaría con todas mis fuerzas tener pensamientos positivos sobre mí misma.

Paré cuando una curtida psicóloga me miró a los ojos y dijo

que sabía perfectamente que solo estaba manipulando a la gente y que si no empezaba a comer pronto sería demasiado tarde. Al parecer la anorexia cambia la forma de funcionar del cerebro. Adoptas pautas de pensamiento, pautas que surgen cuando menos lo esperas. Si continúas así durante mucho tiempo, esas pautas te acompañan el resto de tu vida. Como esa vieja superstición acerca de que el viento cambia cuando frunces el ceño.

Dejé de ser anoréxica, pero me mantuve delgada. Descubrí que a la gente le gustaba eso. Los hombres, sobre todo, se sentían protectores conmigo. Pensaban que era frágil, cuando en realidad soy una persona con una voluntad de hierro.

A veces, sin embargo, cuando las cosas se me van de las manos, como ahora, me acuerdo de la maravillosa y satisfactoria sensación que provocaba el no comer. El saber que a fin de cuentas tenía el control de mi destino.

Consigo resistirme a la tentación por el momento. Pero tengo una sensación de malestar en el estómago siempre que pienso en lo que ha pasado. «Estas son declaraciones juradas de algunos de sus compañeros.» ¿Cuántas? ¿Quién más aparte de Saul? Supongo que ni siquiera importa ya. Las noticias correrán por el edificio como la pólvora.

Y Amanda, una de mis mejores amigas, sabrá que su marido mantuvo relaciones sexuales conmigo.

Envío un email a recursos humanos para avisar de que estoy enferma. Necesito estar lejos del trabajo hasta que se me ocurra qué hacer.

Para mantenerme ocupada hago en la casa una muy necesaria limpieza. Dejo la puerta abierta sin pensar mientras me ocupo de la basura. Se me sale el corazón por la boca cuando me doy la vuelta como un rayo al oír un ruido detrás de mí.

Una carita escuálida y diminuta, con los ojos tan grandes

como los de un bebé de mono, me mira. Es un gatito, un pequeño siamés. Al verme se sienta en el suelo de piedra con impaciencia, como si me dijera que ahora tengo la responsabilidad de encontrar a su dueño.

¿Quién eres tú?, pregunto. El gato solo maúlla. Permite que lo coja sin la más mínima preocupación. Es todo huesos, pellejo y pelo, suave como el ante. Empieza a ronronear en cuanto lo tengo en brazos. ¿Y qué haré contigo?, digo.

Voy de casa en casa, llevando conmigo al gatito. Esta es una de esas calles en que ambos miembros de la pareja tienen que trabajar para permitirse la hipoteca o el alquiler y nadie responde en la mayoría de las casas. Pero en el número tres, una mujer pelirroja de cabello rizado y con pecas se acerca a la puerta al tiempo que se limpia las manos enharinadas en el delantal. Detrás de ella puedo ver una cocina y dos niños pelirrojos, un chico y una chica, también con delantal.

Hola, me saluda. Entonces ve al gatito, que aún ronronea de gusto en mis brazos. Oh, pero qué ricura, dice.

Supongo que no sabe de quién es, ¿verdad?, pregunto. Acaba de colarse en mi casa.

Ella niega con la cabeza. No sé de nadie por aquí que tenga gato. ¿Cuál es su casa?

El número uno, respondo señalando la siguiente puerta.

¿El búnker del Führer?, exclama con desaprobación. Bueno, supongo que alguien tiene que vivir ahí. Por cierto, soy Maggie Evans. ¿Quiere pasar? Haré algunas llamadas a las demás madres.

Los niños se arremolinan a mi alrededor, pidiendo a gritos que les permita acariciar al gatito. Su madre les obliga a lavarse las manos primero. Espero mientras llama a algunos vecinos. Tres albañiles con cascos suben a la cocina desde el sótano y dejan de forma educada unas tazas vacías en el fregadero.

Bienvenida al manicomio, dice Maggie Evans cuando se aparta del teléfono, aunque en realidad no parece un manicomio en absoluto. Tanto los niños como los albañiles se comportan muy bien. Me temo que no estoy consiguiendo nada, añade. Chloe, Tim, ¿queréis hacer unos carteles de «Encontrado gatito»?

Los niños aceptan con entusiasmo. Chloe desea saber si pueden quedarse el gatito en el caso de que nadie lo reclame. Maggie dice con firmeza que el gatito no tardará en crecer y hacerse un gato grande, y que entonces se comerá a Hector. No he descubierto quién es Hector. Mientras los niños hacen los carteles, Maggie prepara té y me pregunta cuánto tiempo llevo viviendo en el número uno de Folgate Street.

Al principio no nos entusiasmaba que la construyeran, me confía. Desentona por completo. Y el arquitecto fue un auténtico maleducado. Se organizó una reunión de urbanismo para que escuchara nuestras preocupaciones. Se limitó a quedarse de pie sin decir una palabra. Luego se marchó y no cambió nada. ¡Nada en absoluto! Seguro que es un infierno vivir ahí.

En realidad es maravilloso, asevero.

Conocí a una inquilina anterior que no pudo soportarlo. Solo duró unas semanas. Decía que era como si el lugar se hubiera vuelto en su contra. Hay muchas reglas extrañas, ¿verdad?

Algunas. Pero son bastante sensatas, replico.

Bueno, yo no podría vivir ahí. ¡Timmy!, exclama. No uses platos de porcelana para pintar. A propósito, ¿a qué se dedica?, me pregunta.

Trabajo en marketing. Aunque ahora estoy de baja por enfermedad.

Oh, dice.

Me mira de reojo, perpleja. Es evidente que no parezco demasiado enferma. Después mira a los niños con inquietud.

No se preocupe, que no es contagioso. Bajo la voz. Solo un ciclo de quimioterapia. Me deja agotada, es todo.

Sus ojos rebosan preocupación al instante.

Ay, Dios mío, lo siento muchísimo…

No lo sienta. Estoy bien, en serio. Fresca como una rosa, digo con valentía.

Cuando me marcho, cargada con un montón de carteles hechos a mano en los que pone ¿ES TUYO ESTE GATITO?, además del gato, Maggie Evans y yo somos buenas amigas.

De nuevo en Folgate Street, 1, el gatito explora la casa cada vez con mayor confianza y sube la escalera hasta el dormitorio dando saltitos. Cuando voy a buscarlo lo encuentro dormido en mi cama boca arriba, con una pata suspendida en el aire.

Me doy cuenta de que he tomado una decisión con respecto al trabajo. Saco mi móvil y llamo a la centralita.

Suministros de Agua Flow. ¿En qué puedo ayudarle?, dice una voz.

Póngame con Helen de recursos humanos, por favor.

Se hace el silencio y después oigo la voz de la directora de recursos humanos.

¿Hola?

Helen, soy Emma…. Emma Matthews. Tengo que poner una queja formal contra Saul Aksoy.

Ahora: Jane

Si localizar al exinspector Clarke fue sencillo, conseguir la dirección de correo electrónico de Saul Aksoy lo es aún más. Tecleo su nombre y el de Suministros de Agua Flow en Google y descubro que abandonó la empresa hace tres años. Ahora es el fundador y consejero delegado de Volcayneau, una nueva marca de agua mineral que se extrae, según me informa una elegante página web, de debajo de un volcán inactivo que está en Fiyi. Una fotografía muestra a un hombre guapo de tez oscura con la cabeza afeitada, unos dientes muy blancos y un pendiente de diamante en una oreja. Le envío un email, que a estas alturas ya se ha convertido en estándar.

> Apreciado Saul:
> Espero que no le moleste que le escriba como si lo conociera de toda la vida. Estoy investigando un poco sobre una antigua inquilina de la casa en que la vivo, Folgate Street, 1...

Ahora todo el mundo está conectado entre sí, pienso mientras lo envío al ciberespacio. Todos y todo. Sin embargo, por primera vez desde que empecé con esto, me rechazan. La respuesta llega con rapidez, pero es un no.

> Gracias por su email. No hablo de Emma Matthews.
> Con nadie,
> Saul

Lo intento de nuevo.

> Voy a estar cerca de su oficina mañana por la tarde.
> Quizá podamos tomar una copa rápida.

Adjunto mis datos del messenger de Facebook. Por lo poco que sé de Saul Aksoy, puedo estar razonablemente segura de que me buscará ahí. Y tal vez peque de falta de modestia, pero imagino que no le importará tomarse algo conmigo.

Esta vez la respuesta es más positiva.

> Vale. Puedo dedicarle media hora. La veré en el bar
> Zebra de la calle Dutton a las ocho.

Llego pronto y me pido un agua mineral con lima. Mis pechos son ahora más grandes y necesito orinar con más frecuencia. Por lo demás, nadie sospecharía que estoy embarazada, aunque Mia afirma que tengo un aspecto estupendo, lo que es poco usual. Dice que estoy resplandeciente. Yo no me siento así cuando vomito por las mañanas.

Lo primero que me llama la atención de Saul Aksoy son las joyas. Además del pendiente de diamante en la oreja, luce una fina cadena de oro bajo la camisa de cuello abierto. Alcanzo a ver unos gemelos que sobresalen de las mangas del traje y lleva un sello en su mano derecha, así como un reloj de aspecto caro en la izquierda. Parece disgustarle que ya haya pedido una bebida, encima sin alcohol, e intenta presionarme para que acepte una copa de champán antes de darse por vencido y pedirse una para él.

Se me pasa por la cabeza que Saul es tan diferente de Simon Wakefield como la noche y el día. Y Edward Monkford es completamente diferente a ambos. Parece increíble que Emma pudiera tener relaciones con los tres. Si bien Simon es un hombre deseoso de agradar, aunque susceptible e inseguro, y Edward es tranquilo y posee un exceso de confianza, Saul es un tipo avasallador, presuntuoso y vulgar. Además tiene la costumbre de decir «¿Vale?» de manera enérgica al final de casi todas sus frases, como si intentara obligarme a estar de acuerdo con él.

—Gracias por acceder a verme —digo tras una charla preliminar—. Sé que debe de parecer raro, teniendo en cuenta que ni siquiera conocía a Emma. Pero me parece que casi nadie la conocía de verdad. Toda la gente con la que he hablado tiene una versión distinta de cómo era.

Saul se encoge de hombros.

—En realidad no he quedado contigo por eso, ¿vale? Sigo sin soportar hablar de ella.

—¿Por qué?

—Porque era una calientapollas —dice a las claras—. Y me costó mi empleo. No es que eche de menos el trabajo..., era una mierda, pero mintió sobre mí y eso no se lo consiento a nadie.

—¿Qué hizo?

—Puso una queja en recursos humanos diciendo que la emborraché y la presioné para tener sexo. Entre otras cosas, afirmó que me había ofrecido a ayudarla a trasladarse a marketing si se acostaba conmigo. Añadió que se negó y que yo no pude aceptar el rechazo. Resulta que sí hablé con el director de marketing e intenté hacerle un favor, pero fue antes de que nos acostáramos, no después. Y ella hizo esa acusación antes de que se supiera que la habían arrestado por mentir en que la habían violado, ¿vale? Y resultó que había algunas chicas en esa empresa que se molestaron un poco cuando descubrieron que no eran las únicas, además de mi mujer, ahora exmujer…, que trató de incriminarme falsamente, así que estaba jodido. Resultó que al final fue lo mejor que me ha pasado nunca, pero ella no podía saberlo por entonces.

—Así que Emma y usted tuvieron… ¿qué? ¿Una aventura? ¿Un lío?

Hay un cuenco con frutos secos salados en la barra y está resultándome difícil no comérmelos mientras Saul habla. Los aparto con un dedo.

—Nos acostamos un par de veces, nada más. Una escapada de formación con estancia de una noche en un hotel. Las cosas se salieron de madre con la barra libre. —Hace una mueca—. Mira, no estoy orgulloso. Simon es mi amigo… o al menos lo era antes de todo esto. Pero nunca se me ha dado bien decir que no… y créeme que era ella la que no dejaba de insinuarse. De hecho, quiso que siguiéramos cuando decidí que ya nos habíamos divertido y era hora de terminar. Pienso que el riesgo era una parte importante para ella. Desde luego le gustaba que lo estuviéramos haciendo a espaldas de Simon. También de Amanda, por cierto. Si quieres saber mi opinión, acabé haciéndole un favor a Simon, aunque él nunca lo vio de ese modo.

—¿Siguen en contacto Simon y usted?

Saul niega con la cabeza.

—No hablamos desde hace años.

—Tengo que hablarle de… En fin, una persona que vio el vídeo en el móvil de Emma me dijo que era bastante fuerte.

Él no parece avergonzado.

—Sí. Bueno, a ella le iba eso, ¿no? A la hora de la verdad, a la mayoría de las mujeres les va. —Me mira a los ojos—. Y a mí me gustan las mujeres que saben lo que quieren.

Siento escalofríos, aunque procuro que no se me note.

—Pero ¿para qué grabar un vídeo?

—Solo por hacer el tonto. Todo el mundo lo hace, ¿vale? Más tarde me dijo que lo había borrado, pero debió de guardarlo. Emma era así; habría disfrutado sabiendo que tenía algo como eso, algo que podría destrozar su puñetera vida y la mía si saliera a la luz. Su pequeña porción de poder. Desde luego que tendría que haberlo comprobado. Pero por entonces ya había pasado página.

—¿La pilló alguna vez mintiendo sobre otras cuestiones? Eso parece ser otra de las cosas que la gente afirma sobre ella, que no siempre decía la verdad.

—Y quién sí, ¿vale? —Se inclina hacia atrás, más relajado—. Aunque sí noté que a veces decía tonterías. Por ejemplo, Simon me contó que ella había estado a punto de ser modelo, que una agencia de élite quiso ficharla desesperadamente, pero que Emma decidió que la profesión de modelo no era para ella. Ya, claro…, estaba reservándose para trabajar de ayudante en una empresa de suministro de agua. En fin, la propia Emma me explicó que en una ocasión la abordó un fotógrafo local en la calle, pero que parecía un poco pervertido y que por esa razón no había hecho nada. Y eso me hizo pensar: ¿qué versión era la real? A veces simplemente exageraba un poco para darse importancia, pero otras se le iba la pinza y creaba su propio mundo de fantasía.

»Eso sí, si me oyeras hablar con minoristas, seguramente pensarías que ya tengo unas ventas de un millón de libras —añade—. Hay que aparentar hasta que uno lo consigue, ¿no? —Se termina su champán—. Oye, no hablemos más de ella. Pidamos una botella y hablemos de ti. ¿No te ha dicho nadie que tienes unos ojos preciosos?

—Gracias —repongo, bajándome ya del taburete—. Tengo que ir a otro sitio, pero le agradezco que haya quedado conmigo.

—¿Qué? —Finge estar conmocionado—. ¿Ya te vas? ¿Con quién has quedado? ¿Es tu novio? Pero si acabamos de empezar... Vamos, siéntate. Pediré unos cócteles, ¿vale?

—No, de veras...

—Es lo menos que puedes hacer. He sacado tiempo para ti, así que estás en deuda conmigo. Vamos a tomar una copa como es debido.

Está sonriendo, pero tras sus ojos hay frialdad y desesperación. Un mujeriego que se hace viejo, tratando de reafirmar su debilitada autoestima con coqueteos sexuales.

—No, de veras —repito con firmeza.

Cuando me marcho del bar, él ya está inspeccionando el local en busca de otra a la que tirarle los tejos.

Antes: **Emma**

Dicen que llega un momento en que un alcohólico por fin toca fondo. Nadie puede indicarte cuándo es hora de dejarlo, nadie puede convencerte. Tienes que llegar a eso tú solo y reconocer lo que es, y entonces, solo entonces, tienes una oportunidad de cambiar las cosas.

Yo ya he llegado a ese punto. Culpar a Saul fue un recurso temporal en el mejor de los casos. No cabe duda de que se lo merece, pues desde hace años se le van los ojos detrás de las chicas de la oficina a espaldas de Amanda; todo el mundo sabe la clase de persona que es y es hora de que alguien le pare los pies. Por otra parte, sin embargo, he de reconocer que yo permití que me emborrachara, yo dejé que hiciera lo que hizo. Después de la dependencia de Simon y de su constante y molesta adoración me gustó que Saul me deseara para tener sexo egoísta y sin complicaciones. Pero eso no disculpa que cometí una estupidez.

Tengo que cambiar. Tengo que empezar a ser alguien que ve las cosas con claridad. No una víctima.

Carol me dijo en una ocasión que la mayoría de las personas vuelcan sus energías en intentar cambiar a los demás cuando, en realidad, la única persona a la que puedes cambiar es a ti mismo... y hasta eso resulta en extremo difícil. Ahora entiendo a qué se refería. Creo que estoy lista para ser alguien diferente de la persona que dejó que le ocurriera toda esa mierda.

Busco la tarjeta de Carol en la que figura su número con la intención de llamarla, pero no consigo encontrarla. No me explico cómo puede perderse algo en Folgate Street, 1, y sin embargo parece que pasa continuamente; con cualquier cosa, desde una prenda sucia hasta un frasco de perfume que juraría que estaba en el cuarto de baño. Ya no tengo fuerzas para localizar nada.

Pero no puedo ignorar al gatito. A pesar de los carteles de los niños, no he recibido ninguna llamada preguntando por él —ya he determinado que es macho—, y deambula ya por Folgate Street, 1 como si fuera el dueño. Necesita un nombre. Como es natural, pienso en llamarlo Gato por el gato callejero de *Desayuno con diamantes*, pero después se me ocurre una idea mejor. «Soy como este gato. Somos un par de infelices sin nombre. No pertenecemos a nadie ni nadie nos pertenece.»

Lo llamaré Infeliz. Voy hasta la tienda de la esquina y le compro comida para gatos y otras cosas.

Cuando vuelvo descubro que hay alguien fuera de la casa. Un chico en bicicleta. Durante un instante pienso que debe de estar aquí por Infeliz. Pero entonces me doy cuenta de que es el mismo que me insultó después de la vista para la fianza.

Esboza una sonrisa y desengancha un cubo del manillar. No, un cubo no; un bote de pintura ya abierto. Planta los pies en el suelo, a horcajadas sobre la bici, y arroja el contenido a la casa, a la inmaculada piedra clara, y no me alcanza por los pelos. En la fachada de Folgate Street, 1 aparece un desgarrón rojo, como un gigantesco tajo sangrante. El bote repica contra la calzada y se aleja rodando.

¡Sé dónde vives ahora, puta!, me grita a la cara el chico mientras se marcha pedaleando.

Me tiemblan las manos cuando saco el móvil y busco el número que me dio el inspector Clarke.

Soy yo, Emma, barboto. Me dijo que llamara si volvía a pasar y ha pasado. Acaba de arrojar pintura a la fachada de la casa…

Emma Matthews, dice. Casi da la impresión de que repite mi nombre para que lo oigan otras personas en la habitación. ¿Por qué llama a este número?

Me lo dio usted, ¿recuerda? Dijo que telefoneara si sufría cualquier otra intimidación…

Este es mi número personal. Si quiere denunciar algo, debería llamar a la centralita. Le daré el número. ¿Tiene un bolígrafo a mano?

Dijo que me protegería, replico despacio.

Es obvio que las circunstancias han cambiado. Le enviaré un mensaje de texto con el número al que tiene que llamar, repone. Y cuelga.

Cabrón, farfullo.

Estoy llorando otra vez; lágrimas de impotencia y de vergüenza. Me acerco y me quedo mirando la enorme mancha roja. No tengo la menor idea de cómo limpiarla. Sé que significa que ahora tendré que hablar con Edward.

10.   Una nueva amiga le cuenta en confianza que una vez fue a la cárcel por robar en tiendas. Sucedió hace algún tiempo y desde entonces ha cambiado de vida. Usted:

- o Lo considero irrelevante; todo el mundo merece una segunda oportunidad
- o Valoro su sinceridad al compartir eso conmigo
- o Le correspondo confiándole un error mío
- o Lamento que ella tuviera que vivir esa situación
- o Decido que no es la clase de persona que quiero como amiga

Ahora: Jane

Regreso en metro de mi cita con Saul Aksoy, deseando poder permitirme un taxi; cada vez me cuesta más soportar la mugre, el hacinamiento y el olor de cuerpos sudorosos y sucios al final del día. Nadie me ofrece un asiento, aunque en realidad no espero que lo hagan aún; pero una mujer con una barriga de ocho meses y un pin que dice BEBÉ A BORDO se sube en Kings Cross y alguien se levanta para cederle el sitio. Ella se sienta con un sonoro resuello. «Esa seré yo dentro de unos meses», pienso.

Pero la casa de Folgate Street es mi paraíso, mi refugio. Soy consciente de que una de las razones por las que he estado posponiendo el momento de hablar a Edward de este embarazo es que a una parte de mí le aterra que Mia tenga razón y que él me eche sin contemplaciones. Me digo que no será así porque se trata de su propio hijo, que nuestra relación es más fuerte que sus preciosas reglas, que no le molestarán los monitores para bebés, los carritos, las cenefas con dibujos infantiles en el cuarto del niño, las alfombras de juegos y toda la caótica parafernalia que va aparejada a la paternidad. He estado mirando en internet hitos importantes en el desarrollo. Teniendo en cuenta que sus padres tienen personalidades disciplinadas de tipo A, puede que nuestro hijo duerma toda la noche a los tres meses, que ande al cabo de un año y que sepa pedir el pis a los dieciocho meses. Desde luego, no es demasiado tiempo para tener que aguantar un poco de caos.

Pero, por alguna razón, no me he sentido lo bastante segura para llamarlo.

Y, por tranquilo que sea mi entorno, por otra parte todavía he de enfrentarme a mis propios miedos. Isabel nació silenciosa e inerte. Este bebé, Dios lo quiera, será diferente. Una y otra vez imagino ese momento; la espera, el primer aliento, ese llanto exultante, débil. ¿Qué sentiré? ¿Júbilo? ¿O algo más complejo? A veces me sorprendo pidiendo perdón a Isabel para mis adentros. «Prometo que no te olvidaré. Prometo que nadie podrá ocupar tu lugar. Tú siempre serás mi primogénita, mi amada y preciosa niña. Siempre te lloraré.» Pero ahora habrá otro bebé al que amar y… ¿De verdad puede haber un depósito tan inagotable de amor dentro mí que mis sentimientos por Isabel permanezcan intactos?

Procuro concentrarme en el problema más inmediato: Edward. Cuanto más me insisto en que tengo que hablar con él, más me recuerda una vocecita interior que no conozco en absoluto a ese hombre, al padre de mi hijo. Solo sé que es excepcional, lo cual es otra forma de decir que es diferente y obsesivo. Aún sigo sin saber qué pasó en realidad entre Emma y él; qué grado de responsabilidad, moral o de otra índole, podría tener en su muerte o si tanto Simon como Carol, cada uno a su manera, se equivocan al sospechar de él.

Soy tan metódica y eficiente como siempre. Compro tres paquetes de pósits fluorescentes de diferentes colores y convierto una de las paredes del comedor en un mapa mental gigantesco. En un lado pego un pósit en el que he escrito ACCIDENTE, seguido de manera sucesiva de otro con las palabras

SUICIDIO, ASESINADA-SIMON WAKEFIELD, ASESINADA-DEON NELSON y ASESINADA-PERSONA DESCONOCIDA. Por último, y con cierta desgana, añado un pósit en el que se lee ASESINADA-EDWARD MONKFORD. Debajo de cada uno pego más pósits para las pruebas que lo respalda. Ahí donde carezco de pruebas, pongo signos de interrogación.

Me alegra ver que debajo del nombre de Edward solo hay un par de notas. También Simon tiene menos que los demás, aunque tras mi conversación con Saul he de añadir una con la pregunta: ¿VENGANZA POR SEXO CON MEJOR AMIGO?

Después de pensar añado otro a la hilera: ASESINADA-INSPECTOR CLARKE. Porque hasta el policía tenía un motivo. El engaño de Emma le costó, a todos los efectos, el empleo. No obstante, reconozco que no creo que él lo hiciera más de lo que creo que lo hizo Edward. Pero no cabe duda de que Clarke estaba un poco enamorado de Emma y no quiero descartar ninguna posibilidad prematuramente.

Al pensar en el exinspector me percato de que olvidé preguntarle si la policía conocía la existencia del acosador de Edward. Jorgen no sé qué. Añado otro pósit; ASESINADA-ACOSADOR DE EDWARD. Ocho posibilidades en total.

Mientras contemplo la pared me viene a la cabeza que no he llegado a ninguna parte. Tal como dijo el exinspector Clarke, una cosa es teorizar y otra muy distinta, encontrar pruebas. Lo único que tengo es un listado de conjeturas. No es de extrañar que el forense dictaminara que la causa de la muerte era desconocida.

Los colores chillones de los pósits son como una estridente obra de arte contemporáneo en la inmaculada piedra de Folgate Street, 1. Suspiro, lo quito todo y lo tiro a la basura.

El cubo de reciclaje está lleno, así que lo saco a la calle. Los enormes contenedores de residuos separados de Folgate Street, 1 están en un lateral de la casa, junto a la linde con el número 3. Cuando lo vuelco dentro todo sale en orden inverso: primero lo más reciente y luego lo más antiguo. Veo envases de comida de ayer, un ejemplar del dominical *Sunday Times* del pasado fin de semana, un bote vacío de champú de la semana anterior. Y un dibujo.

Lo repesco. Es el bosquejo que Edward hizo de mí antes de marcharse, el que dijo que estaba bien pero que no deseaba conservar. Es como si me hubiera retratado no una, sino dos veces. En el dibujo predominante tengo la cabeza vuelta hacia la derecha. Es tan detallado que se percibe la tensión de los músculos de mi cuello y del arco de la clavícula. Pero debajo o encima de ese hay un segundo dibujo, poco más que unos trazos interrumpidos apenas definidos, hechos con sorprendente energía y violencia; tengo la cabeza vuelta hacia el otro lado y la boca abierta en una especie de mueca feroz. Las dos cabezas apuntando en direcciones opuestas dotan al dibujo de una perturbadora sensación de movimiento.

¿Cuál es el *pentimento* y cuál el dibujo acabado? ¿Y por qué dijo Edward que no tenía nada de malo? ¿Acaso no quería que viera esta doble imagen por alguna razón?

—Hola.

Me sobresalto. Hay una mujer de unos cuarenta años, con el cabello pelirrojo y rizado, justo al otro lado de la linde con el número 3, tirando su basura.

—Lo siento, me ha asustado —digo—. Hola.

Ella señala hacia Folgate Street, 1.

—Usted es la inquilina actual, ¿verdad? Soy Maggie.

Le estrecho la mano por encima de la valla.

—Y yo Jane Cavendish.

—En realidad usted también me ha dado un pequeño susto. Al principio pensaba que era la otra chica. Pobrecilla.

Siento un hormigueo en la espalda.

—¿Conocía a Emma?

—De hablar con ella, nada más. Pero era un encanto. Muy amable. Vino una vez con un gatito perdido que había encontrado y nos pusimos a charlar.

—¿Cuándo fue eso?

Maggie hace una mueca.

—Justo unas pocas semanas antes de que... ya sabe.

Maggie Evans... Ahora la recuerdo; se la citaba en el periódico local después de que Emma muriera, diciendo cuánto odiaban los vecinos Folgate Street, 1.

—Lo sentí mucho por ella —prosigue Maggie—. Mencionó que estaba de baja por culpa del tratamiento contra el cáncer. Cuando la hallaron me pregunté si eso tuvo algo que ver, si la quimioterapia no había funcionado y tal vez se quitara la vida. Me lo contó en confianza, claro, pero sentí que era mi deber mencionárselo a la policía. Pero luego dijeron que le habían practicado una autopsia completa y que no tenía cáncer. Recuerdo que pensé que era espantoso haber vencido una enfermedad tan terrible y aun así morir de ese modo.

—Sí —digo, pero por dentro pienso: «¿Cáncer?». Estoy segura de que debe de ser otra mentira más, pero ¿por qué?

—Verá, le dije que le ocultara bien ese gatito al casero. Alguien capaz de construir una casa como esa... —Intenta dejar las palabras suspendidas en el aire, pero no logra guardar silencio mucho tiempo y enseguida retoma su tema favorito: Folgate Street, 1. A pesar de lo que dice, está claro que le encanta vivir junto a un edificio tan célebre—. Bueno, debo ponerme en marcha —concluye—. Tengo que preparar la merienda a los niños.

Me pregunto cómo lidiaré con ese aspecto de ser madre, el de poner mi vida en espera para preparar la merienda a los niños y cotillear con las vecinas. Supongo que hay cosas peores.

Bajo la mirada al dibujo que tengo en la mano. Otra referencia a los días de estudiante de historia del arte me viene a la cabeza. Jano, el dios de dos cabezas. El dios del engaño.

«¿Soy yo la segunda imagen? ¿O es Emma Matthews?», pienso de repente. Y si ese es el caso, ¿por qué Edward estaba tan furioso con ella?

Espero hasta que Maggie se ha ido y entonces rebusco con discreción dentro del contenedor hasta que encuentro los pósits. Ahora están todos amontonados, como una tarta milhojas hecha de notas de color verde, rojo y amarillo fosforito. Me los llevo de nuevo a la casa. A fin de cuentas, no he terminado con ellos.

Antes: **Emma**

Pospongo reincorporarme al trabajo tanto como me es posible. Pero el viernes sé que tengo que poner fin a esto. Dejo a Infeliz algo de comida para gatos y una bandeja llena de arena y me marcho.

En la oficina siento que todos los ojos me siguen cuando me dirijo a mi mesa. La única persona que habla conmigo es Brian.

Oh, Emma, ¿te encuentras mejor?, pregunta. Qué bien. Puedes unirte a nosotros para la puesta al día mensual a las diez.

Por su conducta deduzco que nadie se lo ha contado. Las mujeres, sin embargo, son otra historia. Ninguna me mira a la cara. Bajan la vista a la pantalla del ordenador cada vez que echo un vistazo a mi alrededor.

Entonces veo a Amanda encaminarse con paso brioso hacia mí. Me levanto sin demora y me dirijo al baño. Sé que vamos a tener un enfrentamiento, pero es mejor que sea en un lugar privado en vez de aquí fuera, con todo el mundo mirando boquiabierto. Acabo de entrar, la puerta ni siquiera se ha cerrado a mi espalda, cuando ella la abre con tanta fuerza que rebota contra el pequeño tope de goma.

¿Qué coño pasa?, grita.

Amanda, espera, digo.

No me vengas con eso, joder, chilla. No me cuentes que lo sientes ni esas gilipolleces. Eras mi amiga y te tiraste a mi marido. Hasta tenías guardado un vídeo en tu móvil haciéndole una mamada. Y ahora tienes la poca vergüenza de ponerle una queja. Eres una mala puta y una mentirosa. Agita las manos delante de mi cara, y por un momento creo que va a pegarme. Y Simon…, continúa. Le mentiste a él, me mentiste a mí, mentiste a la policía…

No mentí sobre Saul, replico.

Oh, sé que no es un angelito, pero cuando mujeres como tú se le tiran encima…

Fue Saul quien me violó, digo.

Eso la frena.

¿Qué?, exclama.

Esto va a sonar muy raro, declaro de inmediato. Pero te prometo que esta vez es la verdad. Y sé que en parte es culpa mía. Saul me emborrachó, tanto que casi no me tenía en pie. No debí dejar que lo hiciera… Sabía por qué lo estaba haciendo, pero no era consciente de lo lejos que iba a llegar. Creo que hasta es posible que me echara droga en la copa. Luego me dijo que me acompañaría a mi habitación. Lo siguiente que recuerdo es que estaba forzándome. Intenté negarme, pero no me hizo caso…

Amanda se me queda mirando.

Estás mintiendo, afirma.

No miento. Reconozco que he contado mentiras. Pero te juro que ahora no estoy mintiendo.

Él no haría eso, asevera. Me ha sido infiel, pero no es un violador.

A pesar de todo, su voz ya no suena tan segura.

Él ni siquiera parecía pensar que se trataba de una violación, alego. Después no dejó de repetirme que había sido estupendo. Y yo me sentía tan confusa que me preguntaba si estaba recordándolo mal. Pero entonces me mandó el vídeo. No me había dado cuenta de que lo estaba grabando; así de borracha iba. Dijo cuánto había disfrutado volviéndolo a ver. Fue como un recordatorio de que podía contárselo a Simon cuando le diera la gana. No sabía qué hacer. Me entró el pánico.

¿Por qué no se lo contaste a nadie?, pregunta Amanda con recelo.

¿A quién podía contárselo? Parecías tan feliz entonces que no quise ser quien rompiera tu matrimonio. Y ten presente que Simon venera a Saul... No estaba segura de que me creyera, mucho menos de si podría soportar saber lo que me había hecho su mejor amigo.

Pero conservaste el vídeo. ¿Por qué lo hiciste?

Como prueba, respondo. Trataba de reunir el valor suficiente para acudir a la policía. O a recursos humanos, por lo menos. Pero cuanto más lo dejaba, más difícil se me hacía. Cuando vi el vídeo hasta yo hube de reconocer que era dudoso. Y me daba vergüenza dejar que alguien lo viera. Pensé que a lo mejor era todo culpa mía. Y entonces la policía lo encontró en mi teléfono y delante de Simon los agentes dieron por hecho que era Deon Nelson y todo se complicó.

Joder, dice con incredulidad. ¡Joder! Te lo estás inventando, Emma.

No me lo invento. Te juro que no. Y añado: Saul es un cabrón, Amanda. En el fondo creo que tú lo sabes. Sabes que ha habido otras chicas; chicas de la oficina, chicas en los bares, cualquiera que se le ponga cerca. Si me apoyas, tendrá lo que se merece; puede que no todo, pero al menos perderá su empleo.

¿Qué pasa con la poli?, pregunta, y sé que empieza a creerme.

La policía no intervendrá a menos que haya pruebas concretas de un delito. Se trata solo de que pierda su empleo, no de que vaya a la cárcel. Después de lo que te hizo, ¿no te parece que es lo justo?

Amanda asiente por fin.

Hay al menos dos chicas en esta empresa que sé que se han acostado con él, dice. Michelle de contabilidad y Leona de marketing. Daré sus nombres a recursos humanos.

Gracias, digo.

¿Le has contado algo de esto a Simon?, pregunta, y niego con la cabeza. Tienes que hacerlo, Emma.

Al pensar en Simon —el amable, devoto y leal Simon— ocurre algo extraño. Ya no me inspira tanto desprecio. Solía odiarlo por ser amigo de Saul, por repetir una y otra vez lo buen tipo que era Saul, cuando en realidad Saul no era más que un capullo egoísta y agresivo. Pero ya no lo odio. Ahora hay una parte de mí que recuerda lo agradable que era sentirse perdonada.

Para mi sorpresa, descubro que estoy llorando. Me seco las lágrimas con una toallita de papel del dispensador.

No puedo volver, digo. Se acabó Simon. Cuando algo ha salido tan mal es imposible arreglarlo.

Ahora: **Jane**

—Solo es un poco de gel. Puede que lo note frío —me advierte con amabilidad la ecografista.

Oigo un ruido como de kétchup al salir del bote, y luego la sonda extiende el gel por mi vientre. Sentir eso me transporta de nuevo a la primera ecografía de Isabel; la pegajosa sensación en mi piel que duró todo el día, como un secreto escondido bajo mi ropa; el papel de impresora enrollado en mi bolso, que mostraba la espectral curvatura con forma de helecho de un feto.

Inspiro hondo, pillada por sorpresa por una repentina oleada de emociones.

—Relájese —murmura la ecografista, malinterpretándolo. Presiona la sonda contra mi abdomen, inclinándola a un lado y a otro—. Ahí.

Levanto la vista hacia el monitor. Entre la oscuridad surge una silueta y ahogo un grito de sorpresa. Ella sonríe al ver mi reacción.

—¿Cuántos hijos tiene? —pregunta en tono amigable. Debo de tardar un poco más que la mayoría en darle una respuesta, porque echa un vistazo a mi historial—. Lo siento —añade en voz queda—. Veo que sufrió una muerte fetal —constata, y asiento. Parece que no hay nada más que decir—. ¿Quiere conocer el sexo del bebé?

—Sí, por favor.

—Va a tener un niño.

«Va a tener un niño.» Me desbordan las emociones ante la evidente seguridad de esa afirmación, ante la esperanza de que esta vez todo saldrá bien; me echo a llorar de felicidad y de pena cuando ambas chocan entre sí.

—Tenga, coja uno de estos.

Me pasa la caja de los pañuelos de papel que usan para retirar el gel. Me sueno mientras ella continúa con su trabajo. Al cabo de unos minutos dice:

—Voy a pedir al doctor que venga.

—¿Por qué? ¿Pasa algo?

—Tan solo me gustaría comentar los resultados con él —dice con voz tranquilizadora, y acto seguido se marcha.

No estoy preocupada en exceso. Esto está pasando porque técnicamente soy una paciente de alto riesgo. Dado que los problemas de Isabel empezaron en la última semana de embarazo, no hay razón para suponer que algo vaya mal ahora.

Parece que transcurre una eternidad hasta que la puerta se abre y asoma el rostro del doctor Gifford.

—Hola, Jane.

—Hola. —Le saludo como a un viejo amigo.

—Jane, quiero explicarte uno de los principales motivos de que realicemos esta prueba en torno a las doce semanas. La hacemos para poder descubrir algunas de las anomalías del feto más comunes.

«Oh, no —pienso—. No puede ser...»

—La ecografía no nos proporciona una indicación precisa, pero revela dónde puede haber un riesgo mayor. En tu caso, obviamente buscamos cualquier problema con la placenta o el cordón umbilical, y me alegra informarte de que ambas parecen estar bien.

Me aferro a esas palabras. «Gracias a Dios. Gracias a Dios...»

—Pero también medimos lo que se denomina translucencia nucal. Es el espesor del fluido en la nuca del bebé. En tu caso, la translucencia nucal indica un riesgo ligeramente mayor de que presente síndrome de Down. Todo lo que esté por encima del uno en un valor total de ciento cincuenta se califica como probabilidad de alto riesgo. En tu caso, es de uno entre cien. Eso significa que de cada cien madres con un perfil de riesgo, una dará a luz un bebé con síndrome de Down. ¿Lo entiendes, Jane?

—Sí —respondo.

Y lo entiendo; es decir, mi cerebro comprende lo que el doctor Gifford me explica. Se me dan bien los números. Es lo que siento lo que intento asimilar con todas mis fuerzas. Son muchas las emociones, tan abrumadoras todas ellas, que casi se anulan entre sí, dejándome la mente despejada, pero atontada.

«Todos mis planes, mis cuidadosos planes, se han hecho pedazos...»

—La única forma de saberlo con seguridad es hacer una prueba que implica introducirte una aguja en el útero y extraer un poco de fluido —añade el doctor—. Lamentablemente, esa prueba conlleva un pequeño riesgo de provocar un aborto.

—¿Cómo de pequeño?

—En torno a uno de cada cien. —Esboza una sonrisa contrita, como si quisiera decirme que sabe que soy lo bastante inteligente para comprender la ironía. Mi riesgo de sufrir un aborto si me someto a ella es el mismo que el riesgo de que mi bebé tenga síndrome de Down—. Hay una nueva prueba no invasiva que puede darnos un diagnóstico razonablemente exacto —añade—. Mide diminutos fragmentos del ADN del bebé en tu sangre. Por desgracia no está disponible en este hospital público.

Entiendo también lo que me explica ahora.

—¿Insinúas que puedo hacérmela si yo la abono?

El doctor Gifford asiente.

—Cuesta unas cuatrocientas libras.

—La quiero —me apresuro a decir. Encontraré la forma de pagarla.

—Yo te derivaré. Y te daremos algunos folletos para que los leas. Hoy en día muchos niños con síndrome de Down tienen una vida larga y relativamente normal. Pero no hay garantías. Es una decisión que deben tomar los padres.

Me doy cuenta de que con «decisión» se refiere a abortar o no.

Aún sigo atontada cuando abandono el hospital. Voy a tener un bebé. Un niño. Otra oportunidad de vivir la maternidad.

O no.

¿De verdad me las apañaré para sacar adelante a un hijo discapacitado? Porque no me hago ilusiones; un crío con síndrome de Down es justo eso. Sí, puede que sus expectativas sean mejores que en otros tiempos, pero estos niños necesitan más atención de los padres, más ayuda, más dedicación, más amor y más apoyo. He visto madres con hijos discapacitados en la calle, pacientes hasta el infinito, claramente agotadas, y he pensado para mis adentros lo increíbles que son. ¿Seré yo una de ellas?

Al volver a Folgate Street, 1 caigo en la cuenta de que ya no puedo posponer más un conversación con Edward. Una cosa es elegir el momento adecuado para decirle que va a ser padre y otra muy distinta, ocultarle algo así. Todos los folletos hacen hincapié en la importancia de hablar de la situación con tu pareja.

Pero, como es inevitable, lo primero que hago es buscar en internet «síndrome de Down». En cuestión de minutos siento que se me encoge el estómago.

... La trisomía 21, como se conoce formalmente el síndrome de Down, se asocia a problemas de tiroides, trastornos del sueño, complicaciones gastrointestinales, problemas de visión, problemas cardíacos, inestabilidad de la columna y la cadera, atonía muscular y dificultad en el aprendizaje...

... ¿Qué precauciones seguras puede tomar para evitar que deambulen por la casa? Instalar buenas cerraduras en todas las puertas interiores, poner carteles de STOP en las puertas exteriores y considerar la posibilidad de vallar el jardín por completo...

... ¡Enseñar a controlar los esfínteres a un niño con atonía muscular supone sin duda un reto extra! Hemos tenido accidentes durante tres años, pero me alegra decir que estamos consiguiendo evitarlos...

... Comíamos yogur delante de un espejo para que nuestra hija pudiera ver por qué se le caía; ¡funcionó! La coordinación de ojos y manos sigue suponiendo un desafío...

Después, sintiéndome aún más culpable, busco en Google «síndrome de Down + aborto».

De las parejas que recibieron un diagnóstico prenatal de síndrome de Down en Reino Unido, el 92 por ciento optó por el aborto. Según la ley del Aborto, la interrupción del embarazo en caso de que el bebé presente síndrome de Down es legal hasta el momento del parto.

… Nos dimos cuenta de que era mejor para mi pareja y para mí sufrir el remordimiento y el dolor de un aborto que dejar que nuestra hija sufriera toda su vida…

Ay, Dios mío. Ay, Dios mío. ¡Ay, Dios mío!

Isabel dormiría ya toda la noche de un tirón. Isabel se sentaría erguida, cogería cosas y se las metería en la boca. Gatearía, hasta puede que caminara. Sería lista, atlética y buena estudiante, igual que su madre. En lugar de eso tengo que decidir si cargo con...

Me detengo. No es la forma adecuada de pensar en esto. El doctor Gifford me ha concertado una cita en el centro de medicina fetal a primera hora de mañana. Me ha prometido que me facilitarán los resultados por teléfono dentro de un par de días. Entretanto debo procurar que esto no me consuma. Al fin y al cabo, sigue habiendo muchas posibilidades a favor de que todo esté bien. Miles de futuras madres tienen un temor semejante y descubren que no es más que eso, un temor.

Llamo por teléfono a Mia y lloro con ella durante lo que me parecen horas.

Antes: **Emma**

Estoy sentada en el tren preguntándome qué voy a decirle. Pasan de largo centrales eléctricas y campos. Ciudades dormitorio y paradas rurales se acercan y se alejan.

Cada discurso que preparo en mi cabeza me suena mal. Y sé que cuanto más lo ensayo, más falso se vuelve. Es mejor hablar con el corazón y abrigar la esperanza de que me escuche.

No le envío un mensaje de texto hasta que me bajo del tren y estoy esperando un taxi.

Voy a verte. Tenemos que hablar.

El taxista se niega a creer que mi destino exista siquiera —Ahí no hay nada, encanto, la casa más cercana está en Tregerry, a ocho kilómetros de distancia, me dice— hasta que tomamos un camino rural y llegamos a un campamento de casetas de obra prefabricadas y aseos químicos rodeados de barro. A nuestro alrededor todo son prados y bosque, pero al otro extremo del valle los camiones transitan por una carretera lejana, y alcanzo a ver que, en efecto, esto podría ser una nueva ciudad entera algún día.

Edward sale de una de las casetas con la preocupación pintada en su serio rostro.

Emma, dice, ¿qué ocurre? ¿Por qué estás aquí?

Inspiro.

He de explicarte una cosa, respondo. Es muy complicado. Tenía que contártelo en persona.

Las casetas están llenas de topógrafos y delineantes, así que paseamos junto al bosque. Le cuento lo mismo que le conté a Amanda, que uno de los amigos de Simon me drogó y me forzó, que me envió un vídeo que había grabado para tenerme intimidada y que la policía dio por hecho que se trataba de Deon Nelson, que he tenido que aceptar una amonestación formal por hacer perder el tiempo a la policía, pero que en realidad yo no he tenido la culpa de nada.

Él me escucha con atención, sin que su expresión revele qué piensa o siente.

Y a continuación me dice con mucha calma que lo nuestro se ha acabado.

Da igual que ahora esté contándole la verdad, le he mentido en el pasado.

Me recuerda que aceptamos que esto solo continuaría mientras fuera perfecto.

Afirma que una relación como esta es como un edificio, que tienes que asentar bien los cimientos o todo se viene abajo. Que pensaba que lo nuestro se basaba en la sinceridad cuando en realidad lo hacía en el engaño.

Dice que ahora todo esto, y señala los prados, solo surgió porque yo le conté que Deon Nelson me había atacado en mi propia casa. Dice que ahora esta ciudad está construyéndose también sobre una mentira. Que trataba de diseñar una comunidad en la cual las personas se cuidaran, se respetaran y se ayudaran unas a otras. Pero que una comunidad así solo puede funcionar si se fundamenta en la confianza y que ahora eso está corrompido para él.

Me dice adiós, con un tono de voz desprovisto de cualquier emoción.

Pero sé que me quiere. Sé que necesita nuestros juegos, que estos responden a un deseo arraigado en él.

Me equivoqué, reconozco con desesperación. Pero creo que tú también. ¿Acaso esto es mucho peor?

Edward frunce el ceño.

¿A qué te refieres, Emma?

Tú mataste a tu esposa, suelto. Y a tu hijo. Los mataste porque no querías comprometer tu edificio.

Se me queda mirando. Lo niega.

Hablé con Tom Ellis, insisto.

Hace un gesto desdeñoso.

Ese hombre es un fracasado resentido y celoso.

Pero ¿es que no lo ves?, exclamo. No me importa. No me importa lo que hayas hecho o lo mala persona que seas. Edward, nos pertenecemos. Los dos lo sabemos. Ahora conozco tus peores secretos y tú conoces los míos. ¿No es eso lo que siempre has deseado? ¿No deseabas que fuéramos completamente sinceros el uno con el otro?

Noto que está dividido, que está sopesando la decisión. Que no quiere perder lo que tenemos.

Estás loca, Emma, dice al final. Estás imaginando cosas. Nada de eso pasó. Deberías regresar a Londres.

Ahora: Jane

Hay varias razones por las que vuelvo a ver a Carol Younson.

—En primer lugar, Simon y usted son las únicas personas con las que Emma al parecer compartió sus temores acerca de Edward Monkford —le digo—. Sin embargo, ahora tengo pruebas de que por lo menos una vez le contó mentiras a usted, a su propia terapeuta. En segundo lugar, es usted la única persona con la que habló que tiene formación en psicología. Espero que pueda arrojar algo de luz acerca de la personalidad de Emma.

No le cuento todavía la tercera razón.

Carol frunce el ceño.

—¿Qué mentiras?

Le explico cuanto he averiguado; le hablo de Saul y le digo que Emma le practicó sexo oral estando borracha.

—Si acepta que mintió al afirmar que Deon Nelson la violó, ¿está de acuerdo en que podría haber mentido también sobre Edward?

Ella lo piensa durante un momento.

—A veces la gente miente a sus terapeutas. Es algo que pasa, ya sea porque no quieren reconocer la verdad o por simple vergüenza. Pero si lo que dice es cierto, Emma no solo contó una mentira, sino que construyó todo un mundo de fantasía, una realidad alternativa.

—¿Qué significa eso?

—Bueno, ese no es estrictamente mi campo. Pero el término clínico para esa clase de mentiras patológicas es «pseudología fantástica». Está asociada a la baja autoestima, al afán de notoriedad y a un arraigado deseo de presentarse bajo una óptica más favorecedora.

—Que te violen difícilmente es favorecedor.

—No, pero te hace especial. Los hombres con esa patología tienden a afirmar que son de la realeza o exagentes de las fuerzas especiales. Las mujeres es más probable que finjan ser supervivientes de enfermedades o de catástrofes espantosas. Hace un par de años salió a la luz un caso del que se habló mucho. Una mujer que afirmaba haber sobrevivido al 11-S en Nueva York y que era tan convincente que acabó dirigiendo el grupo de apoyo para supervivientes. Resultó que ni siquiera se encontraba en Nueva York el once de septiembre de dos mil uno. —Piensa durante un momento—. Qué curioso... Recuerdo que en una ocasión Emma me preguntó «¿Cómo reaccionaría si le dijera que me lo he inventado todo?», o algo parecido. Quizá estuviera coqueteando con la idea de confesar.

—¿Pudo haberse suicidado cuando sus mentiras salieron a la luz?

—Supongo que es posible. Si no fue capaz de construir una nueva historia y usarla para describirse como una víctima..., al menos ante sí misma, pudo experimentar lo que se llama «mortificación narcisista». Para que me entienda, podría haberse sentido tan avergonzada que preferiría morir a enfrentarse a ello.

—En cuyo caso, Edward está libre de responsabilidad —digo.

—Bueno, tal vez —repone Carol con cautela.

—¿Por qué tal vez?

—Jane, no puedo diagnosticar a Emma una pseudología fantástica de forma póstuma solo para que los hechos encajen en una conveniente teoría. Existen las mismas posibilidades de que se limitara a contar una mentira razonable y que luego contara otra para taparla y después otra más. Lo mismo pasa con Edward Monkford. Aun así, basándome en lo que usted me ha explicado, es cierto que parece que la verdadera narcisista era Emma y no él. En cualquier caso, no cabe la menor duda de que es un controlador absoluto. ¿Qué sucede cuando un controlador se enfrenta a alguien que está fuera de control? La combinación puede ser explosiva.

—Pero había otras personas con más motivos para estar furiosas con Emma aparte de Edward —señalo—. Deon Nelson evitó por los pelos ir a prisión. Saul Aksoy perdió su trabajo. Al inspector Clarke lo obligaron a jubilarse antes de tiempo.

—Es posible —replica Carol, aunque no la veo del todo convencida—. Ahora que lo pienso, existe otra razón por la que Emma pudo haberme mentido.

—¿Cuál?

—Quizá me usó como una especie de caja de resonancia. Como un ensayo general, si lo prefiere, antes de probar su historia con otra persona.

—¿Con quién? —pregunto, pero en el acto me doy cuenta de a quién se refiere—. La única otra persona a la que contó esa historia sobre Edward fue a Simon.

—¿Por qué haría eso si en realidad quería estar con Edward?

—Porque Edward la había rechazado. —Siento una oleada de satisfacción…, no solo porque creo que por fin he logrado descifrar qué escondían las extravagantes acusaciones de Emma a Edward, sino también porque presiento que estoy pillándola, que voy justo detrás de ella, que reconozco sus giros y sus cambios de dirección—. Es la única respuesta que tiene sentido. Ya solo le quedaba Simon. Así que le dijo que fue ella quien rompió con Edward, cuando fue justo al contrario. ¿Puedo usar su baño?

Carol parece sorprendida, pero me indica dónde está el aseo.

—Hay otra razón para que esté hoy aquí —digo al volver—. La más importante. Estoy embarazada. Es de Edward. —Ella me mira; sin duda no se esperaba esto—. Y hay una posibilidad…, una posibilidad muy pequeña, he de reconocer, de que el bebé pueda tener síndrome de Down —agrego—. Estoy esperando los resultados de una prueba.

Ella no tarda en recobrarse.

—Y ¿cómo se siente al respecto, Jane?

—Confundida —admito—. Por un lado, contenta de estar embarazada. Pero, por otro, aterrorizada. Y además no estoy segura de cuándo y qué debería contar a Edward.

—Pues empecemos por resolver eso. ¿Se siente solo contenta por estar embarazada o esto ha renovado su pena por Isabel?

—Ambas cosas. Tener otro hijo parece tan… irrevocable. Como si de algún modo estuviera olvidando a Isabel.

—Le preocupa que el nuevo bebé la sustituya en sus pensamientos —dice con delicadeza—. Y dado que sus pensamientos son el único lugar en que Isabel vive ahora, siente que está matándola de nuevo.

Clavo la mirada en ella.

—Sí. Exactamente eso. —Me doy cuenta de que Carol Younson es sin duda una buena terapeuta.

—La última vez que nos vimos hablamos de la compulsión a la repetición, de que algunas personas se quedan atascadas en el pasado y representan el mismo psicodrama una y otra vez. Pero también se nos dan oportunidades de romper esos círculos viciosos y pasar página. —Esboza una sonrisa—. A la gente le gusta hablar de hacer borrón y cuenta nueva. Pero el único lienzo en blanco de verdad es uno por estrenar. Los demás están en gris debido a lo que sea que hubiera dibujado en ellos antes. Quizá esta sea su oportunidad de hacer borrón y cuenta nueva, Jane.

—Me preocupa no querer tanto a este bebé —confieso.

—Es comprensible. La muerte puede parecernos perfecta; un ideal del que nadie real podrá jamás estar a la altura. Seguir adelante no es fácil. Pero es posible hacerlo.

Reflexiono acerca de sus palabras y reconozco que no solo se aplican a mí, sino también a Edward. Elizabeth fue la Isabel de Edward; la fallecida predecesora perfecta de la que no logró liberarse.

Carol y yo hablamos durante otra hora sobre el embarazo, sobre el síndrome de Down, sobre el terrible y doloroso tema del aborto. Y al final tengo muy claro lo que haré.

Si la prueba da positivo, voy a abortar. No es una decisión fácil ni sencilla, y cargaré con la culpa durante el resto de mi vida, pero es lo que hay.

Y si lo hago, no se lo diré a Edward. Jamás sabrá que estuve embarazada. Puede que algunas personas lo consideren una cobardía moral. Yo simplemente no veo de qué sirve contarle que hubo un bebé que ya no existe.

Pero si la prueba da negativo y el feto está bien —lo cual, tal y como el doctor Gifford y Carol se han esforzado en señalar, sigue siendo el resultado más probable—, iré de inmediato a Cornualles y contaré a Edward en persona que va a ser padre.

Me estoy despidiendo de Carol cuando me suena el móvil.

—¿Jane Cavendish?

—Sí, soy yo.

—Soy Karen Powers, del centro de medicina fetal.

Consigo responder, pero la cabeza ya me da vueltas.

—Tengo aquí los resultados de su prueba de ADN fetal libre en sangre —prosigue—. ¿Es un buen momento para comentarlos?

Estaba de pie, pero me siento de nuevo.

—Sí, por favor. Adelante.

—¿Puede facilitarme su dirección?

Cumplo con impaciencia los preliminares de confidencialidad. Carol ya se ha dado cuenta de quién llama y también se ha sentado.

—Me alegra mucho decirle… —empieza Karen Powers, y el corazón me va a estallar.

«Buenas noticias. Son buenas noticias.»

Empiezo a llorar otra vez y tiene que repetirme el resultado. Es negativo. Si bien la amniocentesis es el único diagnóstico garantizado, se considera que el test de ADN fetal libre en sangre tiene un noventa y nueve por ciento de fiabilidad. No hay motivos para pensar que mi bebé no esté sano. He recuperado el rumbo. Ahora solo tengo que dar la noticia a Edward.

Antes: **Emma**

Lo que sigue se asemeja a lo que sientes cuando alguien fallece. Estoy aturdida y paralizada. No se trata solo de perder a Edward, sino también del modo frío y casi clínico en que me ha dejado. Una semana soy su mujer perfecta y a la siguiente se acabó. De la adoración al desprecio en un abrir y cerrar de ojos. Una parte de mí piensa que se niega a reconocer lo obsesionado que está conmigo, que me llamará en cualquier momento y me dirá que ha cometido un terrible error. Pero luego recuerdo que Edward no es Simon. Contemplo las puras e inmaculadas paredes, las rígidas superficies de Folgate Street, 1 y veo reflejadas en cada centímetro cuadrado de ellas su fuerza de voluntad, su obstinada determinación.

Dejo de comer. Me hace sentir mejor: el hambre es un viejo amigo bienvenido y el leve mareo, una anestesia contra la sensación de pérdida.

Abrazo a Infeliz y lo utilizo como pañuelo, como osito de peluche, como consuelo. Agobiado con mi desesperación, se zafa de mí y se va escalera arriba con paso airado, pero vuelvo a cogerlo de mi cama porque ansío la tibieza de su suave pelaje.

Enloquezco de preocupación cuando se me escapa. Después veo que la puerta del armario de la limpieza está entreabierta.

Seguro que lo encuentro ahí, acurrucado alrededor de un bote de abrillantador en la oscuridad, escondiéndose de mí.

De noche, mientas me estoy duchando, las luces se apagan de repente y el agua sale helada. Solo dura unos segundos, pero es más que suficiente para que grite presa del sobresalto y del miedo. Lo primero que me viene a la cabeza es que quizá Infeliz haya movido alguno de los cables del interior del armario. Lo segundo es que la casa es la que hace esto. Folgate Street, 1 está volviéndose tan fría conmigo como Edward, mostrándome el mismo desapego que su dueño.

Entonces el agua vuelve a salir caliente. No es más que un fallo técnico momentáneo. Nada por lo que inquietarse.

Apoyo la cabeza contra la suave pared de la ducha mientras mis lágrimas se van también por el desagüe.

Ahora: Jane

Vuelvo con las pilas cargadas y feliz tras mi visita a Carol. He sorteado un escollo. El futuro no será fácil, pero al menos está claro.

Entro en la casa de Folgate Street y me detengo en seco. Junto a la escalera está la bolsa de viaje de piel de Swaine Adeney.

—¿Edward? —digo con vacilación.

Está en el refectorio, contemplando mi mapa mental, el caos de pósits pegados en la pared. En medio he puesto el dibujo; la doble visión de Emma y de mí que recuperé de la basura.

Edward vuelve la cabeza hacia mí y me estremezco al ver la gélida ira en sus ojos.

—Puedo explicarlo —me apresuro a decir—. Tenía que aclarar algunas cosas...

—«Asesinada-Edward Monkford» —lee con voz suave—. Es agradable descubrir que soy uno de los sospechosos, Jane.

—Sé que tú no lo hiciste. Precisamente vengo de hablar con la terapeuta de Emma. Le mintió, y me parece que ahora entiendo por qué. Y creo que también sé por qué se suicidó. —Titubeo—. Lo hizo para castigarte. Un gesto dramático e inapelable para hacer que te sintieras mal por romper con ella. Y, teniendo en cuenta lo que ya había pasado, me imagino que lo consiguió.

—Amaba a Emma. —Las palabras, tan tajantes, tan inequívocas, estallan en el aire—. Pero me mintió. Pensé que tal vez podría tener el amor sin las mentiras. Contigo, quiero decir. ¿Te acuerdas de tu carta de solicitud? ¿Recuerdas que hablabas de integridad, honestidad y confianza? Eso fue lo que me hizo pensar que podría funcionar, que quizá esta vez sería mejor. Pero nunca te he amado como la amaba a ella.

Me quedo boquiabierta, conmocionada.

—¿Por qué estás aquí? —consigo decir. Sé que es irrelevante, pero necesito tiempo para asimilar lo que acaba de confesar.

—Tenía que venir a Londres para ver a los abogados. Los primeros residentes se han mudado a New Austell, pero están mostrándose desafiantes. Por lo que se ve creen que si se unen pueden obligarme a cambiar las reglas. Voy a enviarles órdenes de desahucio. A todos. —Se encoge de hombros—. He traído la cena.

Sobre la encimera hay media docena de bolsas de papel de la clase de tiendas a la antigua usanza que le gustan a Edward.

—De hecho es bueno que estés aquí —digo, aturdida—. Tenemos que hablar.

—Es evidente. —Su mitada vuelve al mapa mental.

—Edward, estoy embarazada. —Pronuncio las palabras sin emoción, dirigidas a un hombre que acaba de afirmar que no me quiere. Ni en mis peores sueños imaginé que sería así—. Tienes derecho a saberlo.

—Sí —dice por fin—. ¿Cuánto tiempo me lo has ocultado?

Resulta tentador mentir, pero me niego a evadirme de mi responsabilidad.

—Estoy de poco más de doce semanas.

—¿Vas a tenerlo?

—Creían que podía tener síndrome de Down —añado, y Edward se pasa la mano por la cara al oírlo—. En cualquier caso, resulta que no es así. Sí, voy a tenerlo. A él. Voy a tenerlo. Sé que no es lo que tú elegirías, pero es lo que hay.

Edward cierra los ojos un instante, como si sufriera.

—Teniendo en cuenta lo que acabas de decir, doy por hecho que no quieres ser su padre en ningún sentido práctico —prosigo—. No me importa. No quiero nada de ti, Edward. Si me hubieras confesado que seguías enamorado de Emma...

—Tú no lo entiendes —me interrumpe—. Era como una enfermedad. Me odiaba a mí mismo cada segundo que pasaba con ella.

No sé qué responder a eso.

—La terapeuta a la que he visto hoy... ha hablado de que nos quedamos atascados en una historia, tratando de recrear nuestras antiguas relaciones. Creo que de algún modo tú sigues atascado en la historia de Emma. No puedo ayudarte a salir de ella. Pero no me quedaré atascada ahí contigo.

Alza la vista hacia las paredes, hacia los perfectos espacios estériles que ha creado. Parece sacar fuerzas de ellos. Se levanta.

—Adiós, Jane —dice, y coge su bolsa de Swaine Adeney y se marcha.

11. *¿Qué teme más en una relación?*

o *Aburrirme*
o *Comprender que podría encontrar a alguien mejor*
o *Distanciarme*
o *Que mi pareja se vuelva dependiente de mí*
o *Que me engañe*

Antes: **Emma**

A veces tengo la sensación de que puedo disolverme en la nada. A veces me siento tan pura y perfecta como un fantasma. El hambre, las jaquecas, los mareos; esas son las únicas cosas que son reales.

Que se me dé bien no comer es la prueba de que sigo siendo poderosa. En ocasiones no se me da tan bien y me zampo una barra de pan entera o un cuenco de ensalada de col, pero después me meto los dedos y lo vomito. Puedo empezar de nuevo. Dejar las calorías a cero.

No duermo. Me pasó lo mismo la última vez que mi trastorno alimentario se agravó tanto. Pero esto es peor. Despierto de repente en plena madrugada, convencida de que las luces de la casa se han encendido y apagado o que he oído a alguien moviéndose por ella. Después me resulta imposible volver a conciliar el sueño.

Voy a ver a Carol y le digo que Edward es un ególatra cruel y acosador. Le cuento que me maltrata, que es controlador y obsesivo y que por eso lo he dejado. Pero aunque quiero creérmelo, el anhelo por él impregna cada célula de mi ser.

Cuando vuelvo de verla me fijo en que hay algo en el jardín; parece un trapo o un juguete tirado. Mi cerebro tarda unos instantes en deducir lo que es y en cuanto lo hace echo a correr por la inmaculada gravilla.

Infeliz. La parte superior de su cuerpo está de frente, pero la inferior está de lado. Está muerto. El lado izquierdo está aplastado; un amasijo de pelo ensangrentado. Puede que se haya arrastrado hasta aquí, lejos de la casa, antes de dejar de respirar. Miro alrededor. No hay nada que explique cómo ha muerto. ¿Atropellado por un coche? ¿Aplastado y luego lanzado por encima de la valla? ¿O incluso atrapado contra la casa y golpeado con un ladrillo?

¡Pobrecito!, exclamo en voz alta al tiempo que me agacho para acariciar el lado que está intacto. Mis lágrimas caen sobre su sedoso pelaje, tan inmóvil e inerte ahora. Pobre, pobre cosita, le digo a él, aunque en realidad me refiero a mí.

Y entonces se me ocurre que esto, igual que el bote de pintura arrojado contra la pared, es un mensaje. «Tú eres la siguiente.» Quienquiera que esté haciendo esto me quiere aterrorizada antes que muerta. Y ahora estoy sola, sin forma de detenerlos.

Salvo Simon. Aún puedo intentarlo con Simon. No me queda nadie más.

Ahora: **Jane**

Así que aquí estoy, de vuelta al principio. Con un bombo y sin novio. Mia no me dice «Ya te lo advertí». Pero estoy segura de que lo piensa.

Hay una última tarea doméstica de la que tengo que ocuparme. Puede que a Edward no le interesara lo que he descubierto sobre Emma, pero creo que Simon merece saberlo. Le pido a Mia que me acompañe, por si acaso se lo toma a mal.

Simon llega puntual y trae vino y una gruesa carpeta azul.

—No he estado aquí dentro desde que ocurrió —dice mirando hacia el interior de Folgate Street, 1 con el ceño fruncido—. Nunca me gustó. Le dije a Emma que sí, pero en realidad fue ella quien decidió vivir aquí. Hasta el aspecto tecnológico resultó ser menos impresionante de lo que parecía en un principio. Siempre funcionaba mal.

—¿En serio? —Estoy sorprendida—. Yo no he tenido ningún problema.

Simon deja la carpeta sobre la encimera.

—Te he traído esto. Es una copia de mi investigación sobre Edward Monkford.

—Gracias. Pero ya no lo necesito.

Simon frunce el ceño.

—Creía que querías descubrir cómo murió Emma.

—Simon... —Establezco contacto visual con Mia, quien, con mucha discreción, se lleva el vino para abrirlo—. Emma mintió sobre Edward. No estoy segura de por qué lo hizo, como tampoco lo estoy acerca de las circunstancias exactas de su muerte. Sin embargo, no hay ninguna duda de que lo que te dijo sobre Edward no era verdad. —Hago una pausa—. La habían pillado en otra mentira aún mayor. No era el ladrón el que salía en el vídeo que la policía halló en su teléfono móvil. Era Saul Aksoy.

—Ya lo sé —replica enfadado—. Y eso no tiene nada que ver.

Tardo un momento en deducir cómo se ha enterado.

—Oh... Te lo dijo Amanda.

Simon niega con la cabeza.

—Fue Emma. Después de romper con Edward, me lo contó todo.

—¿Te explicó cómo pasó?

—Sí. Saul la drogó y la forzó. —Simon se fija en mi expresión—. ¿Qué? ¿Has estado haciendo de detective... y no sabías eso?

—Hablé con Saul —repongo con sosiego—. Me dijo que fue Emma quien empezó.

Simon suelta un sonoro bufido.

—Bueno, es lo lógico, ¿no? Me caía bien Saul, pero antes incluso de que Emma me contara lo que había hecho ya sabía que tenía una cara oculta. Después de que Emma y yo rompiéramos él y yo fuimos de copas algunas veces. Saul decía a Amanda que yo necesitaba compañía, pero lo cierto era que solo quería carta blanca para salir y ligar con mujeres. Siempre usaba la misma técnica. «Emborráchalas hasta que no se tengan en pie», solía decirme. «Para lo que las quieres, no es necesario que estén en posición vertical.» —Debo de parecer estupefacta porque Simon asiente—. Bonito mensaje, ¿eh? Pero incluso entonces me parecía raro el pedo que se pillaban algunas de las chicas con solo un par de copas. Saul siempre se empeñaba en invitarlas a champán. Parecía un tipo desprendido, pero he leído que las burbujas también pueden enmascarar el sabor del Rohypnol.

Lo miro fijamente. Recuerdo a Saul Aksoy tratando de obligarme a beber una copa de champán. Me pareció un baboso, pero aun así creí lo que dijo a pies juntillas.

Justo cuando pensaba que lo tenía todo claro, las cosas se descontrolan otra vez. Porque si Saul forzó a Emma, ella no era una fantasiosa. Es cierto que contó una mentira, varias quizá, pero la esencia de su historia sería verdad. Tan solo habría cambiado los nombres de los actores, por razones que creo adivinar.

—Emma intentaba protegerme —dice Simon, como si leyera mis pensamientos—. Creía que no soportaría saber que fue mi mejor amigo quien le hizo aquello. Pero me daba que algo no iba bien aun antes del robo, porque Emma empezó a enfadarse conmigo sin motivo, estallaba siempre que intentaba ser amable con ella. Y recayó en su trastorno alimentario. En realidad nunca se recuperó del todo de eso, aunque a ella no le gustaba hablar del tema.

—¿Hablaste con ella aquí?

Asiente.

—Ya te lo dije. Se había dado cuenta de que había cometido un estúpido error y quería arreglar las cosas. Por entonces estaba bastante mal. Tenía un gatito... un gatito callejero que había recogido. Alguien lo había matado.

—¿Se quedó con el gatito? —repito—. ¿Aquí? ¿En Folgate Street, uno?

Maggie Evans me habló de un gatito callejero, pero no dijo que Emma hubiera pensado quedárselo.

—Así es. ¿Por qué te extraña?

«Porque va contra las reglas», pienso. No se permiten mascotas. Es más, no se permiten niños.

Simon abre la carpeta y saca un documento.

—Un abogado le dio esto. Según estos planos, Monkford enterró a su esposa y a su hijo aquí, justo debajo de esta casa. Mira. —Me lo enseña. Hay una equis y una anotación a mano. «Lugar donde reposan los restos de la señora Elizabeth Domenica Monkford y de Maximilian Monkford.»—. ¿Qué clase de bicho raro hace eso?

—Has tenido suerte de escapar con vida, Jane —aduce Mia, que ha ido acercándose poco a poco con las antenas desplegadas.

Veo que Simon me lanza una mirada de curiosidad, pero decido no dar explicaciones.

—La teoría de Emma era que enterrarlos aquí formaba parte de un ritual supersticioso —prosigue—. Casi como un sacrificio. No le di mucha importancia en su momento, pero después de que ella muriera empecé a examinar sus otros edificios. Resulta que ella tenía razón. Alguien ha fallecido en extrañas circunstancias cada vez que un edificio del estudio Monkford está próximo a terminarse.

Deja unos recortes de periódico sobre la mesa para que les eche un vistazo. Cada uno va acompañado de un mapa que marca la ubicación del edificio y la localización del fallecido. En Escocia, una mujer joven fue atropellada por un conductor que se dio a la fuga a poco más de un kilómetro y medio de la casa que Edward Monkford construyó cerca de Inverness. En Menorca, un niño desapareció mientras estaba con sus padres a algo más de tres kilómetros de la casa en la playa que Edward diseñó. En Brujas, una mujer se arrojó de un puente ferroviario a unos cientos de metros de su capilla. Durante el acondicionamiento de la Colmena, un aprendiz de electricista fue hallado sin vida en el hueco de una escalera.

—Pero nada de esto demuestra que fuera responsable de esas muertes —replico con suavidad—. Hay miles de accidentes mortales y desapariciones cada año. Que algunos de ellos ocurrieran a unos kilómetros de esos edificios en particular no significa nada. Ves patrones y conexiones que no existen.

—O existe una conexión y tú te niegas a verla. —El rostro de Simon se ensombrece.

—Lo único que demuestra esto es cuánto amabas a Emma. Y eso es admirable, Simon. Pero está afectando a tu juicio…

—Me arrebataron a Emma dos veces —me interrumpe—. Una cuando Edward Monkford se metió por la fuerza en nuestra relación justo cuando más vulnerable era ella. Y luego una segunda vez, cuando apareció asesinada. Estoy seguro de que fue para quitármela. Quiero justicia para Emma. Y no pararé hasta que la consiga.

Se marcha poco después y Mia se queda bebiéndose su vino.

—Parece majo —comenta.

—Y un pelín obsesivo también, ¿o no?

—La quería. No podrá olvidarla hasta que haya descubierto qué le pasó. Es… casi heroico, ¿no te parece?

«Todos esos hombres amaban a Emma», pienso. Pese a todos sus problemas, los hombres estaban obsesionados con ella. ¿Sentirá alguien eso por mí algún día?

—En cualquier caso, que la amaran no le sirvió de mucho al final —añade Mia—. Pero, por si sirve de algo, creo que estarías mejor con alguien como él en vez de con tu arquitecto chalado.

—¿Yo con Simon? —Suelto un bufido—. Ni hablar.

—Es serio, formal y leal. No lo descartes hasta que lo hayas probado.

Guardo silencio. Mis sentimientos hacia Edward son aún demasiado complejos para condensarlos en un par de simples frases y que Mia los analice. La fría ira de Edward ha hecho que me sienta un poco avergonzada por indagar a sus espaldas en la muerte de Emma. Pero si él pudiera encontrar un modo de liberarse de ella, ¿sería capaz de ver la situación con más claridad?

Niego con la cabeza, tanto porque estoy en desacuerdo conmigo misma como para vaciar mi mente de estos pensamientos. «No son más que castillos en el aire.»

Antes: **Emma**

Entonces, adiós, Emma.

Adiós, Simon.

A pesar de lo que acaba de decir, Simon se entretiene un poco más en la puerta de Folgate Street, 1.

Estoy muy contento de que hayamos hablado, prosigue.

Yo también, reconozco. En serio.

Hay demasiadas cosas que nunca le dije, demasiadas cosas que guardo aún en mi cabeza bajo siete llaves. Puede que si hubiéramos hablado más cuando estábamos juntos, a lo mejor no habríamos roto. Había una parte de mí que siempre tenía ganas de patear a Simon o de apartarlo de un empujón y ya no siento eso. Ahora simplemente estoy agradecida por tener a alguien que no me juzga.

Me quedaré, si quieres, se ofrece con la voz serena. Si hace que te sientas más segura. Si el cabrón de Deon o el que sea aparece, puedo ocuparme de él.

Sé que puedes, asevero. Pero, sinceramente, no es necesario. Esta casa está construida como una fortaleza. Además, paso a paso, ¿vale?

Vale, dice. Se inclina y me besa en la mejilla con cierta formalidad. Después me da un abrazo. El abrazo es agradable.

Cuando se marcha, la casa queda de nuevo en silencio. Le he prometido que comeré algo. Lleno un cazo con agua para cocer un huevo y muevo la mano por encima del fuego.

No ocurre nada.

La muevo otra vez. El mismo resultado. Miro debajo de la encimera para ver si hay algún tipo de mando manual que accione el sensor de movimiento. Pero no lo hay.

Simon sabría arreglarlo, y estoy a punto de ir a buscar el teléfono para llamarlo y pedirle que vuelva, pero me detengo. Ser una mujer frágil que depende de los hombres para que le solucionen los problemas fue en parte lo que me metió en este lío.

Hay un par de manzanas en la nevera, así que cojo una. Acabo de darle un mordisco cuando huelo a gas. Aunque el fuego no se enciende, el dispositivo que hace salir el combustible sin duda funciona y ahora está expulsando sus vapores inflamables a la casa. Trato de apagarlo agitando los brazos como una loca sobre la encimera. De repente oigo un clic y una bola de fuego estalla en el aire; llamas azules y amarillas que engullen mi brazo. Dejo caer la manzana. Hay un momento de sorpresa; dolor aún no, pero sé que aparecerá. Meto sin demora el brazo bajo el caño del agua fría. No se abre. Me lanzo escalera arriba hasta el cuarto de baño. Gracias a Dios, el agua sí funciona aquí y me refresca la piel abrasada. La dejo correr unos minutos y luego me examino el brazo. Está irritado y enrojecido, pero no veo ampollas.

Esto no es fruto de mi imaginación. No puede serlo. Da la impresión de que la casa no quería que Simon viniera para que habláramos, y esta es su forma de castigarme.

Es una fortaleza, le he dicho a Simon. Pero ¿y si la propia casa decide no protegerme? ¿Hasta qué punto estoy segura en ella?

De repente siento miedo.

Me meto en el armario de la limpieza y cierro la puerta. Podría atrincherarme aquí si fuera necesario; podría apuntalar la puerta con las fregonas y las escobas para mantenerla cerrada; desde fuera nadie sospecharía que estoy dentro. Es estrecho, está abarrotado de envases y útiles, pero necesito un lugar seguro y va a ser este.

12. *En una sociedad bien gestionada, tiene que haber consecuencias para quienes incumplen las reglas.*

Totalmente   ○ ○ ○ ○ ○   *Totalmente en*
de acuerdo   *desacuerdo*

Ahora: Jane

Estoy tumbada en la cama, medio dormida, cuando lo siento. Tan suave, tan titubeante, como un toquecito en la puerta; apenas poco más que un aleteo en mi vientre. Lo reconozco del embarazo de Isabel. «El despertar a la vida.» Qué expresión tan hermosa.

Me quedo tumbada mientras disfruto del momento y espero más pataditas. Hay algunas, seguidas de un movimiento que bien podría ser una voltereta. Me invaden el amor maternal y un sentimiento de asombro tan grandes que me echo a llorar. ¿Cómo he sido capaz de considerar siquiera la posibilidad de abortar? Al mirar atrás, me parece casi... inconcebible. Esbozo una sonrisa entre lágrimas ante el juego de palabras.

Completamente despejada ya, bajo las piernas de la cama y observo los cambios que experimenta mi cuerpo. Aún no estoy en esa fase en la que los desconocidos hacen comentarios espontáneos al respecto —según un gráfico que encontré en el trabajo, mi bebé tiene apenas el tamaño de un aguacate—, pero desnuda es imposible no ver que estoy embarazada. Mis pechos están más bajos y llenos y mi vientre ha adquirido una agradable redondez.

Me encamino al cuarto de baño, divertida al ver que ando

casi como un pato a pesar de que todavía no necesito hacerlo; la memoria muscular de la maternidad envuelve mi cuerpo como un familiar abrigo. Algo le pasa a la ducha, ya que el agua caliente de repente sale helada. De todos modos, resulta estimulante. Me pregunto distraídamente si a la casa le cuesta reconocerme ahora que hay otra persona dentro de mí. No creo que la tecnología funcione de ese modo, aunque en realidad no sé mucho al respecto.

Me estoy secando con una toalla cuando siento náuseas. Me acomodo en el asiento del retrete y procuro respirar con calma para controlarlas, pero se acentúan. No tengo tiempo para hacer otra cosa que inclinarme hacia delante y apuntar con la boca en dirección a la ducha. Abro los grifos para que el vómito se vaya por el desagüe.

Salpicaduras de agua cubren ahora el cristal que rodea la ducha, así que me pongo de rodillas para limpiarlas. Estoy agachada para adecentar la juntura a lo largo de la base de la pared, con la cara casi pegada al suelo, cuando veo algo que destella. No lo alcanzo con los dedos, de modo que busco un bastoncillo y lo saco con cuidado.

Al principio pienso que he encontrado una piedrecita de gravilla o tal vez un rodamiento. Sin embargo, me fijo en que lo atraviesa un diminuto agujero. Es una perla; bastante pequeña y de un pálido color crema muy poco corriente. Debe de haberse soltado del collar.

Voy al dormitorio en busca del estuche. La perla que he encontrado parece igual a las otras. Pero el collar no está roto.

No se me ocurre cómo ha podido soltarse si la sarta está entera. Es imposible descifrarlo; como un rompecabezas de lógica, como un enigma.

Hay una joyería frente a las oficinas de Still Hope. Decido llevarlos allí y preguntar.

Antes: **Emma**

Envío un email al estudio Monkford para quejarme de los problemas en la casa. No obtengo respuesta. Telefoneo a Mark, el agente, pero me dice que debo tratar los problemas técnicos directamente con el estudio Monkford. Termino gritándole por teléfono, lo que sospecho que solo empeora las cosas. Hasta envío un mensaje de texto a Edward. No responde, por supuesto.

Aparte de todo lo demás, estoy convencida de que las luces han cambiado. Cuando nos mudamos, Mark dijo que la casa añadía iluminación extra para compensar la depresión invernal. Si es así, ¿puede hacerse a la inversa? No solo no estoy durmiendo bien, sino que al despertar tengo los ojos secos y me escuecen, y me encuentro agotada.

Simon llama por teléfono y me reitera su oferta de pasarse por aquí. Sería muy fácil aceptar. Le digo que me lo pensaré. Puedo percibir el entusiasmo en su voz, aunque trata de disimularlo. El amable, fiable y leal Simon. Mi puerto seguro en la tormenta.

Y entonces Edward Monkford responde a mi mensaje.

Ahora: Jane

—Es excepcional —dice el joyero mientras hace rodar la perla entre el pulgar y el índice para examinarla con una lupa—. Si es lo que creo que es, es muy rara.

Le muestro el collar en su estuche con forma de concha.

—¿Podría proceder de aquí?

Coge el estuche y asiente con aprobación al ver símbolos japoneses.

—Kokichi Mikimoto. Uno no ve esto todos los días. —Saca el collar y lo sostiene a la luz para compararlo con la perla suelta—. Sí, no cabe duda de que se corresponde. Tal como pensaba, son perlas keshi.

—¿Perlas keshi? ¿Qué significa eso?

—Las keshi de agua salada son las perlas más singulares que existen, sobre todo cuando son casi redondas como estas. Proceden de ostras que tenían más de una perla; gemelas, en otra palabra. Debido a que no tienen núcleo, adquieren este brillo iridiscente tan poco común. Y, como he dicho, son muy raras. Imagino que el collar se rompió en un momento dado y las perlas se salieron. El propietario haría que volvieran a ensartarlo, pero se le pasó una por alto.

—Entiendo. —Al menos lo que acaba de explicarme el joyero.

Sin embargo, tardaré un poco en asimilar lo que ello implica: Edward me regaló un collar que ya había regalado antes a otra persona.

Saco el móvil en cuanto salgo de la tienda.

—Simon —digo cuando él responde—. ¿Por casualidad no sabrás si Edward Monkford le regaló un collar a Emma? Y si fue así, ¿recuerdas si se rompió?

Antes: Emma

Necesito verte. Edward.

Medito mi contestación.

¿Sigues furioso conmigo, papi?

La respuesta es rápida.

No más de lo que te mereces.

Estupendo. ¿Significa eso que quieres que vuelva?

Ya veremos después de esta noche.

Entonces más vale que me porte muy bien.

Ya me tiemblan las rodillas.

Esta tarde a las 7. Ponte las perlas… Y poco más.

Por supuesto.

Dos horas para prepararme, para morir de impaciencia, para resistir. Me quito la ropa y me pongo manos a la obra.

Ahora: Jane

—Pero ¿es que no te das cuenta? —me urge Simon—. Esto demuestra que estuvo allí cuando Emma murió.

Estamos sentados en la cafetería, cerca de Still Hope, donde Edward Monkford me tiró los tejos por primera vez. «Me resulta estimulante el hecho de que dos personas se unan con el único propósito de vivir el presente.» Ha resultado ser una gran mentira. No hay duda de que en su momento lo decía en serio, pensando que podría recuperar solo las partes que le gustaban de su relación con Emma, sin aquellas que no le agradaban. Pero, como bien señaló Carol, no se puede contar la misma historia dos veces y esperar un final diferente.

Simon aún sigue hablando.

—Lo siento —repongo—. ¿Qué has dicho?

—He dicho que Emma solo se ponía ese collar para él; sabía que yo lo odiaba. Se suponía que ese día iba a verme a mí. Habíamos llegado a una especie de acuerdo. Pero anuló nuestra cita alegando que no se sentía bien. Recuerdo que me pregunté si no habría quedado con Monkford.

Frunzo el ceño.

—Vamos, no puedes deducir todo eso de una sola perla. No prueba nada.

—Piénsalo —insiste de manera paciente—. ¿Cómo consiguió Monkford el collar que te regaló a ti? Debió de estar presente cuando se rompió. Pero sabía que si dejaba las perlas desperdigadas por el suelo, parecería una pelea, no un suicidio ni un accidente. Así que las recogió antes de marcharse... todas salvo la que tú encontraste.

—Pero Emma no murió en el cuarto de baño —objeto—. La encontraron al pie de la escalera.

—Del baño a la escalera hay solo unos pasos. Pudo fácilmente arrastrarla hasta allí y después empujarla.

Ni por un segundo creo la compleja sugerencia de Simon, pero hasta yo he de reconocer que la perla podría considerarse una prueba.

—De acuerdo. Iré a ver a James Clarke; sé que viene a la ciudad los miércoles. ¿Por qué no me acompañas? Así podrás oírle descartar tus teorías con tus propios oídos.

—Jane... ¿te gustaría que me quedara en la casa de Folgate Street unos días? —Debo de parecer sorprendida porque añade—: Me ofrecí a quedarme con Emma, pero se negó y no quise insistir. Siempre lamentaré no haber sido más insistente. Ojalá hubiera estado allí... —No termina la frase.

—Gracias, Simon. Pero seguimos sin tener la certeza de que asesinaran a Emma.

—Cada pequeña prueba apunta a que Monkford la mató. Te niegas a aceptarlo, pero creo que ambos sabemos por qué.

Su mirada desciende hasta mi vientre. Me ruborizo.

—Y tú tienes razones sentimentales para desear que Edward sea culpable —replico—. Y, para que conste, él y yo mantuvimos una breve relación, es todo. Ya no estamos juntos.

Simon esboza una sonrisa un tanto triste.

—Por supuesto que no. Has incumplido la regla más importante de todas. Solo acuérdate de lo que le pasó al gato.

Antes: **Emma**

Me he retocado, me he depilado las cejas y el resto y me he acicalado. Por último me pongo el collar de perlas, que me ciñe la garganta como la mano de un amante. Tengo el corazón contento. Me inunda la ilusión.

Queda una hora para que él venga. Me sirvo una generosa copa de vino y me la bebo casi toda. Luego, con el collar aún puesto, me dirijo a la ducha.

Oigo un ruido abajo. Cuesta identificarlo, pero podría ser una pisada. Me quedo quieta.

¿Hola? ¿Hay alguien ahí?

No obtengo respuesta. Agarro una toalla y me dirijo hacia la escalera.

¿Edward?

El silencio se prolonga, denso y de algún modo cargado de significado. Siento que se me eriza el vello de la nuca.

¿Hola?, repito.

Bajo de puntillas la mitad de los escalones. Desde aquí puedo ver cada rincón de la casa. No hay nadie.

A menos que esté justo debajo de mí, oculto por las losas de piedra. Bajo de espaldas, peldaño a peldaño, mirando entre los huecos.

Nadie.

Entonces oigo otro ruido, una especie de bufido. Creo que procede de arriba esta vez. Pero en cuanto me doy la vuelta percibo un pitido muy agudo, una frecuencia al límite del oído humano. El volumen sube cada vez más, como el zumbido de un mosquito. Me tapo las orejas con las manos, pero ese sonido me atraviesa el cráneo.

Una bombilla estalla en el techo y los cristales caen al suelo. El ruido cesa. Un fallo de los sistemas tecnológicos de la vivienda. En el salón, mi portátil está reiniciándose. Las luces se van apagando despacio y acto seguido vuelven a encenderse. La página de inicio de Ama de llaves aparece en la pantalla de mi ordenador. Parece que la casa entera se haya reseteado sola.

Sea cual sea el fallo, ya se ha solucionado. Y no hay nadie aquí. Me encamino de nuevo arriba, hacia la ducha.

Ahora: Jane

—Vaya, esto es fascinante —dice James Clarke, que observa el collar y la perla suelta una y otra vez—. Fascinante.

—No conseguimos determinar qué significa —digo. Simon me lanza una mirada, y añado—: La verdad es que estamos divididos. Simon piensa que podría ser la prueba de que Edward la mató. Yo no veo que esto cambie nada, en ningún sentido.

—Te explicaré qué es lo que cambia —replica con aire pensativo el policía jubilado—. El caso contra Deon Nelson. Si había un collar de perlas en el suelo, aunque estuviera roto, él no lo habría dejado allí. Se lo habría llevado, en cuyo caso al señor Monkford le habría sido imposible hacer que lo ensartaran de nuevo para regalárselo a usted. Así que adiós a mi teoría favorita.

—La última vez que nos vimos, después de la investigación, me dijo que Monkford tenía coartada —interviene Simon.

—Sí. Bueno, una coartada, más o menos. Si le soy sincero, usted tenía toda la pinta de que iba a costarle mucho olvidarlo. Y con la investigación policial cerrada por fin después de seis meses, lo último que queríamos era a un desconsolado exnovio tratando de reabrir el caso. Así que es posible que diera la impresión de estar más seguro de lo que en realidad lo estaba. El señor Monkford afirmó que se encontraba en la obra de Cornualles en el momento de la muerte de Emma. Se lo vio en su hotel por la mañana y de nuevo cuando anocheció. Nada hacía sospechar que hubiera estado en Londres durante ese espacio de tiempo, así que lo creímos.

Simon se lo queda mirando.

—Sin embargo, ahora dice que podría haberlo hecho.

—Un millón de personas podrían haberlo hecho —aduce Clarke con amabilidad—. Nosotros no trabajamos así. Buscamos indicios de que alguien lo hizo.

—Monkford está loco —declara Simon con insistencia—. Joder, solo tiene que ver sus edificios. Es un perfeccionista chalado, y si piensa que algo no está del todo bien no lo pasa por alto y se conforma. Lo destruye y empieza de nuevo. Eso mismo le dijo a Emma en una ocasión… Que la relación continuaría mientras fuera absolutamente perfecta. ¿Qué clase de pirado suelta eso?

Clarke responde explicándole de forma paciente a Simon que la psicología amateur y el trabajo policial son cosas muy distintas. Pero yo apenas presto atención.

Recuerdo que Edward me dijo lo mismo a mí. «Esto es perfecto… Algunas de las relaciones más perfectas que he mantenido no duraron más de una semana… Valoras más a la otra persona cuando sabes que no va a durar…»

Mi bebé estira la piernecita y me da una patada justo por encima del ombligo. Me estremezco. «¿Estamos en peligro?»

—¿Jane?

Simon y el exinspector Clarke me miran con curiosidad. Caigo en la cuenta de que me han hecho una pregunta.

—Lo siento.

James Clarke sostiene el collar en alto.

—¿Podría ponérselo?

Es difícil abrochar a tientas el diminuto cierre y Simon se apresura a ayudarme. Me aparto el cabello de la nuca para que pueda hacerlo. Sus dedos me rozan con torpeza y, para mi sorpresa, presiento que podría ser porque se siente atraído por mí.

El policía jubilado examina el collar con atención cuando está en su sitio.

—¿Me permite? —pregunta con educación. Asiento, y trata de introducir un dedo entre las perlas y mi piel. No hay espacio—. Hum —murmura, y se deja caer contra el respaldo de la silla—. Bueno, no quisiera echar más leña al fuego, por así decirlo. Pero hay algo que puede que sea relevante.

—¿Qué? —inquiere Simon con impaciencia.

—Cuando encontraron a Emma, el primer agente que acudió a la casa creyó ver una marca apenas perceptible alrededor de su cuello. Lo anotó, pero ya había desaparecido cuando llegaron los patólogos. Solo le vieron un par de pequeños rasguños aquí. —Señala el lugar por el que ha intentado introducir el dedo bajo el collar—. En realidad no era nada..., desde luego eso no habría bastado para matarla. Y dada la magnitud de sus otras heridas, concluimos que probablemente debió de hacérselos mientras daba manotazos al aire cuando caía.

—Pero en realidad se los hizo quien le arrancó el collar —asevera Simon en el acto.

—Esa es su hipótesis —replica Clarke.

—Existe otra posibilidad. —Me oigo decir.

—¿De veras? —aduce Clarke.

—Edward... —Me sonrojo—. Tengo razones para pensar que a Emma y a él les gustaba el sexo duro.

Simon me mira boquiabierto. Clarke se limita a asentir.

—En efecto.

—Así que, si Edward sí estuvo con ella ese día..., cosa que, por cierto, sigo sin aceptar necesariamente, el collar pudo romperse por accidente.

—Tal vez. Supongo que jamás lo sabremos —alega Clarke.

Se me ocurre otra cosa.

—La última vez que nos vimos dijo que era imposible saber quién había entrado en la casa justo antes de la muerte de Emma.

—Así es. ¿Por qué?

—Es que resulta extraño, es todo. La casa está programada para captar y grabar datos; ese es su único propósito.

—Podría llevar a cabo una redada en sus oficinas —propone Simon—. Llevarse sus ordenadores y ver qué hay en ellos.

Clarke levanta una mano a modo de advertencia.

—Espere. Yo no puedo hacer nada. Estoy jubilado. Y lo que está describiendo es una operación que costaría decenas de miles de libras. Es muy poco probable que consigan una orden de registro después de tanto tiempo. No sin pruebas sólidas que la respalden.

Simon estrella el puño contra la mesa.

—¡Esto es inútil!

—Le aconsejo que intente olvidarlo —dice Clarke con amabilidad. Luego me mira—. Y a usted le aconsejo que se dé prisa y busque otro sitio en el que vivir. Algún lugar con buenas cerraduras y un sistema de alarma. Solo por si las moscas.

Antes: **Emma**

Me meto bajo la ducha. Durante un momento no ocurre nada. Luego el agua cae como lluvia de la enorme alcachofa. Alzo la cara hacia ella, exultante.

Todo va a ir bien.

Me lavo con cuidado para él, enjabonándome todos los rincones íntimos de mi cuerpo que tal vez quiera explorar. Entonces el agua empieza a salir a trompicones de repente y está helada. Profiero un chillido y retrocedo.

Emma, dice una voz a mi espalda.

Me doy la vuelta como un rayo.

¿Qué haces tú aquí?, pregunto.

Agarro la toalla del toallero y me envuelvo con ella.

¿Y cómo has entrado?

Ahora: Jane

—¿Cuál es tu presupuesto? —Camilla no se ríe, pero sin duda piensa que soy una ilusa—. Los alquileres se han disparado mientras vivías en el número uno de Folgate Street. No hay suficientes casas y encima los inversores extranjeros acaparan propiedades londinenses para asegurar y rentabilizar su capital. En este momento tendrías que duplicar eso para conseguir un apartamento de dos habitaciones. —Señala los anuncios en los escaparates de la agencia—. Echa un vistazo.

En el camino de vuelta a Folgate Street, 1 he decidido seguir el consejo de James Clarke y empezar a buscar piso. Preferiría no haberlo hecho.

—Me apañaré con uno amplio de un dormitorio. Al menos por ahora.

—Tu presupuesto tampoco te alcanza para eso. A menos que consideres una casa flotante.

—Voy a tener un niño. Y no tardará en andar. No creo que una casa flotante sea una buena solución, ¿no te parece? —Me entran dudas—. ¿Hay más propietarios que hagan lo mismo que Edward? Me refiero a alquilar casas a buen precio a la gente si cuida de ellas

Camilla niega con la cabeza.

—El acuerdo con Edward Monkford es único.

—Bueno, no puede echarme mientras siga pagando el alquiler. Y no voy a marcharme hasta que haya encontrado otro sitio. —Algo en su expresión hace que le pregunte—: ¿Qué?

—Hay más de doscientas reglas en el acuerdo que firmaste —me recuerda—. Espero que no hayas violado ninguna. De lo contrario, habrás incumplido el contrato.

Siento un irracional ataque de ira.

—¡Que le den a las reglas! ¡Y que le den a Edward Monkford!

Estoy tan furiosa que descargo el pie en el suelo con una sonora patada. Las hormonas de mamá osa.

Pero a pesar de mis valientes palabras sé que no lucharé con Edward por esto. Desde la conversación que mantuve con Simon y James Clarke, Folgate Street, 1 me inspira algo que nunca antes había sentido. Empiezo a sentir miedo.

Antes: Emma

Conservé el código de acceso, responde él.

Da un paso hacia mí. Tiene los ojos enrojecidos y advierto en ellos una expresión delirante. Ha estado llorando.

Le dije a Mark que lo borré cuando me marché de aquí, prosigue. Pero no lo hice. Luego lo usé para piratear el sistema. Fue fácil. Hasta un niño podría haberlo hecho.

Oh, digo. No sé qué otra cosa decir.

He estado arriba, repone. En el desván. A veces entraba después de que te durmieras y pasaba la noche ahí arriba. Para poder estar cerca de ti.

Me señala de repente la garganta y doy un paso atrás, asustada.

Es el collar que él te regaló, ¿verdad? El de Edward.

Sí. Simon, tienes que irte. Estoy esperando a alguien.

Lo sé.

Saca un teléfono móvil que no me suena.

Edward Monkford, dice. Y añade: Solo que no es de él. He sido yo quien te ha enviado ese mensaje.

¿Qué?, exclamo desconcertada.

La semana pasada te cogí el teléfono una noche e introduje este número en tus contactos con su nombre, dice casi con orgullo. Así que cuando yo te envío un mensaje, crees que es de él. Ya he borrado los mensajes, claro. Y es un teléfono de prepago. Por lo que no puede rastrearse.

Pero... ¿por qué?

¿Por qué?, repite. ¿Por qué? Yo mismo no dejo de preguntarme eso, Emma. ¿Por qué Monkford? ¿Por qué Saul? ¿Por qué cualquiera de ellos? Cuando ninguno te amaba como yo. Y tú me amabas a mí. Sé que era así. Éramos felices.

No. No, Simon, repongo con tanta firmeza como puedo. No habríamos sido felices, no a la larga. No soy adecuada para ti. Tú necesitas una mujer bondadosa; buena y amable. No alguien como yo.

No digas eso, Emma. Las lágrimas corren por sus mejillas. No lo digas, repite. No te lo permitiré.

Intento hacerme cargo de la situación.

Tienes que marcharte, Simon. Ahora mismo. O llamo a la policía.

Niega con la cabeza.

No puedo hacerlo, Emma. No puedo hacerlo.

¿Qué no puedes hacer?

No puedo olvidarlo, susurra. No puedo dejar que seas esa persona que los desea a ellos pero no a mí.

Me mira con una expresión extraña y desesperada, y me doy cuenta de que está armándose de valor para hacer algo terrible. Echo a correr sin pensarlo, tratando de dejarlo atrás. Me aferra la muñeca, pero su mano se cierra alrededor de mi pulsera, que se me sale y quedo libre. Sin embargo, me barra el paso con el cuerpo al tiempo que sus dedos intentan agarrarme del cuello, del collar. Noto que se rompe, y las perlas rebotan como bolitas de granizo por el suelo del cuarto de baño. Simon me rodea el cuello con un brazo, apretándome contra él, sacándome a rastras del aseo como un socorrista en una piscina. El miedo me paraliza, pero no tengo más alternativa que dejar que tire de mí.

Simon, intento decir, pero me aprieta la garganta con demasiada fuerza. Y entonces estamos en lo alto de la escalera y él me da la vuelta para colocarme de cara al vacío.

Te quiero, Emma, me susurra al oído. Te quiero. Pero lo dice con rabia, como si ese «te quiero» en realidad significase «te odio», y cuando me besa a la vez que me empuja sé que desea que ocurra, que quiere que muera. Entonces ruedo escalones abajo, mi cabeza golpea la piedra, peldaño tras peldaño, y el dolor y el pánico aporrean todo mi ser mientras mi cuerpo va cobrando velocidad. A media altura caigo de la escalera y experimento un momento de alivio mezclado con terror antes de que el suelo de piedra clara venga a mi encuentro y mi cabeza estalle.

Ahora: Jane

Llamo a Simon.

—No tengo por costumbre invitar a cenar a un hombre al que casi no conozco —le digo—. Pero si de verdad hablabas en serio, agradecería tu compañía.

—Por supuesto. ¿Quieres que lleve algo?

—Bueno, no tengo vino en la casa. Yo no beberé, pero puede que a ti te apetezca. Tengo unos filetes. Nada de porquerías de supermercado; estos son de la fantástica carnicería de High Street. Ah, y te advierto que me comeré el tuyo además del mío si llegas tarde. Ahora tengo un hambre voraz.

—Bien. —Parece divertido—. Iré a las siete. Y esta vez prometo no dar la tabarra con que Monkford mató a mi novia, ¿de acuerdo?

—Gracias.

Iba a sugerir que no habláramos de Emma y de Edward esta noche —ya estoy bastante asustada—, pero no se me ocurría una forma delicada de decirlo. Empiezo a darme cuenta de que Simon es una persona muy considerada. Recuerdo lo que Mia me dijo: «Por si sirve de algo, creo que estarías mejor con alguien como él en vez de con tu arquitecto chalado».

369

No quiero pensar en eso. Aunque no estuviera gorda y embarazada del hijo de otro hombre, eso no pasaría.

Cuando le abro la puerta un par de horas después, veo que ha traído flores además de una botella de vino.

—Para ti —dice, y me entrega el ramo—. Siempre he lamentado haber sido tan maleducado la primera vez que nos vimos. No podías saber para quién eran aquellas flores.

Me da un beso en la mejilla, que se alarga un poco más de lo necesario. Estoy segura de que se siente atraído por mí. Pero no creo que el sentimiento llegue a ser recíproco. Diga lo que diga Mia.

—Son preciosas —agradezco mientras llevo las rosas al fregadero—. Las pondré en agua.

—Y yo abriré esto. Es un pinot grigio; el favorito de Emma. ¿Estás segura de que no vas a querer? He mirado en internet. La mayoría de la gente cree que no pasa nada por tomar una pequeña cantidad de alcohol en torno a las quince semanas de gestación.

—Puede que más tarde. Pero tú no te cortes.

Coloco las rosas en un jarrón y lo dejo sobre la mesa.

—Emma, ¿dónde tienes el sacacorchos? —pregunta.

—Está en el armario. En el de la derecha. —Reacciono tarde—. ¿Acabas de llamarme Emma?

—¿En serio? —Se echa a reír—. Lo siento… Supongo que estar aquí contigo y abrir una botella de vino es algo que me resulta muy familiar. Es decir, no contigo, obviamente, sino con ella. Te prometo que no lo haré más. Bueno, ¿dónde guardas las copas?

Antes: **Emma**

Ahora: **Jane**

Me resulta extraño estar cocinando unos filetes para un hombre, cualquier hombre, en Folgate Street, 1. Edward nunca me habría dejado hacerlo. Habría tenido que asumir el mando él, ponerse un delantal, buscar las sartenes, los aceites y los utensilios adecuados al tiempo que iba explicándome las distintas formas en que se preparan los filetes en la Toscana o en Tokio. Pero Simon se conforma con mirarme y charlar... sobre el mercado inmobiliario, sobre dónde buscar pisos más baratos, sobre el lugar en el que vive de alquiler ahora.

—Una de las mejores cosas de dejar esta casa fue no tener que preocuparme por esas estúpidas reglas nunca más —aduce mientras limpio automáticamente la sartén y la guardo antes de sentarnos a comer—. Después de un tiempo te resulta imposible creer que alguna vez vivieras así.

—Hum —digo.

Sé que pronto el desbarajuste que conlleva la infancia me envolverá, pero una parte de mí siempre echará de menos la austera y disciplinada belleza de Folgate Street, 1.

Tomo unos sorbos de vino, pero descubro que le he perdido el gusto.

—¿Qué tal va tu embarazo? —pregunta Simon, y me sorprendo hablándole del miedo al síndrome de Down, que a su vez me lleva a explicarle lo de Isabel y, acto seguido, empiezo a llorar y no puedo seguir con mi filete—. Lo siento —dice en voz queda cuando he terminado—. Lo has pasado muy mal.

Me encojo de hombros y me seco los ojos.

—Todos tenemos problemas, ¿no? Son las hormonas las que ahora mismo hacen que se me salten las lágrimas por cualquier cosa.

—Quería formar una familia con Emma. —Guarda silencio durante un momento—. Iba a pedirle que se casara conmigo. Nunca se lo he contado a nadie. Es curioso, pero mudarnos aquí fue lo que hizo que me decidiera. Por fin nos asentábamos. Sabía que ella había estado pasándolo mal, pero lo achacaba al robo.

—¿Por qué no lo hiciste? Lo de pedirle que se casara contigo.

—Oh... —Se encoge de hombros—. Quería hacerlo de la forma más alucinante del mundo. Como en esos vídeos virales en los que el hombre prepara un *flashmob* con la canción favorita de la chica o escribe «¿Quieres casarte conmigo?» con fuegos artificiales... o algo así. Solo estaba tratando de dar con una idea genial, algo que la dejara pasmada. Y entonces ella cortó conmigo de repente.

A nivel personal, esos vídeos de pedidas exageradas me parecen un poco estrambóticos, horripilantes incluso, pero decido que no es el momento de decírselo.

—Encontrarás a otra persona, Simon. Sabes que lo harás.

—¿Lo haré? —Me lanza una mirada cargada de significado—. Ya me parece raro que haya conocido a alguien con quien he establecido una conexión real.

Decido que esto sí tengo que decirlo.

—Simon... Espero que no me consideres una presuntuosa por hablarte así, pero ya que estamos siendo sinceros, he de dejarte algo claro. Me gustas, pero no estoy buscando una relación en estos momentos. Ya tengo más que suficiente.

—Por supuesto —se apresura a corroborar—. Nunca pensé… Pero estamos en un buen lugar, ¿verdad? Como amigos.

—Sí. —Le brindo una sonrisa para demostrarle que agradezco su discreción.

—Aunque seguro que cambiarás de opinión en cuanto a tener una relación si Edward Monkford chasquea los dedos —añade.

Frunzo el ceño.

—No lo haré, en serio.

—Solo bromeaba. En realidad, hay una chica con la que he estado quedando. Vive en París. Estoy pensando en mudarme allí para poder verla más.

La conversación deriva hacia otros temas más agradables y cómodos. He echado de menos esto; esta amabilidad, este civilizado toma y daca, tan diferente de la dominante presencia de Edward.

—¿Quieres que me quede esta noche, Jane? —dice más tarde—. En el sillón, obviamente. Pero si hace que te sientas más segura…

—Eres muy amable, Simon. Pero estaré bien. —Me doy una palmadita en el vientre—. Mi panza y yo.

—Claro. Tal vez en otro momento.

13.   A menudo hay una diferencia enorme entre mis objetivos y mis resultados.

Totalmente   o o o o o   Totalmente en
de acuerdo   desacuerdo

13.   *A menudo hay una diferencia enorme entre mis objetivos y mis resultados.*

Totalmente   ○ ○ ○ ○ ○   Totalmente en
de acuerdo   desacuerdo

Ahora: Jane

Despierto cansada y apática. Seguramente por la ínfima cantidad de alcohol de la noche anterior ahora que ya he perdido casi la costumbre, decido. Las náuseas matutinas me atenazan el estómago e intento vomitar en el inodoro. Y entonces, justo cuando estoy desesperada por darme una ducha, Ama de llaves elige el momento para desactivarlo todo.

Jane, por favor, valora los siguientes enunciados del 1 al 5, siendo 1 que estás totalmente de acuerdo y 5 que estás totalmente en desacuerdo.

Algunos servicios de la casa se han desactivado hasta que se complete la evaluación.

—Mierda —digo con cansancio. No tengo fuerzas para esto. Pero necesito esa ducha.

Si mis hijos no tuvieran éxito en el colegio, se me calificaría con toda justicia como una mala madre.

Totalmente ○ ○ ○ ○ ○ Totalmente en
de acuerdo desacuerdo

Eligo ligeramente de acuerdo y luego me detengo de golpe. Estoy bastante segura de que nunca antes ha habido un parámetro relativo a la materindad.

¿Estas preguntas son aleatorias? ¿O se trata de algo más, una especie de indirecta sutil y programada por parte de Ama de llaves?

A medida que avanzo con el cuestionario me doy cuenta de otra cosa. Me siento diferente. Responderlo me recuerda que vivir aquí es un privilegio reservado a unos pocos elegidos, que marcharme será una tortura casi tan grande como perder a Isabel...

Me freno, paralizada. ¿Cómo puedo pensar algo semejante ni siquiera por un segundo?

Recuerdo lo que dijo aquel guía que mostraba la casa a un grupo de estudiantes: «Lo más probable es que no sean conscientes de ello, pero están surcando una compleja marisma de ultrasonidos, en concreto de ondas antidepresivas...».

¿Acaso Ama de llaves está cuestionando de algún modo una parte del funcionamiento de Folgate Street, 1?

Conecto con el wifi del vecino y tecleo en Google algunas de las preguntas que acabo de responder. De inmediato arroja un resultado. Un artículo científico de una publicación médica de nombre rebuscado, *Revista de Psicología Clínica*.

Las preguntas de la Herramienta para la Evaluación del Perfeccionismo evalúan una variedad de tipos de perfeccionismo inadaptado extremo, entre ellos el perfeccionismo personal, altos niveles para los demás, necesidad de aprobación, sobreplanificación (limpieza y organización obsesiva), rumiar (pensar obsesivamente), conducta compulsiva y rigidez moral...

Leo por encima e intento que mi cerebro entienda algo entre tanta terminología técnica. Parece que las preguntas las idearon psicólogos como un medio de diagnosticar el perfeccionismo malsano patológico y así poder tratarlo. Durante un instante me planteo si es eso lo que ha estado pasando; si la casa está monitorizando mi bienestar psicológico del mismo modo que comprueba mis pautas de sueño, mi peso, etcétera.

Pero entonces caigo en la cuenta de que hay otra explicación.

Edward no está usando el cuestionario para tratar el perfeccionismo de sus inquilinos, sino para reforzarlo. Intenta controlar no solo nuestro entorno, o incluso el modo en que vivimos en él, sino también nuestros pensamientos y sentimientos más íntimos.

«Esta relación continuará mientras sea absolutamente perfecta...»

Me estremezco. ¿Fue una mala nota lo que determinó el destino de Emma o fue un test psicométrico?

Termino con las preguntas, marcando las respuestas que creo que Ama de llaves puntuará mejor. Cuando he terminado, mi portátil se reinicia. Las luces vuelven a encenderse.

Me levanto, aliviada de dirigirme a la ducha por fin. Pero mientras subo la escalera se produce un fallo. Las luces parpadean. Mi portátil se bloquea en pleno reinicio. Todo queda en suspenso por un momento. Y a continuación...

Miro hacia abajo y descubro que algo aparece en la pantalla de mi ordenador. Como una película, salvo que no es una película.

Desconcertada, regreso sobre mis pasos para verlo mejor. Es una imagen de mí, una imagen en directo de aquí, en esta misma habitación. A medida que me acerco, la imagen en la pantalla se aleja más.

La cámara está detrás de mí.

Cojo el portátil y me doy la vuelta. La pantalla muestra ahora mi rostro en vez de la parte posterior de mi cabeza. Escudriño la pared que tengo enfrente hasta que la pantalla me indica que estoy mirando directamente al objetivo.

Pero ahí no hay nada. Tal vez un minúsculo agujerito en la pálida piedra, solo eso.

Dejo el portátil y clico en la ventana para cerrarla. Detrás hay otra. Y otra y otra más. Todas muestran zonas distintas de Folgate Street, 1. Voy cerrándolas una a una, aunque no antes de haber tomado nota mental de dónde pueden estar ubicadas las cámaras. Una deja ver la mesa de piedra desde un ángulo distinto. Otra enfoca la puerta principal. La siguiente enseña el cuarto de baño...

«El cuarto de baño.» Plano abierto, la ducha expuesta por completo. Si estos son sensores de Folgate Street, 1, ¿quién más tiene acceso a ellos?

Clico de nuevo. La última cámara está colocada justo encima de la cama.

Siento náuseas. Todas las veces que tuve la sensación de que me observaban... era porque me vigilaban de verdad.

Y no solo en la cama... Cuando Edward me tomó sobre la encimera de la cocina debimos de ofrecer un buen primer plano para las cámaras.

Me estremezco, asqueada. Y acto seguido, en una repentina descarga de hormonas, el asco se transforma en rabia.

Esto es obra de Edward. Él integró estas cámaras en la estructura de Folgate Street, 1. ¿Por qué? ¿Acaso es un *voyeur*? ¿O no es más que otra forma de ejercer el control sobre cada instante de mi vida? Estoy segura de que ni siquiera es legal. ¿No enviaron hace poco a alguien a la cárcel por algo parecido?

Pero entonces reflexiono y comprendo que Edward no habría dejado un detalle como este al alzar. Reviso mis antiguos emails hasta que encuentro uno de Camilla con los términos y las condiciones de Folgate Street, 1 adjuntos. Camuflada entre la letra pequeña localizo la cláusula que estoy buscando:

> … incluyendo no solo imágenes fotográficas y de movimiento…

Algo más me viene a la cabeza. Edward construyó esta casa, pero la persona que diseñó la tecnología fue su socio, David Thiel. Y aunque tal vez me cueste imaginar a Edward como un sofisticado mirón tecnológico, Thiel es otra historia.

Sin esperar un segundo a que se me pase la rabia, cojo mi abrigo.

Ahora: Jane

No me molesto en concertar una cita. Simplemente espero en la planta baja de la Colmena a que un grupo de empleados del estudio Monkford con vasos de café con leche y envoltorios en las manos se congreguen alrededor de uno de los ascensores y entro con ellos. Salen en la planta decimocuarta y yo también.

—Edward no está aquí —dice la impecable morena de la recepción cuando se repone de su sorpresa.

—Con quien quiero hablar es con David Thiel.

Ahora parece aún más sorprendida.

—Veré si está libre.

Ha de buscar su número de extensión en su iPad. Tengo la impresión de que el tecnólogo no recibe demasiadas visitas.

Mi bronca a David Thiel es larga, estridente y salpicada de improperios. Apenas tomo aire, pero él se limita a esperar pacientemente a que yo termine. Me recuerda a la forma en que Edward escuchaba a aquel cliente la primera vez que vine aquí, dejando que la ira ajena le resbalara.

—Esto es ridículo —dice Thiel cuando por fin acabo—.

Creo que su estado debe de estar provocándole que reaccione de forma exagerada.

No podría haber dicho nada más calculado para azuzarme de nuevo.

—En primer lugar, no estoy enferma, cretino. Y en segundo, no se le ocurra ser condescendiente conmigo. Sé lo que he visto. Ha estado espiándome y no puede negarlo. Incluso figura en los puñeteros términos y condiciones.

Thiel niega con la cabeza.

—Le pedimos que firmara un descargo de responsabilidad. Pero fue solo para cubrirnos las espaldas. Nadie accede a esas imágenes aparte del software de reconocimiento facial automático. Así es como la casa puede seguir sus movimientos, nada más.

—¿Y la ducha? —exclamo—. Tan pronto el agua sale caliente como fría... ¿Intentan volverme loca? No me diga que eso está relacionado con el reconocimiento facial.

Frunce el ceño.

—No estaba al corriente de esos desajustes.

—Y lo realmente importante, a mi entender, es: ¿por qué esas cámaras no funcionaban cuando Emma fue asesinada? Tendrían que haber grabado lo que pasó.

Thiel vacila.

—Las imágenes de reconocimiento facial estaban desconectadas ese día. Un problema técnico. El momento fue el menos oportuno, eso es todo.

—¿De verdad espera que...? —estoy diciendo justo cuando la puerta se abre, impulsada con cierta fuerza por el brazo de Edward Monkford al entrar en la habitación.

—¿Qué haces tú aquí? —me exige. Nunca lo he visto tan furioso.

—Quiere los datos de Folgate Street, uno relativos a la señorita Matthews —explica Thiel.

Edward rezuma furia.

—Esto ya ha ido demasiado lejos. Quiero que te largues, ¿me has oído? —Por un momento no sé si se refiere a que me largue de la oficina o de Folgate Street, 1, pero entonces añade—: Aplicamos la notificación de sanción. Tienes cinco días para abandonar la casa.

—No puedes hacer eso.

—Has incumplido por lo menos una docena de acuerdos restrictivos. Creo que descubrirás que sí podemos.

—Edward... ¿de qué tienes tanto miedo? ¿Qué intentas ocultar?

—No tengo miedo de nada. Estoy harto de que ignores mis deseos de manera continuada. Para serte sincero, me hace gracia que me acuses a mí de estar obsesionado con Emma Matthews cuando es evidente que eres tú quien tiene una fijación con ella. ¿Por qué no puedes dejarlo? ¿Por qué te importa tanto?

—Me regalaste su collar —le espeto con igual furia—. Si tan inocente eras, ¿por qué hiciste que lo arreglaran y después me lo diste a mí?

Edward me mira como si estuviera loca.

—Os regalé collares parecidos a las dos porque resulta que me gusta el color de esas perlas, nada más.

—¿La mataste, Edward? —Me oigo decir—. Porque desde luego eso es lo que parece.

—¿De dónde te has sacado eso? —pregunta con incredulidad—. ¿Quién te mete esas descabelladas ideas en la cabeza?

—Quiero una respuesta. —Intento parecer serena, pero me tiembla la voz.

—Pues no vas a obtenerla. Y ahora, largo de aquí.

Thiel no dice nada. Edward clava una mirada iracunda en mi barriga cuando me levanto para marcharme.

Ahora: Jane

No tengo adónde ir salvo otra vez a Folgate Street, 1. Pero ahora entro en la casa con inquietud, como un boxeador cubierto de sangre que regresa al centro del cuadrilátero para disputar otro asalto más.

La sensación de estar siendo observada es ahora omnipresente. También lo es la sensación de que juegan conmigo. Se producen en la casa pequeños fallos de forma aleatoria. Los enchufes eléctricos deciden no funcionar. La intensidad de las luces varía. Cuando tecleo «pisos de un dormitorio» en el buscador de Ama de llaves, me envía a una página sobre mujeres que mienten a sus parejas. Si conecto el sistema de sonido, selecciona la *Marcha fúnebre* de Chopin. La alarma antirrobo se dispara, asustándome.

—¡Deja de comportarte como un puñetero crío! —grito al techo.

El silencio de las estancias vacías es la única y burlona respuesta.

Cojo mi móvil.

—Simon —digo cuando él responde—. Si la oferta sigue en pie, me gustaría que vinieras esta noche.

—Jane, ¿qué ocurre? —pregunta, preocupado de inmediato—. Pareces asustada.

—Asustada no —miento—. Solo un poco inquieta por este lugar. Estoy segura de que no es nada de lo que haya que preocuparse. Pero estaría bien verte.

Ahora: Jane

—He venido en cuanto he podido —dice Simon mientras deja una bolsa junto a la puerta—. Supongo que es la ventaja de ser freelance. Puedo trabajar desde aquí igual que desde un Starbucks. —Me mira a la cara y se queda quieto—. Jane, ¿seguro que estás bien? Tienes un aspecto espantoso.

—Simon… Debo pedirte disculpas. Todo este tiempo has estado diciéndome que Edward mató a Emma y no te he hecho caso. Pero ahora empiezo a pensar que… —Titubeo, incapaz siquiera de expresarlo con palabras—. Empiezo a pensar que quizá tengas razón.

—No es necesario que te disculpes, Jane. Pero ¿puedes explicarme qué te ha hecho cambiar de opinión?

Le hablo de las cámaras y de mi enfrentamiento con Thiel.

—Y luego me dejé de rodeos y acusé a Edward de regalarme el mismo collar que a Emma —agrego.

Simon se me queda mirando, de repente en tensión.

—¿Cómo se tomó eso?

—Dijo que eran dos collares diferentes.

—¿Puede demostrarlo?

—Ni siquiera lo intentó. Se limitó a echarme. —Me encojo

de hombros con resignación—. Tengo cinco días para encontrar otra casa.

—Si quieres, puedes quedarte conmigo una temporada.

—Gracias. Pero creo que ya he abusado bastante de tu amabilidad.

—Aun así, seremos amigos para siempre, ¿verdad, Jane? Marcharte de aquí no hará que te olvides de mí, ¿o sí?

—Por supuesto que no —replico, cohibida por su desesperación—. En fin, ahora tengo un dilema moral. —Señalo hacia la mesa, sobre la que se encuentra mi collar dentro de su estuche con forma de concha—. Todo este tema de los collares ha hecho que busque cuánto vale. Resulta que cuesta alrededor de tres mil libras.

Simon enarca las cejas.

—Que será una considerable fianza para un piso.

—Exactamente. Pero creo que debería devolvérselo a Edward.

—¿Por qué? Si decidió regalarte algo valioso, es problema suyo.

—Sí, pero... —Me esfuerzo por explicarme—. No quiero que piense que solo me preocupa su valor económico. El problema es que necesito el dinero.

«Y no quiero que me desprecie más de lo que ya lo hace», pienso, aunque no lo expreso en voz alta.

—Dice mucho de ti que esto te suponga un dilema, Jane. La mayoría de la gente no vacilaría ni un segundo.

Esboza una sonrisa. La tensión que reflejaba cuando he hablado de Edward y de las perlas se ha desvanecido. ¿Por qué estaba tan tenso? ¿Qué pensaba que iba a decir?

Entonces se me ocurre una cosa; algo insignificante, pero muy evidente.

Si Simon está en lo cierto y mi collar es el que Edward le

regaló previamente a Emma, una de las sartas tendrá una perla menos que las demás. Pero al mirarlo me parece que todas las vueltas son idénticas.

Paso los dedos por la vuelta superior mientras cuento con rapidez. Veinticuatro perlas.

La segunda tiene veinticuatro perlas también.

Igual que la tercera.

Edward estaba diciendo la verdad. Este collar no es el que le regaló a Emma. La hipótesis de Simon, según la cual Edward mató a Emma y recogió acto seguido todas las perlas excepto una, nunca pasó.

«A menos que fuera Simon...»

La idea surge en mi mente con absoluta claridad. ¿Y si todo sucedió tal como Simon describió... pero a él, no a Edward?

«No tienes ninguna prueba», me digo.

De repente me agrada mucho menos que este hombre pase la noche aquí.

Y se me ocurre otra cosa más. No se ha producido ningún fallo técnico mientras Simon está en Folgate Street, 1. El agua sale de los grifos, la cocina funciona y hasta Ama de llaves no se bloquea. ¿Por qué?

A menos que de algún modo lo haya provocado todo él.

Thiel me miró avergonzado cuando me enfrenté a él. Pero también parecía perplejo. Y dijo algo de un problema.

¿Estaba avergonzado únicamente porque sabía que alguien había accedido a los sistemas de Folgate Street, 1?

¿Tanto me he equivocado?

14.   *Procuro que la gente no sepa lo que pienso en realidad.*

Totalmente   ○ ○ ○ ○ ○   *Totalmente en*
de acuerdo   *desacuerdo*

Ahora: **Jane**

—¿Jane? ¿Estás bien? —Simon me observa con atención.

—Sí. —Me centro de nuevo y le brindo una pequeña sonrisa—. Has sido muy amable al venir. Aunque en realidad no hacía falta que te trajeras una bolsa de viaje. Mi amiga Mia acaba de enviarme un mensaje. Va a quedarse a pasar la noche.

—¿Mia no tiene hijos? ¿Y un marido? —Su tono es amable.

—Sí, pero…

—Pues ahí lo tienes. La necesitan. Y yo ya estoy aquí. Además, será como en los viejos tiempos.

—¿Como en los viejos tiempos, dices? ¿Cómo? —pregunto confusa.

Gesticula.

—Tú y yo. Aquí, juntos.

—Eso no son viejos tiempos, Simon.

No le tiembla la sonrisa.

—Pero no hay tanta diferencia. Al menos no para mí.

—Simon… —No sé cómo decir esto—: No soy Emma. No me parezco a ella.

—¡Pues claro que no! Para empezar, tú eres mejor persona que Emma.

Cojo mi móvil de la mesa.

—¿Qué estás haciendo? —quiere saber.

—Debería guardar el collar arriba —miento.

—Ya lo hago yo. —Extiende su mano—. Tú estás embarazada. Has de tomarte las cosas con tranquilidad.

—No estoy de tantos meses.

De repente me doy cuenta de otra cosa. «La mayoría de la gente cree que no pasa nada por tomar una pequeña cantidad de alcohol en torno a las quince semanas de gestación.» ¿Cómo sabe él de cuántas semanas estoy?

Me dispongo a pasar por su lado. Extiende la mano, pero lo ignoro.

—¡Cuidado con esos escalones! —me advierte sin quitarme ojo.

Me obligo a ir más despacio al tiempo que le agradezco el consejo con un gesto.

Aparte del recibidor, el único otro espacio en Folgate Street, 1 con puerta es el armario de la limpieza. Me oculto en él y la apuntalo con escobas y fregonas.

Primero pruebo con Mia. «Llamada fallida.»

—Mierda —digo en voz alta—. Menuda mierda.

Edward Monkford. «Llamada fallida.»

Marco el número de emergencias de toda la vida: 999.

«Llamada fallida.»

Miro la pantalla y reparo en que no hay cobertura. Me subo al espacio que hay en el techo no sin cierta dificultad y sostengo el teléfono tan alto como puedo. Aquí tampoco hay cobertura.

—¿Jane? —Simon me llama desde abajo—. Jane, ¿estás bien?

—¡Vas a tener que marcharte! —le respondo a gritos—. No me encuentro bien.

—Siento oír eso. Llamaré a un médico.

—No, por favor. Solo necesito descansar.

El sonido de su voz es cada vez más potente a medida que sube la escalera.

—¿Jane? ¿Dónde te has metido? ¿Quizá en el baño?

No respondo.

—Toc, toc... No, en el baño no. ¿Estamos jugando al escondite?

La puerta del armario se abre una rendija cuando él la empuja desde fuera.

—¡Te he encontrado! —dice con tono alegre—. Sal ya, cielo.

Ahora: Jane

—No voy a salir —digo a través de la puerta.

—Menuda tontería. No puedo hablar contigo si estás ahí.

—Simon, quiero que te vayas. O llamaré a la policía.

—¿Cómo? Tengo un chisme que inhibe la señal de móvil. También el wifi.

No respondo. Poco a poco me doy cuenta de que esto es aún peor de lo que imaginaba. Lo tiene todo planeado.

—Solo deseaba estar contigo —añade—. Pero tú sigues prefiriendo a Monkford antes que a mí, ¿verdad?

—¿Qué tiene que ver Monkford con esto?

—Ese tipo no te merece. Igual que no la merecía a ella. Pero los chicos buenos no consiguen a las chicas buenas, ¿verdad? Las pierden por capullos como él.

—Simon, tengo una raya de cobertura. Estoy llamando a la policía. —Levanto mi móvil y digo con tono de urgencia—: Policía, por favor. La dirección es Folgate Street, número uno, Hendon. Hay un hombre en mi casa que está amenazándome.

—No es del todo cierto, cielo. Yo no he amenazado a nadie.

—¿En cinco minutos? Gracias. Pero dense prisa, se lo ruego.

—Muy convincente. Se te da bien mentir, Jane. Igual que a todas las mujeres a las que he conocido.

Me estremezco cuando él descarga una repentina sucesión de patadas contra la puerta. Las fregonas y las escobas tiemblan, pero no ceden. El terror me domina.

—No pasa nada, Jane —dice resollando—. Tengo todo el día.

Oigo que regresa abajo. Pasan unos minutos interminables. Y entonces me llega el olor a beicon frito. Por absurdo que parezca, se me hace la boca agua.

Paseo la mirada por el armario, preguntándome si hay algo aquí que pueda utilizar. Reparo en los cables que recorren la pared; las venas y las arterias de Folgate Street, 1, y empiezo a tirar de ellos de manera aleatoria. Debe surtir algún efecto, pues no tardo en oír que vuelve a subir la escalera.

—Muy lista, Jane. Pero esto resulta un poco irritante ya. Sal de una vez. Te he preparado algo de comer.

—Vete, Simon. ¿Es que no te das cuenta? Tienes que irte. Hablo en serio.

—Te pareces a Emma cuando te enfadas. —Oigo el sonido de un cuchillo arañando un plato. Lo imagino sentado con las piernas cruzadas al otro lado de la puerta del armario, comiéndose lo que ha cocinado—. Debería haberle dicho que no más a menudo. Debería haber sido más enérgico. Ese ha sido siempre mi problema. Soy demasiado razonable. Demasiado bueno. —Oigo que descorcha una botella—. Pensé que si era bueno contigo, a lo mejor esta vez sería diferente. Pero no ha sido así.

—¡David Thiel! —llamo a pleno pulmón—. ¡Edward! ¡Socorro!

Grito hasta que me duele la garganta y mi voz enronquece.

—No pueden oírte —dice Simon.

—Sí que pueden —insisto—. Están observando.

—¿Eso creías? Me temo que no. Era yo quien lo hacía. Ve-

397

rás, me recuerdas mucho a ella. Llevo mucho tiempo enamorado de ti.

—Esto no es amor —digo espantada—. El amor no puede ser unilateral.

—El amor es siempre unilateral, Jane —replica con tristeza. Intento mantener la calma.

—Si me amaras de verdad, Simon, desearías que fuera feliz. No que estuviera asustada y atrapada aquí.

—Deseo que seas feliz. Conmigo. Pero si no puedo tenerte, por nada del mundo consentiré que te tenga ese capullo.

—Ya te lo conté. He roto con él.

—Eso fue lo que Emma dijo. —Suena cansado—. Así que la puse a prueba. Una prueba sencilla. Y ella prefirió que él volviera. No yo. Él. No pretendía que fuera de este modo, Jane. Quería que te enamoraras de mí. Pero esto es lo siguiente mejor.

Oigo el sonido de una cremallera, y sé que está abriendo su bolsa. Luego oigo algo que se derrama. Una oscura mancha avanza por debajo de la puerta del armario. Huele a líquido inflamable.

—¡Simon! —grito—. ¡Por Dios bendito!

—No puedo, Emma. —Le tiembla la voz, como si estuviera a punto de echarse a llorar—. No puedo olvidarlo.

—Por favor, Simon… Piensa en el bebé. Aunque me odies a mí, piensa en el bebé.

—Oh, eso hago. El bastardo del bastardo. Su polla en tu coño. Su hijo. De ninguna manera. —Otra salpicadura—. Voy a quemar esta casa. A él no le gustará, ¿verdad? Y me veré forzado a quemarte a ti y a tu bebé con ella si no sales. No me obligues a hacer eso, Jane.

Todos estos productos de limpieza sin duda son inflamables. Uno tras otro los arrojo al espacio que hay arriba. Luego subo yo y busco de nuevo cobertura. Nada.

—Jane —me dice Simon a través de la puerta—. Última oportunidad. Sal y sé buena conmigo. Finge que me amas solo un rato. Solo fíngelo, es lo único que te pido.

Avanzo con lentitud por el angosto espacio iluminándome con el móvil. Hay vigas transversales y entramado de madera por todas partes. En cuanto el fuego prenda aquí arriba, no habrá forma de detenerlo. De todos modos, me recuerdo, en los incendios que se producen en las casas lo que suele matarte es el humo.

Noto que avanzo sobre algo blando. El viejo saco de dormir. Algo más encaja en mi cabeza. No era Emma quien estaba durmiendo aquí arriba, sino Simon. Tenía algunas cosas de Emma y la tarjeta de su terapeuta. Puede que incluso se planteara pedir ayuda. Ojalá lo hubiera hecho.

—¿Jane? —me llama de nuevo—. ¡Jane!

Y entonces veo mi maleta, la que dejé aquí para que no estorbara.

Me agacho y saco la caja de recuerdos de Isabel. Con las manos temblorosas toco sus cosas; la manta en la que estuvo envuelta, los moldes de escayola de sus diminutos pies y manitas.

Es todo lo que queda de ella.

«Te he fallado. Os he fallado a los dos.»

Me dejo caer de rodillas, con las manos en el vientre, y doy rienda suelta a mis lágrimas.

15.   Está en la playa y de repente se percata de que a su hija, que está en el agua, le pasa algo. Mientras corre para rescatarla, se da cuenta de que hay otros diez niños más en la misma situación. Puede salvar a su hija de inmediato o ir a buscar ayuda para todo el grupo, lo que le tomará algún tiempo. ¿Qué hace?

o *Salvo a mi hija*
o *Salvo a los otros diez niños*

Ahora: **Jane**

No sé durante cuánto tiempo lloro. Pero cuando termino, sigue sin oler a humo. Solo percibo el tufo acre del líquido inflamable.

Pienso en Simon, que se encuentra en algún lugar debajo de mí compadeciéndose de sí mismo. En su patético y desesperado lloriqueo.

Y pienso: «No».

No soy Emma Matthews, desorganizada y vulnerable. Soy una madre que ha enterrado a una hija y que lleva otro hijo en su seno.

Sería muy fácil quedarme aquí arriba regodeándome en la dulce pasividad de la pena. Tumbarme a esperar que el humo se filtre por las vigas, me envuelva y acabe conmigo.

No haré eso.

Un instinto primario me impulsa a levantarme. Apenas soy consciente de ello cuando bajo de nuevo por la trampilla. Sin perder tiempo, aparto las fregonas y las escobas de la puerta del armario.

El collar sigue aún en mi bolsillo. Lo saco, rompo las sartas y dejo que las perlas caigan en mi mano.

Abro la puerta con suavidad, muy despacio.

Folgate Street, 1 está irreconocible. Las paredes están pintarrajeadas. Las almohadas y los cojines, desgarrados. La vajilla, hecha añicos por todo el suelo. Los ventanales están manchados de algo que parece sangre. Además del líquido inflamable, percibo el olor a gas de la cocina.

Simon aparece al pie de la escalera como salido de la nada.

—Jane. Soy muy feliz.

—Puedo ser ella para ti. —No lo he planeado, no en detalle, pero ahora me parece evidente lo que tengo que decir, y las palabras salen de mi boca sin vacilación y con voz templada—. Emma. La buena de Emma, a la que amabas... Seré Emma para ti y luego me dejarás marchar. ¿Sí?

Simon alza la mirada hacia mí sin responder.

Intento imaginar cómo hablaría Emma, la cadencia de su voz.

—Vaya —digo mirando en derredor—. Menuda la que has liado en este lugar, ¿eh, cielo? Debes de amarme de verdad para hacer todo esto, Simon. Nunca comprendí lo apasionado que eras.

La desconfianza libra en sus ojos una batalla con otro sentimiento. ¿Felicidad? ¿Amor?

Poso una mano sobre mi vientre.

—Simon, hay algo que deberías saber. Vas a ser papá. ¿No es genial? —Veo que se estremece. «El bastardo del bastardo.»—. Vamos a tumbarnos, Simon —me apresuro a decir cuando presiento que he ido demasiado lejos con esto—. Solo unos minutos. Yo te acariciaré la espalda a ti y tú puedes acariciármela a mí. Sería agradable, ¿no crees? Sería agradable acurrucarnos.

—Agradable —repite mientras va subiendo la escalera. El anhelo enronquece su voz—. Sí.

—¿Te darás una ducha?

Asiente, luego su mirada se endurece.

—Tú también.

—Iré a por un albornoz.

Me encamino hacia el dormitorio y noto que me sigue con la mirada. Abro el armario de piedra y cojo un albornoz de su percha.

Oigo el sonido del agua. Debe de haber activado la ducha. Pero cuando me doy la vuelta, está en el mismo sitio, observándome aún.

—No puedo hacerlo, Emma —dice de repente.

Durante un momento creo que se refiere a esta farsa.

—¿Qué es lo que no puedes hacer, cielo?

—No puedo perderte. No puedo dejar que seas esa persona que los desea a ellos pero no a mí —responde con un extraño tono cantarín, como si esas palabras fueran la letra de una canción que ha estado rondándole la cabeza desde hace tanto tiempo que ya carecen de significado.

—Pero yo te deseo a ti, cielo. A nadie más. Vamos, te lo demostraré.

Con un sollozo repentino y entrecortado sepulta la frente entre las manos, y aprovecho la oportunidad para pasar por su lado en dirección a la escalera, esos peligrosos escalones en los que murió Emma. Casi me tropiezo en el de arriba, pues mi pesada barriga me resta equilibrio, pero apoyo una mano en la pared y logro recuperar la estabilidad; mis pies descalzos se muestran seguros en los familiares peldaños. Tras proferir un gruñido encolerizado, arremete contra mí. Consigue agarrarme del pelo y tirarme de él. Le arrojo el puñado de perlas a la cara. Apenas se inmuta. Pero cuando se dispone a dar el siguiente paso, pisa las perlas, letales como rodamientos, y agita los brazos como un loco al tiempo que sus piernas se deslizan en distintas direcciones. La sorpresa y el shock se reflejan en su rostro, y acto seguido cae al vacío. Su cuerpo golpea el suelo primero, seguido de la cabeza, con un nauseabundo crujido. Las perlas descienden por la escalera en cascada y ruedan tras él, rebotando alrededor de su cuerpo, retorcido, deslavazado. Durante un momento estoy segura de que sigue con vida porque sus ojos están clavados en mí, llenos de angustia, escudriñándome, reacio a dejarse ir, y luego la sangre empieza a manar de su nuca y su mirada se apaga.

Ahora: **Jane**

Intento de nuevo encontrar cobertura, pero el inhibidor de señal de Simon debe de seguir en funcionamiento. Tendré que ir a la casa de al lado para llamar a una ambulancia. Pero no hay prisa. Simon tiene los ojos abiertos e inertes, y un halo de roja sangre rodea su cabeza.

Bajo la escalera con sumo cuidado y rodeo el salón, sorteando las perlas aún desparramadas por el suelo, con una mano apoyada de forma protectora en mi vientre. Paso junto a las grandes cristaleras. Sin darme cuenta me detengo y limpio la sanguinolenta pintada con la manga. Se quita con facilidad y veo el reflejo de mi cara contra la oscuridad del exterior.

Todo desaparecerá. Todo este caos, todo este desorden superficial. La sangre, el cuerpo de Simon, pronto no estarán. La casa volverá a estar inmaculada. Como un organismo vivo que expulsa una diminuta astilla, Folgate Street, 1 se ha curado sola.

Me invade una arrolladora sensación de serenidad, de paz. Contemplo mi imagen en el oscuro cristal y siento que la casa me reconoce; a las dos, aunque de manera distinta, se nos abre un mundo de posibilidades.

16.   Un guardavía es el responsable de mover las agujas en un punto de empalme ferroviario. Contraviniendo el reglamento, se lleva a su hijo al trabajo, si bien le prohíbe expresamente que se acerque a las vías. Más tarde ve que un tren se aproxima mientras el niño está jugando en ellas, demasiado lejos para oírle. A menos que mueva las agujas, el convoy descarrilará y habrá muchos muertos, pero si lo hace, el tren arrollará a su hijo casi con toda probabilidad. Si fuese ese guardavía, ¿qué haría?

o Mover las agujas
o No mover las agujas

Ahora: Jane

No llego a tener un parto en el agua, con velas perfumando el ambiente y Jack Johnson sonando en mi iPad. En cambio, me practican una cesárea después de descubrir una pequeña obstrucción en el estómago de mi bebé durante una ecografía rutinaria; nada que una cirugía posnatal inmediata no pueda solucionar, gracias a Dios, pero eso hace que al final el parto natural quede descartado.

El doctor Gifford se esmera en explicarme las consecuencias y me someto a algunas pruebas más antes de que todo quede planificado. Tras el parto sostengo a Toby en mis brazos durante unos agridulces y maravillosos minutos. Luego se lo llevan. Pero no antes de que la comadrona me lo haya puesto al pecho y haya sentido sus duras encías moviéndose sobre mi pezón; la profunda succión me llega al alma, directamente a mi tierno útero, seguida de la vibrante euforia de la subida de la leche. El amor fluye de mí a mi hijo, y sus enormes y alegres ojos azules se fruncen. Qué bebé tan risueño. La comadrona dice que no puede ser una sonrisa real, aún no, solo un gas o un temblor involuntario de sus labios, pero sé que se equivoca.

Edward nos visita al día siguiente. Le he visto algunas veces durante mi último trimestre; en parte por toda la burocracia legal que siguió a la muerte de Simon y en parte porque Edward ha tenido la decencia de reconocer que debería haberse dado cuenta de lo peligroso que era el exnovio de Emma. Estamos juntos en esto a largo plazo como padres, y si con el tiempo podemos ser más que eso... Bueno, a veces pienso que es una posibilidad, que Edward ya no lo descarta.

Todavía estoy adormilada cuando llega, así que la enfermera me pregunta si le deja pasar y por supuesto le digo que sí. Quiero que conozca a nuestro hijo.

—Aquí está. Este es Toby. —Soy incapaz de no sonreír. Pero también siento cierta aprensión. La costumbre de que Edward me juzgue, de buscar su aprobación, es demasiado reciente para haberse disipado del todo.

Coge a Toby en brazos e inspecciona su redondo y risueño rostro.

—¿Cuándo lo supiste? —pregunta en voz queda.

—¿Que tenía síndrome de Down? Después de que descubrieran la obstrucción. Casi un tercio de los bebés con atresia duodenal lo tienen.

La prueba de ADN fetal libre en sangre, con una fiabilidad superior al noventa y nueve por ciento, no fue infalible después de todo. Pero, tras el shock y la pena por la confirmación inicial, hubo una parte de mí que casi se alegró de que el test diera un resultado equivocado. De haberlo sabido, habría abortado con toda seguridad. Y al mirar ahora a Toby, sus ojos almendrados, su nariz respingona y su preciosa boquita con forma arqueada, ¿cómo desear que esta vida no existiera?

Por supuesto que hay cosas que me preocupan. Pero cada niño con síndrome de Down es diferente, y parece que hemos sido afortunados. Es apenas un poco menos flexible que cualquier otro bebé. Cuando tiene la boca en mi pezón, su coordinación oral es buena. No tiene problemas para tragar; tampoco defectos cardíacos ni problemas renales. Y en su nariz, aunque respingona, se reconoce la de Edward; sus ojos, si bien son almendrados, se parecen en cambio a los míos.

Es precioso.

—Jane, puede que no sea el mejor momento para oír esto, pero tienes que renunciar a él —dice Edward con tono apremiante—. Hay gente que adopta a bebés como este. Personas que eligen que esa sea su vida. No son como tú.

—No sería capaz —respondo—. No lo sería, Edward.

Durante un instante veo un destello de ira en lo más profundo de sus ojos. Y puede que también algo más; un minúsculo atisbo de miedo.

—Podríamos intentarlo de nuevo —prosigue como si nada—. Tú y yo..., borrón y cuenta nueva. Podríamos hacer que funcionara esta vez. Sé que podríamos.

—Si hubieras sido más sincero conmigo acerca de Emma, lo nuestro habría funcionado —replico.

Me mira con severidad. Intuyo que se pregunta si la maternidad ya me ha cambiado de algún modo, me ha hecho más fuerte.

—¿Cómo iba a hablarte de ello cuando ni siquiera yo mismo lo entendía? —confiesa al final—. Soy una persona obsesiva. Y a Emma le encantaba provocarme. Le resultaba excitante hacerme perder el control, aunque yo me odiaba por ello. Al final rompí con ella, pero fue duro, muy duro. —Titubea—. Una vez me dio una carta. Decía que deseaba explicarse. Más tarde me pidió que no la leyera. Pero para entonces ya lo había hecho.

—¿La conservaste?

—Sí. ¿Quieres leerla?

—No —decido. Bajo la mirada al rostro dormido de Toby—. Ahora tenemos que pensar en el futuro.

Edward se aprovecha de eso.

—Entonces ¿lo pensarás? ¿Pensarás en renunciar a este niño? Creo que podría volver a ser padre, Jane. Me parece que estoy preparado para eso. Pero tengamos el bebé que deseamos tener. Un niño que sea planeado.

Y es entonces cuando por fin le cuento la verdad a Edward.

Antes: **Emma**

Lo supe antes incluso de conocerte, cuando el agente empezó a hablar de tus reglas. Algunas mujeres, puede que no todas, quieren que las adoren y las respeten. Quieren a un hombre que sea dulce y amable, que les susurre tiernas palabras de amor. Yo he intentado ser esa mujer, amar a un hombre así, pero no puedo.

En cuanto derramé el café sobre tus planos estuve segura. Había ocurrido algo que ni siquiera era capaz de expresar. Eras serio y poderoso, pero me perdonaste. Simon podía perdonar, pero lo hacía por debilidad, no por fortaleza. En ese momento fui tuya.

No quiero que me adoren. Quiero que me dominen. Quiero un hombre monstruoso, un hombre al que los demás hombres odien y envidien y al que eso le importe una mierda. Un hombre hecho de piedra.

Una o dos veces creí haber encontrado a un hombre así. Y no fui capaz de apartarme de ellos. Luego, cuando me usaron y me dejaron, lo acepté simplemente como la prueba de que en realidad eran quienes afirmaban ser.

Uno de esos hombres fue Saul. Al principio me parecía repulsivo. Un baboso arrogante y aborrecible. Pensé que puesto que estaba casado con Amanda su coqueteo no significaba nada. Así que me permití corresponder a su flirteo, y ese fue mi error. Me emborrachó. Sabía lo que Saul estaba haciendo, pero creí que se detendría llegado a cierto punto. No lo hizo, y supongo que yo tampoco. Me sentía como si todo estuviera ocurriéndole a otra persona. Sé que esto te sonará raro, pero me sentí como si fuera Audrey Hepburn bailando con Fred Astaire. No una asistente personal borracha haciéndole una sórdida mamada a un directivo durante una jornada de formación empresarial. Y cuando asumí que no me gustaba lo que estaba haciendo ni el modo en que él lo estaba haciendo, ya era demasiado tarde. Cuanto más me esforzaba en detenerlo, más violento se ponía él.

Me odié después. Creía que yo tenía la culpa por permitirle ponerme en esa situación. Y odié a Simon por ver siempre lo mejor en mí, cuando en realidad no soy la persona que él cree que soy. Simplemente era mucho más fácil mentir a todo el mundo que decir la verdad.

Así que, ya lo ves, en ti creí haber encontrado por fin a alguien que era amable a la vez que fuerte, Simon a la vez que Saul. Y cuando me di cuenta de que tú también tenías secretos, me alegré. Pensé que podríamos ser sinceros el uno con el otro. Que por fin podríamos deshacernos de todo el caos de nuestro pasado. No de nuestras posesiones, sino de las cosas con las que cargamos dentro de la cabeza. Porque eso es lo que he comprendido viviendo en Folgate Street, 1. Puedes hacer que tu entorno sea tan refinado y vacío como te plazca. Pero en realidad eso no importa si por dentro sigues siendo un caos. Y en verdad eso es lo que todo el mundo busca, ¿no es así? Alguien que se ocupe del caos que reina en nuestra cabeza.

17.   *Es mejor contar una mentira y controlar la situación que decir la verdad con consecuencias impredecibles.*

Totalmente   ○ ○ ○ ○ ○   Totalmente en
de acuerdo   desacuerdo

Ahora: Jane

—Fue planeado —digo.

Edward frunce el ceño.

—¿Es una broma?

—Quizá es broma en un diez por ciento. —Edward empieza a relajarse, pero entonces añado—: Es decir, planeado por mí. Que no por ti. —Coloco mejor a Toby en el hueco de mi brazo—. Lo supe la primera vez que te vi, ese día en tu despacho. Supe que podrías ser el padre de mi hijo. Guapo, inteligente, creativo, resuelto... Eras sin duda lo mejor que iba a encontrar.

—¿Me mentiste? —dice con incredulidad.

—En realidad no. No te expliqué algunas cosas, es todo.

Menos aún cuando respondí a la primera pregunta de la solicitud, la que exigía una lista de todo lo que era imprescindible en mi vida. Cuando has perdido el centro de tu universo, solo hay una cosa que puede hacer que te sientas completa de nuevo.

Jamás habría podido hacerlo en otra parte que no fuera Folgate Street, 1. Remordimientos, dudas, escrúpulos éticos... Todo eso me habría paralizado en el mundo real. Pero entre esos espacios austeros y rígidos, mi resolución se reforzó. La casa de Folgate Street fue partícipe de mis planes, y todas mis decisiones tenían la pura simplicidad de la pérdida.

—Sabía que algo pasaba. —Edward está muy pálido—. Ama de llaves... Había ciertas anomalías, datos que no tenían sentido. Lo achacaba a tu obsesión con la muerte de Emma, a esa absurda búsqueda que intentabas mantener en secreto...

—No me importaba Emma, no a nivel personal. Pero tenía que saber si podías ser un peligro para nuestro hijo.

Por irónico que resulte, fue la muerte de Simon lo que al final me permitió resolver esa duda. En su carpeta azul encontré el nombre de John Watts, el capataz de las obras de Folgate Street, 1. Tom Ellis, el exsocio de Edward, se lo había dado a Emma, pero ella, caótica como era, nunca lo investigó. El capataz confirmó aquello de lo que yo ya estaba casi segura: las muertes de la esposa y del hijo de Edward no fueron más que un trágico accidente.

—No me das pena, Edward —añado—. Conseguiste lo que querías; una aventura breve, intensa y perfecta. Cualquier hombre que se acuesta con una mujer partiendo de esas premisas debería saber que puede haber consecuencias.

Me pregunto si es aceptable lo que he hecho. Como mínimo, si es comprensible.

¿Puede alguna mujer decir que, estando en mi piel, no habría hecho lo mismo?

Tampoco siento remordimientos por Simon. En cuanto cerré la caja con los recuerdos de Isabel supe que lo mataría si podía. Pero cuando llegó la policía había recogido todas las perlas sueltas y nada indicaba que yo había tenido algo que ver con su triste y desafortunada muerte.

—Oh, Jane. —Edward mueve la cabeza—. Jane, cuánto me alegro. Pensé en todo momento que era yo quien estaba controlándote y en realidad eras tú quien me controlaba a mí. Debería haber sabido que tenías tus propios planes.

—¿Puedes perdonarme?

Edward no responde al principio y mi pregunta flota en el aire. Después, para mi sorpresa, asiente.

—¿Quién mejor que yo sabe lo que es perder a un hijo? —dice en voz queda—. ¿Que harás cualquier cosa, por destructiva o errónea que sea, para mitigar el dolor? Quizá seamos más parecidos de lo que imaginábamos.

Guarda silencio durante un largo instante, sumido en sus pensamientos.

—Después de que Max y Elizabeth murieran enloquecí durante un tiempo. La culpa, la pena y el desprecio hacia mí mismo se apoderaron de mí —explica al fin—. Fui a Japón para intentar escapar de mí mismo, pero nada ayudaba. Y cuando regresé descubrí que Tom Ellis estaba planeando terminar Folgate Street, uno y ponerle su nombre. No podía soportar ver la casa que Elizabeth y yo diseñamos juntos, nuestro hogar familiar, cobrar vida de ese modo. Así que rompí los planos y empecé de nuevo. Para serte franco, me importaba poco qué clase de edificio levantaba en su lugar. Construí algo tan estéril y vacío como un mausoleo porque era así como me sentía entonces. Más tarde, sin embargo, comprendí que en mi locura había creado algo extraordinario sin darme cuenta. Una casa que exigiría sacrificios a cualquiera que viviera en ella, pero que los compensaría con creces. Reconozco que a ciertas personas las destruye, como a Emma. A otras las hace más fuertes, como a ti.

Me mira fijamente.

—¿Es que no te das cuenta, Jane? Eres digna de ella, lo has demostrado. Eres lo bastante disciplinada e implacable para ser la ama y señora de Folgate Street, uno. Así que te hago una oferta. —No deja de mirarme a los ojos en ningún momento—. Si das a este bebé en adopción... yo te daré la casa. Será tu casa, para que hagas lo que te plazca con ella. Pero cuanto más lo pospongas, más difícil te resultará tomar esta decisión. ¿Qué prefieres, Jane? ¿La posibilidad de alcanzar la perfección o una vida tratando de lidiar con... con...? —Señala a Toby sin articular la palabra que falta. En cambio añade—: ¿Prefieres el futuro que siempre has debido tener o esto, Jane?

18.

o *Renunciar al bebé*
o *No renunciar al bebé*

Ahora: Jane

—Y si digo que sí, ¿tendremos otro hijo?

—Tienes mi palabra. —Aprovecha mis dudas—. No solo sería lo correcto para nosotros, Jane. Sería lo correcto para Toby. Lo mejor para un niño como él es que lo adopten ahora y no que crezca sin padre.

—Tiene un padre.

—Sabes a qué me refiero. Necesita unos progenitores que lo acepten como es. No que lloren por el hijo que podría haber sido cada vez que lo miren.

—Tienes razón —digo en voz queda—. Eso es lo que necesita.

Pienso en Folgate Street, 1, en la sensación de pertenencia y la serenidad que siento allí. Y miro a Toby y pienso en el futuro que me espera. Madre soltera, sola con un hijo discapacitado, luchando contra el sistema para conseguir las terapias que necesita. Una vida repleta de agitación, desorden y compromiso.

O la ocasión de intentarlo de nuevo, de conseguir algo mejor y más hermoso.

De otra Isabel.

Toby tiene una mancha de vómito en el hombro. La limpio con cuidado.

Ya está. Perfecto.

Tomo mi decisión.

Cogeré cuanto pueda de Edward. Y luego dejaré que todos los personajes de este drama se desvanezcan hasta convertirse en pasado. Emma Matthews y los hombres que la amaron, que se obsesionaron con ella. Ya no son importantes para nosotros. Pero un día, cuando Toby sea lo bastante mayor, bajaré la caja de zapatos del estante en que está guardada y le contaré de nuevo la historia de su hermana, Isabel Margaret Cavendish, la chica que llegó antes.

Ahora: **Astrid**

—Es extraordinaria —digo mientras contemplo con incredulidad las paredes de piedra clara, el espacio, la luz—. Jamás he visto una casa tan alucinante. Ni siquiera en Dinamarca.

—Es muy especial —coincide Camilla—. De hecho, el arquitecto que la diseñó es muy famoso. ¿Se acuerda del revuelo que se montó el año pasado por esa ciudad ecológica en Cornualles?

—Tenía algo que ver con que los residentes se negaban a aceptar los términos de los contratos de alquiler, ¿no? Creo recordar que consiguió echarlos a todos.

—El contrato de alquiler aquí también es bastante complicado —dice Camilla—. Si quiere seguir adelante con esto, debería explicárselo.

Recorro con la mirada las altas paredes, la escalera flotante, la increíble serenidad y la calma que se respira. «En un lugar así podría volver a sentirme completa, dejar atrás toda la amargura y la rabia del divorcio», pienso.

—Estoy interesada, desde luego —me oigo decir.

—Bien. Oh, y por cierto, estoy segura de que buscará información acerca de la casa en Google, así que no hay razón para que no se lo cuente. —Camilla levanta la frente hacia el ahora vacío techo, como si fuera reacia a mirarme a los ojos—. Tiene su historia... Aquí vivió una pareja joven. Primero ella cayó por la escalera y falleció, y luego, tres años más tarde, él murió justo en el mismo lugar. Creen que debió de arrojarse para reunirse con ella.

—No cabe duda de que es trágico —comento—. Aun así, resulta bastante romántico. Si lo que se pregunta es si eso hará que me eche atrás... La respuesta es no. ¿Alguna otra cosa que deba saber?

—Solo que el propietario puede ser un poco tirano. Debo de haber enseñado la casa a docenas de posibles inquilinos durante las últimas semanas, y no ha aceptado a ninguno.

—Créame, sé lidiar con tiranos. Viví con uno durante seis años.

Y es así como esta noche me encuentro hojeando las interminables páginas de la solicitud. ¡Cuántas reglas que leer! ¡Y cuántas preguntas que responder! Resulta tentador servirme una copa para ayudarme a sobrellevarlo, pero no he bebido ni una gota en casi tres semanas y estoy intentando seguir así.

«Por favor, haga una lista con todas las posesiones que considere imprescindibles en su vida.»

Inspiro hondo y cojo el bolígrafo.

Agradecimientos

Muchas, muchísimas personas me han ayudado durante los más de diez años que me ha llevado descubrir cómo contar esta historia. Me gustaría dar las gracias especialmente a la productora Jill Green por su apoyo desde el comienzo; a Laura Palmer por sus acertados comentarios a un borrador sin terminar; a Tina Sederholm por tener la visión de una poetisa, y a la doctora Emma Fergusson por haberme asesorado en cuestiones médicas y mucho más.

En Penguin Random House, mi más profundo agradecimiento es para Kate Miciak, no solo por comprar el libro y pasar con rapidez una muestra de cincuenta páginas casi de la noche a la mañana a su colega Denise Cronin y a su extraordinario equipo en la Feria del Libro de Frankfurt, sino también por los posteriores meses de estimulante debate, impecable labor y pasión editorial.

Con todo, a quienes estoy más agradecido es a Caradoc King y a su equipo de United Agents —Mildred Yuan, Millie Hoskins, Yasmin McDonald y Amy Mitchell—, que leyeron las primeras páginas cuando la historia era poco más que un bosquejo. Sin su entusiasmo y su fe, dudo mucho que hubiera llegado a ser más que eso.

Dedico este libro a mi incansable y siempre alegre hijo Ollie, una de las poquísimas personas en este mundo nacidas con síndrome de Joubert tipo B, y a la memoria de su hermano mayor, Nicholas, nuestro chico de antes.